每一株小草都有梦想

李红都 著

路过心上的经典散文
邂逅一生的悦读，愿你翻过每一页

线装书局

图书在版编目(C I P)数据

每一株小草都有梦想 / 李红都著. — 北京 : 线装书局, 2021.3

ISBN 978-7-5120-4088-5

Ⅰ. ①每… Ⅱ. ①李… Ⅲ. ①散文集—中国—当代 Ⅳ. ①I267

中国版本图书馆 CIP 数据核字(2020)第 149370 号

每一株小草都有梦想

作　　者: 李红都
责任编辑: 李春艳
出版发行: 线装书局
地 址:北京市丰台区方庄日月天地大厦 B 座 17 层(100078)
电 话:010-58077126(发行部)　010-58076938(总编室)
网 址:www.zgxzsj.com
经　　销: 新华书店
印　　刷: 唐山富达印务有限公司
开　　本: 650mm×910mm　1/16
印　　张: 19
字　　数: 236 千字
版　　次: 2021 年 3 月第 1 版第 1 次印刷
印　　数: 00001—10000 册
定　　价: 49.80 元

线装书局官方微信

在阅读中优雅老去

二十岁时，第一次去凤凰，不为古镇美景，只为能与偶居夺翠楼的黄永玉先生见上一面。

时逢雨季，沱江奔啸，烟波微茫信难求。苦待数日，仍没能等到想见之人。

在清冷的雨丝中独自徘徊，满心失落。无意走进一家书店，里面尽是沈从文先生的文本作品。无处可去，只好在僻幽的角落里翻阅旧籍。而后，一发不可收。

回程当日，总觉有重要东西遗落城中，寻思许久，才跑去那条巷子的书店里买了本周身泛黄的《边城》。这本有着深蓝小印戳的《边城》，至今仍安躺于我的书柜里——它不仅使我在未果的行程中找到些许补偿，更让我在之后的时光无比怀念二十岁的自己。

再后来，兴许命理所定，真与书结下了不解之缘。不但自己看书写书，更领着诸多热爱文学的人走上了自己想走的路。

我经常跟学生们说，阅读是写作的命脉，只有不断阅读，才能保持创作角度的新颖和思维的敏捷。然而，阅读所赐予的，又何止是这些？

不管在何时何地，只要手中捧着一本书，心里便会觉得安然。书不但能排遣无聊的寂寞，将岁月的伤痛逐一缝补，还能把心灵淬炼成一块玲珑美玉。

一个爱书之人，必是睿智且沉稳的。遇事不惊，处之泰然。古人所说的“腹有诗书气自华”，便是这意思。

生命本就是一次有限的跋涉。一个经常看书和一个经常沉迷在网游世界的人，心灵绝对是不一样的。前者，往往更能体悟一叶一菩提的真谛。

书本所给予心灵的力量，是不可言喻的。十年寒窗，说的并不是读书人的艰辛，而是意在表述读书人的坚忍和不懈。试问，有多少人可以在寒窗下十年如一日地重复做同一件事情？

正如北大教授曹文轩所说一般，世间最优雅的姿态，就是阅读。不论静坐还是倾卧，甚至在厕所里，它都是最美的姿态。因为这样的人，通常都会从骨子里散发出一种极具亲和力的书卷气。

阅读人物，通晓历史，可以通过他人鉴知自己得失；阅读杂文，百味世事，可在辛言辣语中澡雪精神；阅读情感，温热肺腑，可居书香浓情里滋养心灵；阅读故事，体会人生，可于静谧岁月中倾情流泪……

每一种书，都是风景；每一本书，都是亟待窥破的秘密。

宋朝诗人黄山谷有一句名言："三日不读书，便觉语言无味，面目可憎。"这其中说的，就是每日读书的重要性。

本系列图书，所遵循的就是这个简单的理论。通过遴选当下不同类型的精华文章，给读者送去不同的心灵养分——成长卷让你懂得如何珍惜青春，成功卷让你明白如何把握自己的人生，真情卷让你寻回本真的感动，感悟卷让你看到世界别样的美好……

为了能找到年度最精华的文章，为了给读者省去寻找的烦琐，我们几乎把本年度的期刊翻了个遍，邀请了24位最受中学生喜爱的作家，目的就是去其糟粕，取其精华。

这些作家的名字，不仅经常出现在全国各大刊物，还经常出现在各省市的中高考语文阅读理解试题中——我们的宗旨只有一个，就是为这个时代的读者，奉献好书。

但愿我们可以放慢匆乱的步伐，一起在欢愉的阅读中，优雅老去。

一路开花

2018年12月书于云南曲靖

目录

第一辑 没有人注意火红花在泥土下的成长

第二辑 每一株小草都有梦想

第三辑　挑一种方式看日出

第四辑　幸运是承诺里开出的花

第五辑 每一个逆境都藏着祝福

第六辑 思念的温暖和苍凉

第一辑

没有人注意火红花在泥土下的成长

人人都觉得她创造了丑小鸭变成美天鹅的“神话”，但是，又有多少人注意到她在变成“美天鹅”之前那些不为众人所知的艰辛。正如火红花的成长，那些深埋在泥土中悄悄长大的根须，强壮得已远远超过人们的想象，靠着这些默默积攒起来的能量，火红花才得以在生命最灿烂的季节里长成花中之冠！

梦想从来不卑微

他的噩梦是从三岁那年开始的。

那天，母亲终于从亲友们“贵人行迟”的安慰声中省悟过来。抱着浑身瘫软的他坐上火车直奔省城的儿科医院。大夫无情的诊断结果打碎了母亲最后一丝希望：“重度脑瘫，像这种情况目前尚无康复的前例。”母亲抱着他，哭了个天昏地暗。

丈夫说：“把他送福利院吧，我们再生一个。”她不依，为此丈夫和她翻了脸，一纸离婚证，从此与她成了陌路。

为了照顾他的生活，并有足够时间带他看病，母亲辞去了工作，带他住进了福利院。好心的院长在福利院后勤部给她安排了一份洗衣做饭的工作，让她得以边工作边照顾他。

八岁那年，他终于站了起来，但他的四肢并不听从大脑的指挥：他的十指痉挛地扭曲着不能并拢，腿也笨拙得迈不出直线，用“张牙舞爪”来形容他走路的样子，倒真有些生动形象……虽然走路的样子不雅观，但总算能独自站立行走了，母亲多少感到一丝欣慰。只是，他的情况太特殊，尽管早已过了上学的年龄，却没有一家学校愿意接收。

母亲找来别的小孩子用过的小学课本，用有限的文化教他学习拼音和汉字。他歪着脑袋口齿不清地叫她："老——师——"她看着他明亮的眼眸，笑成了一朵花，转过身，却飞速地用手背擦去眼角溢出来的泪花。

18岁那年，县残联推荐他和另外几位重度残疾人参加市残联举办的残疾人职业技能培训班。到校报到的那天，一位老师正在电脑上熟练地操作平面设计的软件。首次接触电脑的他，一下子被电脑中变幻莫测又精美异常的图案迷住了。

他决心攻下软件知识，便报名参加了电脑初级班的学习。教室里，辅导他的老师甚至有些不忍心看他，因为他的双手严重扭曲，在电脑上每敲打一个字，全身都要跟着一起使劲。尝试了多次，他依然不能像常人一样将十指准确地放在键盘上完成盲打的训练，他只好用两个大拇指轮流击打键盘，艰难地完成打字训练。

电脑班结业后，他开始想办法用有限的电脑知识找工作，但是，面对他这样一个路都走不稳，手指也不灵活的重残者，没有单位敢接收。看着镜子里的自己唇上已长出细密的"绒毛"，却仍然需要头发已变得花白的母亲在福利院给人洗衣做饭赚到的几百元工资才得以生存，他恨自己没用，拖累了母亲。

他想死，母亲说："我现在除了你，什么也没有了，你要是死了，我也不想活了。"他拉着母亲的手，号啕大哭。

哭过后，他作出了一个决定："既然没人要咱，咱就自个儿给自个儿打工。"

母亲吓了一跳，摸了摸他的头，不是发烧了吧？

他忍着泪，拼命调整好不听话的表情肌，给了母亲一个微笑……

捧起一位好心人送的《Photoshop CS教材》，他在别人淘汰下来的电脑上一点点地摸索。

一年后，他已能用“二指禅”熟练地在电脑上设计各类平面广告，他对设计近乎痴迷的热爱打动了每一位认识他的人。母亲也动心了——也许行动不便的他真的适合走这条路呢。

在母亲拼尽全力的努力和社会上几位爱心人士的帮助下，一家小小的广告公司成立了。他是老板，也是员工。不懂电脑的母亲，是他的业务联系人，同时也是他的保姆，照顾他的生活起居。在这间租来的民房改造成的小公司里，临街的那间“门面房”就是他的“经理办公室”，里面的一间是他和母亲的卧室兼厨房。

身体的残障加上他与社会接触面的局限，生意很冷清，常来光临的客户多是周围了解并同情他们母子的居民。

空闲时候，他最喜欢的事便是和母亲一起憧憬未来：他的业务在不断发展，有足够的财力雇用多名员工，将公司做大做强；一位心地善良的好姑娘在人生路上成为他的伴侣，带着对他的理解和爱，辅助他成就更大的事业，他们将买下一套不大也不小的房子容纳他们纯美的爱情；母亲终于苦尽甘来，凭着他打下的家产，像城市里那些有钱的贵妇人一样，穿着漂亮时尚的衣裳，戴着珠宝项链，想去哪儿就去哪儿，想买什么，都买得起……

母亲疼爱地看着他，笑而不语。曾经，她以为他能走路、能自己吃饭、能依靠她微薄的薪水生存下去，她便已感到欣慰。不承想，他居然能用残疾之躯，走上自强自立的路。在母亲心中，无论他是怎样的残疾，他都是她心里最棒的孩子，

两年后，他的业务水平日渐完善，但生意仍然时好时差，仅够维持朴素的日常生活，妻子和房子，对目前的他来说，是个遥远的梦想。

在这个流光溢彩的城市中，他们无疑是挣扎在社会底层的小人物，重度的身体残障更是给他的生活刻上了卑微的烙印。但是，这个世界

有卑微的人，却从来没有卑微的梦想。每一个不同寻常的梦想，都有着不为常人所知的力量，给不如意的现实生活带来无穷的希望。

或许，他的梦想只能停留在幻想的美好世界中，但那又有什么关系呢？因为正是那些可能一生也实现不了的梦想，才让他有了拼搏的力量，带着回报母爱的心愿，一步一步艰难却执着地行走在人生的道路上。

另一种声音

幼时的一场车祸，让他的左腿从此比右腿短了两厘米，走起路来一摇一晃，再不能奔跑如飞。灰色的情绪就是那个时候悄悄涌上心头的。他变得敏感而忧郁，放了学，便不再出去，把自己关在屋里，像一头困兽。

他对着镜子打量着那个目光冷酷的自己，看着看着，会飞起一拳对着镜子砸去。顷刻，屋外传来母亲一阵比一阵紧的敲门声，他不理，一拐一拐地走到床边，像个面袋“咚”的一声倒在上面。

他恨，恨那个逃之夭夭的肇事司机，恨那些放学时跟在他背后学他拐着腿走路的调皮小孩，他用猜疑的目光打量着每一个走近他的人，他不需要同情，那些笑脸，在他眼里，可能是幸灾乐祸呢；那些沉默，他又觉得是冷漠。

曾是奔跑在绿茵场上的体育健将，而今，再没有飞奔在草地上的奔放和潇洒……他把挂在墙上的那张身穿球衣、怀抱足球的照片取了下来，塞进箱底。把曾经压在箱底的书籍取了出来，放在床头。

既然不能再用脚奔跑，那就用思想去奔跑吧，让压抑的心在思维的空间无拘无束地狂奔。

高中毕业，他考进名校中文系。年轻的心开始有了些自信，但心里的阴影却仍未消散，总疑心一些玩笑是源于他的残疾。

那天，同宿舍的刘虹给大家讲笑话“三条腿的蛤蟆遇到了个天鹅……”听到“腿”字，他脸变色了。他正暗恋着班里的一位姑娘，但自卑的他从未表示过深藏在自己心里的爱。刘虹是不是偷看了他的日记，讥讽他癞蛤蟆想吃天鹅肉？

他涨红着脸愤愤然地甩手出门，“咚”的一声，重重的关门声，把大家的心都震痛了。刘虹不知所措地愣在那里：谁也没惹他，他是怎么了？

从此，每个人见到他都小心翼翼，唯恐不小心伤了他的自尊心。

一直以来都是这样，他用孤僻保护着自己那颗敏感而自尊的心。但无论在哪里，他总感到有一种嘲笑的声音跟在他身后。

那天回家取衣服，睡了一晚上。母亲担心地问：“感冒了吧？”

他摇摇头：“没有。”

母亲担忧地说：“那你睡觉的时候呼噜声怎么那么大……”

返校后，他问睡上铺的兄弟：“我睡觉常打鼾吗？”

兄弟很吃惊：“是啊，你自己不知道？”

他眉头拧成了疙瘩：“我怎么会知道，你们又没跟我提过？”

兄弟从枕头下掏出两小团棉花：“你太敏感，我怕说出来让你感到我们嫌弃你似的，我们几个就想了个办法，要是你打鼾的声音太大，我们就用棉花塞住耳朵……”

他的心蓦然涌上一股暖流，全是平日里大家对他的好——他拄着拐提起水壶去打开水，总有同学接过水壶帮他打好；他到图书馆看书，人多找不到位置，总有同学站起来给他让座；班里大扫除，他是最轻闲的一个，因为总有同学抢过他刚拿到手的扫帚，和气地劝他先回宿舍休息……

他的鼾音一直困扰着同宿室的兄弟们，大家用棉花塞耳，宽容地面对他如雷的鼾声，唯恐说出来不小心伤了他的心。而他平日里却总以为大家的嬉笑声是冲着他的……

他以孤僻保护自己那颗脆弱敏感的心，直到这天，他才发现，一直跟在他身后的那种嘲笑的声音，不是发自别人口中，而是发自他心底。那是一种因为自卑和猜疑而变得刺耳的杂音。当所有的误会烟消云散，他的心底涌出的是“泉水叮咚”的美妙心曲。

没有人注意火红花在泥土下的成长

从小，她就是一个不起眼儿的孩子，似乎从来没引起过别人的注意。每年过了五一，音乐老师就会来各班挑小主持人和舞蹈演员排练节目，为六一儿童节文艺会演作准备。她也和别的同学一样，把小手举得高高的，小脸兴奋得像一颗红樱桃。

但老师的目光总是如风儿，漫不经心地从她身上掠过，那种短暂的对视，像平静的湖面上偶尔泛起的微波，只一会儿，就找不到了踪影。

下学后，老师把挑中的同学集中起来，领到舞蹈室去排练节目，看着那一个个如花似玉的女孩子骄傲地仰着脸，像小鸟般欢呼雀跃着跟在老师身后，她的眼泪忍不住从眼眶中滚落了下来。

回到家里，她从枕头下掏出小镜子，细细地打量着镜子中的自己，宽宽的方脸、塌塌的鼻梁、黑黑的肤色，像乡下来的小妞妞。她叹了口气：难怪老师不挑她，就这么个长相，即使真的能站到台上，也不过是为了映衬红花娇艳的绿叶，充当一个小小的配角。

可是，看到镜子中那双纯朴而清澈得如山泉般的丹凤眼，心底那个梦想又如风吹火焰般地燃烧起来。

那个梦想，萌芽在她五岁时的一个夏日。那天，妈妈的同事来家里做客，看到她，阿姨转身对妈妈夸她："你家小姑娘眉眼挺像电影《牧马人》中的丛珊，好好培养……"

《牧马人》这个片子，她和妈妈都看过，丛珊阿姨那双明净的眼眸果真和她的有几分相像。妈妈逗她："我们丫丫是个丑小鸭，不漂亮，不过嗓子好，口才也很棒，将来当播音员或主持人吧。"

她还是第一次听说主持人这个名词，虽然还不懂这是干啥的，但从妈妈充满希冀的目光中，她感觉得出，那是个风光体面的工作。

国庆节，妈妈陪她看电视，指着联欢会上报幕的阿姨说："这位阿姨就是主持人……"

看着台上漂亮阿姨落落大方的形象，她的心怦然而动。

她开始趁父母不在家的时候，一个人对着卧室中那个大衣柜上的镜子朗诵课文，或者学着像电视里那位漂亮的女主持人的样子，拿起用硬纸壳卷成的话筒给自己报幕……偶尔被无意中走进屋的妈妈撞见，她的小脸便飞上两朵粉红的云霞，头一低，匆匆地把"话筒"塞进口袋，转身跑出屋去。

那个时候，她是个羞怯的女孩子，从来不敢对别人说出这个梦想，只会把它深埋在心底，一次次地期待着在学校文体活动中，能有被老师挑中当上节目主持人的机会，哪怕只能在集体舞和合唱队中，夹在众多的同学中间体会一下登台亮相的快乐，她也很满足。可是，学习中等又相貌平平的她，总是不被老师看好，小学五年一晃而过，她一次也没能站上舞台……

中学时期，她依然是班里最不起眼儿的那个。不是她不想优秀，只是，她的能力还不够引人注目。无论她多么努力，学习永远都是中等居下的那一类。

她怀疑自己不是学习的料，但又不想放弃学业失去考大学的机会。

听说参加艺考的学生，文化课分数线会稍低些，她说服父母报名参加了一个艺考辅导班，学习播音主持专业。

高三那年年底，班主任问她能不能担任主持人，主持他们班在高中生涯的最后一次元旦晚会。她惊喜地跳了起来："当然可以！"

为了主持好那场晚会，她足足花了一周的课余时间作准备。晚会很成功，她也付出了代价——为了追求晚会主持人的标准形象和风格，尽管室内没有暖气，她依然穿着租来的晚礼服微笑着走上舞台。报节目的人少，怕冷场，她便频频更换服装客串起男女诗朗诵和女生小合唱。晚上回家，又冷又累的她发了低烧。串台词、排练节目，也花了她不少复习时间，结果一周后的阶段测评，她有两门主课都亮了红灯。

有人笑她傻："马上就高考了，别人都不想接主持节目的任务，就你缺心眼儿……"

她的笑容僵在了脸上，泪水在眼眶里打起转儿来，强忍着，才没让眼泪流出来。

她继续在课余时间坚持去上艺考辅导班，希望考上北京广播学院，有一天能走上真正的舞台，主持一场声势浩大的文艺晚会。

可惜，时运不济，最终她高考失利。她觉得自己已尽力了，却如此失败，她越发相信自己不是学习的料。两个月后，她拒绝了母亲让她复读的请求，背起行囊加入了南下打工的行列。

她应聘到一家电子器材公司当了名质检员，业余时间，她和工友一起，将时间打发在逛街、织毛衣、聊 QQ、看大片上。但不知为什么，外表热闹，内心并不快乐。她隐隐感到，这不是她想要的生活。

春节回家，她向妈妈说了她的迷茫和空虚，妈妈给她讲了一个故事……那晚，伴着新年的鞭炮声，她想了很多很多。之后的几天，她买齐了播音与主持专业的自学考试教材，决定业余时间攻下来。

六年后，已25岁的她终于获取自学考试播音专业的本科文凭。曾经上台主持节目的梦想，更加清晰而迫切地涌上心头。当同龄女孩子忙着恋爱和结婚的时候，她买来大量文艺晚会的录像带，一盘盘地琢磨主持人风格迥异的形象与串词，偶尔，她会牛刀小试地担任企业文体活动的节目主持人，并找人录下自己主持的全过程，回去放映出来看，给自己挑毛病。

28岁那年，一个偶然的机会，得知家乡电视台正在公开招聘社会访谈节目主持人，她果断地辞去质检员的工作，返回小城参加应聘。

参加应聘的人很多，从年龄和相貌上来看，她显然不占优势，但是，与那些应届生相比，多年在社会中打拼的经验，让她的言谈举止更添了几分成熟而不失优雅的韵味。她个性化的主持风格，理智又不乏亲切的提问，给评委留下了很深刻的印象。

两天后，在家陪母亲做饭的她收到了电视台录用的电话……那晚，她和母亲相拥在一起，喜极而泣。

那天，已成为电视台骨干人员的她，在主持一个青年励志话题的社会节目当中，动情地向大家谈起那年春节母亲给她讲的故事：巴西有一种植物名叫“火红花”，最初卑微地长在泥土里，弱小得几乎难以被人发现。整个春天，当别的花草树木都在蓬勃生长的时候，它露在地面上的模样仍是像拇指般小而丑的苗儿。没有人注意到，这株不起眼儿的植物一直在黝黑的土中让自己的根部生长。之后的八个月，它的根，能长得像大树那么粗壮。到了十月，它便会像被施了魔法似的，一天扩展好几米。短短的几天，它的枝叶便能长满一亩地，开出一大片耀眼的红花……那晚，伴着新年的鞭炮声，母亲送给她的祝福便是——做一株火红花吧，在泥土里不声不响地茁壮根基，当你的根基远远超过别人之刻，便是将要见证奇迹之时！

人人都觉得她创造了丑小鸭变成美天鹅的“神话”，但是，又有多少人注意到她在变成“美天鹅”之前那些不为众人所知的艰辛。正如火红花的成长，那些深埋在泥土中悄悄长大的根须，强壮得已远远超过人们的想象，靠着这些默默积攒起来的能量，火红花才得以在生命最灿烂的季节里长成花中之冠！

善良的回报

老公的外甥女来家里做客，我吃惊地发现一年前还是个小胖妞的她，居然变成了“小蛮腰”，苗条而时尚。

“清清，怎么这么快就苗条了？”

“我天天带着20多个小调皮，教他们唱歌跳舞，跑来跑去的，累呀！不过，嘻嘻，我现在比以前瘦了十斤呢，老同学都羡慕我的身材呢……”

想起来了，爱人说过这个娇生惯养的外甥女，中专毕业后就到一家私立幼儿园当了孩子王。新鲜了不到两个月，便不想干了，因为收入太低，买不起靓衣。声明不出两个月便“跳槽”。算起来，如今都快一年了，她并没有辞职，想必是喜欢上那里了吧。

“知道我为啥没走吗？和我一同应聘上那家幼儿园的同事们也都曾嫌过待遇低，可谁都没有走……”清清忽闪着大眼睛，歪着脑袋问我们，“一定是遇到了个非常有魄力的老板吧？”

清清看着窗外，缓缓地向我们讲起了一段故事：“我们来了两个月后，老板并没有像最初承诺的那样‘一个月后看能力适当涨薪水’。大家都感到收入太低，与付出不成正比。一个同事曾委婉地请老板涨工资，老板的脸冷若冰霜……第三个月，我们偶然得知，老板的妈妈得了肺癌。老板背着人流泪让我们看到了，她后来承认，办这个幼儿园就是为了赚到足够的钱给她的母亲治病。哪天，她的母亲不在了，她也就不再干这行了……”

外甥女和她的同事们本来是想为工资闹事的，甚至打算如果不能涨工资就集体罢工。那天，知道了老板每天都承受着支付母亲高额医药费的巨大压力，她们都不好意思提涨工资的要求了。

她们几个人凑了一笔钱买了些营养品去看望老板的妈妈，那个卧在病床上、形容憔悴的老妇人让她们心生怜悯。一向不苟言笑的老板正在细心地喂母亲吃饭。声音柔软得如丝绵，面带微笑，眼含关切，与工作时见到的那个愁眉不展、郁郁寡欢的模样大相径庭。

回来后，她们就相约，老板的妈妈只要还在医院治病，谁也不许再提加薪或跳槽的事，大家一起鼓起劲儿来为老板工作，不为别的，只为她的孝心，只为不忍在她最困难的时候离她而去。

姑娘们卖力地工作着。很快，幼儿园又吸引了一些生源。她们为能间接地给老板一些援助感到快乐，并没去想以此为由要求涨工资。只愿能出现奇迹，让那位老太太得以康复。

没想到，发工资的时候，老板主动给她们每人加了300元。

姑娘们不好意思了。清清说：“你的母亲比我们更需要钱。”

老板的话让清清一生都忘不了：“感谢你们在我最困难的时候没有因为待遇的事离开我，让我感到温暖。给你们加钱，是我想让你们知道，每一份善良都有好的回报……”

“每一份善良都有好的回报”，这是让初涉职场的清清受益一生的良言。原来，每个人心里都有一笔账的，好人总是对困境里给予自己温暖的那些善良念念不忘。

九元钱的大餐

左省右省，终于省出了一百元。秀儿带着一大把五元、十元还有一元的零钞到银行换了张“老人头”。秀儿快乐地举起“老人头”对着阳光晃着，心情也灿如阳光。有了这一百元，她就能实现一个小小心愿——请恩师吃一顿体面的大餐。

今天她特意穿上了平日里舍不得穿的一件连衣裙，裙子是在城里工作的表姐淘汰下来的，虽然有点儿过时，但在秀儿那个穷山沟，有这么件九成新的时尚连衣裙足以令二丫等女伴羡慕得眼红了。爹妈从土里刨食供自己上大学已很不容易，秀儿不舍得把钱花在穿着上。

秀儿哼着小曲儿跑到公用电话亭拨通了杰的手机……拗不过秀儿的一片诚意邀请，杰终于答应了。

走进“新时代餐厅”，秀儿笑盈盈地请杰点菜。这家菜馆秀儿调查过的，标价不高，两个人点四个菜加点饮料应该不会超过百元。别小看这一百元，这可是她平日里十天的生活费呢。杰开始认真地翻看菜单，从第一页一直翻到最后一页，然后叫了服务员一本正经地点起菜来：“西红柿炒鸡蛋，红烧茄子，两碗米饭。”

满脸笑意的服务员停下笔狐疑地问：“不再要别的了吗？”杰点点

头："是的，就这些。"服务员扭头看了看秀儿，秀儿说："太少了，再点些菜，我要您吃好、吃饱。"秀儿去翻菜谱，杰拦住秀儿："够吃就行。吃不完就是浪费。"秀儿过意不去："要两瓶啤酒吧？"杰摆摆手，和气地笑道："我下午还要讲课，不能喝酒的。"服务员失望地记下两个菜走了。

菜上来了，可能因为点的都是最便宜的菜吧？厨师做得也敷衍，菜煮得有点儿烂，还不如自己蹩脚的厨艺。秀儿的脸红了。杰把筷子递给秀儿："快吃吧，这些都是我喜欢吃的菜。"秀儿点点头开始吃。忽然又想起来了点儿什么："我去叫一份汤。"杰说："不必，这两份菜也吃不完。一餐一饮都来之不易的，都要珍惜。来，以茶代酒，我们干一杯。老师祝你的前程越来越好。"秀儿的眼睛湿润了，举起杯子："老师……谢谢。"

很快，杰就吃完了，秀儿要服务员添饭，杰拍拍肚子："吃得很饱了，不能再要了。"秀儿吃饭很慢，米饭才吃下半碗，想到杰下午还有课，中午还要休息一会儿，赶忙加快了吃饭的速度。杰点着一支烟，悠悠地抽着，和气地说："别急，慢慢吃，细嚼慢咽是好习惯。学习和生活上有什么困难了就及时告诉老师和同学。"秀儿点点头："哎。"

"你慢慢吃，我去洗洗手。"杰掐灭了烟头走了出去。

等杰回来时，秀儿刚好吃完。秀儿说："您稍等，我去结账。"

秀儿来到前台："2号桌。多少钱？"

收款员笑笑："九元。"

"不会吧？"秀儿吃惊地睁大了眼，一盘茄子十元，西红柿炒鸡蛋七元，加上两碗米饭应该是十九元啊，怎么会才九元呢？

收款员和气地向秀儿解释："今天店里搞活动，有些菜是特价。你们这两个菜就全是特价菜。"

秀儿的脸浮起了笑容："明白了，谢谢。"

杰走了出来："你快回校吧，我也回家休息一会儿。谢谢你，这是我吃得最香的一次饭。记住，以后别再请客了，你要安心学习，不断进取，你会成为你们山沟里飞出来的一只金凤凰的。你的进步就是对老师最好的回报。"

秀儿点点头："嗯，明白。我会的。"

杰融入人流，回想起刚才借口上厕所，悄悄地找到收款员付了十元钱，然后告诉她，等秀儿出来了，只需付其余的九元便可，如果她不信，就说今天搞活动优惠了。杰很欣慰，自己既没有伤害一颗纯真美好的青年人的心，又守住了做教师的道德防线。

·找到适合自己的那把刀

少年时就爱上书法的他，因为家贫，没钱买墨水和纸张。母亲便找来一支别人废弃的毛笔，用小桶盛了水，让他在家里的水泥地上练字。

有了写“水字”打下的基础，他的作业字迹俊秀、结构洒脱，看着让人心情舒畅，是老师最喜欢批改的那一类。

上了高中，他从《书法》杂志上初次认识并了解了篆刻艺术，那些刀法稳健含蓄、方圆互用的印章让他对篆刻产生了浓厚的兴趣。课余时间，他便找来削铅笔的刀片，在砖头和瓦片上刻了起来。

刀片很薄，一使劲，便折断了，家里好几把削铅笔的小刀都被他在砖头上刻字弄断了，怕被妈妈训，他只好撒谎说刀子丢了。

妈妈没责怪他，给他买回了一把专门学篆刻的刀。他学篆刻的劲头更高了。

技校毕业后，他进厂当了名钳工，开始跟锤子、錾子、锉刀打交道。劳累的工作没有消融他的梦想，业余时间，他仍然喜欢搞事业——篆刻。薪水除去日常生活的各项开支和买书籍学篆刻的费用，所剩已不多，市场上卖的那类昂贵的白钢篆刻刀，一直是他想要而不舍得买的奢侈品。

一个偶然的机会，他将别人干活儿报废下来的一把锉刀磨成了篆刻刀，想看看能不能代替白钢刀提高篆刻作品的精细度。没想到，这个小改革令他的篆刻作品质量猛升——笔画弯转更显自然，印面也更显得浑厚端庄。从此，用废锉刀改制的篆刻刀，成了他的“独家兵器”。

公司重视企业文化，经常组织职工参加文体活动，在举办的几次职工书画篆刻展当中，他都名列前茅。那些绽放在方寸间的造型艺术，或厚重肃穆、或圆润古朴，很见功力。很快，他成了公司小有名气的“篆刻家”，并渐渐走进了省市书协会员的行列。

单位领导惜才，调他到政工科做宣传干事。工作性质和环境的改变，让他在篆刻艺术上有了更多提升和发挥才能的余地。但是，与公司那些高文凭的科班同人相比，他有些底气不足。

那天，一个想法，如闪电，穿过他的大脑：手里这把篆刀原来只是一把报废了的锉刀，价格远不如专业的白钢刀。但是，经过他用心的磨削改造，性能已超过了白钢刀。

他开始找来专业的新闻写作书籍学习，不断提高自己写通讯、消息的能力。业余时间，他继续在篆刻上发展，并试着摸索一条将爱好与宣传工作结合起来的路子。

功夫不负有心人。几年后，频频在内刊发表新闻稿的他，走进了公司优秀通讯员的行列。公司安全月宣传，他精心篆刻出“安全是福”；单位抓廉政教育，他又及时刻制出“镜鉴”；春节，他乐呵呵地篆刻出“百佛祈福”；五一，他又满怀激情地篆刻出“劳动光荣”……一枚枚印章，都是缩龙成寸的精品，疏密有致，顾盼有情，饱含了他对企业深深的祝福。

业余时间，他广结善缘，积极参加国家、省市各类篆刻比赛，作品被报纸专版刊登，他本人也入编《中国现代书画篆刻界名人录》，并被业内人士推选为某书画院秘书长。一时间，出身卑微的他获得了众多粉丝的欣赏。

有人向他请教成功的秘诀,他笑着拿起那把篆刻刀:篆刻作品的成功与刀具的贵贱无关,关键是要找到最适合自己的那把刀。做人,也当如此,要想成功,只需认准方向,并努力将自己磨砺得更有价值。

命运不可选择

当那个人移到我对面的腕力赛专用桌下时，我吃惊得半天合不拢嘴。

这是一个肢残的中年妇女，敦实的上身像一堵厚厚的墙壁。黝黑的“国”字脸、齐耳的短发、中性化的着装和粗糙的皮肤，找不到丝毫女性的妩媚。她的臀部以下全没了，特制的裤子像个网兜一样把残余的臀部包住，“竖”在地上像个桩子。

她是用两手撑住砖头移到这个市残疾人腕力赛的赛场上来的。

两个裁判员把她“提”到凳子上，那女人伸手在腕力桌上摆出了“战斗”的姿态，而我却吃惊得忘了这是比赛。

直到裁判员碰了我一下，我才醒悟过来。迟疑着伸过手，握住的是满手的硬茧……

赛罢，裁判员把她从凳子上放回地面，她又那么以手当足地撑着身子“走”下赛场。

我不敢想象，她是怎样以残缺之躯承受起漫漫的人生风雨的。

心情沉重地走下赛场，一直在观看比赛的朋友问我：“如果命运注定要让你有一种残疾，你会选择哪种？”

我一时语塞。环视周围，不远处就是一位眼眶凹陷、一脸茫然地被人扶着走进赛场的盲人。我无法想象，终其一生摸索在黑暗中是怎样的凄凉。看不到亲人的笑脸，看不到鲜花簇拥的春天，永远猜不透颜色是什么东西，甚至不知道与你生活了一辈子的人是什么模样，还有什么能比这更痛苦?

肢残人呢？那个女人的情况是让人想都不敢去想的事，附近那个坐在轮椅上的男子的情况也强不了多少。想想如果不能走、不能跑，甚至不能起身为你所爱的人做一碗面，那是怎样残酷的事啊!

“快说啊，问你呢！”朋友推推发愣的我。

“还是有什么都别有残疾最好！如果非要有一种残疾，那我还是选择耳聋吧。”我的心情很复杂。

朋友不失时机地开导我：“你曾经为聋了双耳痛苦不堪，以为聋人是天下最不幸的人了。现在知道了吧？还有多少人比你更不幸，却仍这样坦然地面对生活。”

我反唇相讥：“你也对我说过你是多么不幸，感叹怎么会有那么多倒霉事儿落在你头上——炒股深套、升职无望、工资菲薄、新车被盗，失业后伤心得简直想跳楼……”

朋友有些不好意思：“我现在才知道，与这些残疾人相比，我是多么幸运啊！”

一旁坐在轮椅上一直在听我们对话的截瘫男人笑笑，并不言语。

当我们在为自己某种残缺痛不欲生的时候，最有权利诅咒命运的那些人，却缄默不语。

只当他们不存在

第二天就要进入市残疾人演讲决赛了，一直充当我的教练兼观众的朋友不放心，再次主动来检验我排练的效果。

我当然求之不得，毕恭毕敬地搬了张椅子请朋友坐下来，然后挺胸、静立片刻，开始进入演讲状态。

“各位领导、各位评委、亲爱的朋友们：大家好……”我笑容可掬地向假扮评委和观众的朋友深鞠一躬，刚一抬头，居然发现他拿着手机正在接听电话，是停下来等他，还是不管他，接着讲下去？犹豫片刻，我很快镇定住情绪，声情并茂地接着演讲。

“曾有人问我，你恨不恨造成你双耳失聪的那个庸医？你抱怨不抱怨因为残疾而变得坎坷曲折的命运……”沉浸在自己的讲述中，又忆起刚失聪时的痛苦，我的眼睛不由得湿润了。

讲错了什么吗？我发现朋友突然右手捂嘴，低头偷笑。什么地方令他发笑呢？是不是我的头发乱了形状？我下意识地用手梳理了下头发，朋友忍着笑，肩膀轻微地晃动着。我一下子乱了方寸，脸涨得通红。

朋友放下捂嘴的手，调整回严肃的表情，打着手势示意我继续。我深吸一口气后，又开始继续演讲。

“我抓起桌上的杯子,使劲地往地上摔去。玻璃的碎片滚了一地,亮闪闪的,像我伤心的泪滴……”我努力地让自己重新投入演讲状态,可一看,天啊,朋友居然离开座位走到堆放办公杂物的阳台上去了。

“哼,不想听拉倒!还有别人听,我得对专心听我演讲的人负责。”我果断地调理好情绪,眼睛不再看朋友,只当他不存在。

我沉浸在往事的回忆中,岁月中的那些冷暖历历在目,帮助过我的那些善良一一涌出,那些人性的光芒映亮了我的眼睛……

我的目光在空荡荡的办公室中游移着,假想着很多观众正在认真地听我的演讲,他们在我的故事中和我一起流泪、欢笑、感恩、憧憬……

激情重新回到我的身上,我动情地讲述着,仿佛面前坐的都是我最诚挚的朋友,我正打开心扉与友人促膝相谈,以至于朋友什么时候从阳台上返回,重新坐在椅子上我都没注意到。我的眼睛不再看他,直到演讲完后,我的目光才重新回到他身上。

“啪啪啪啪……”朋友鼓起了掌,我没好气地说:“你在给我喝倒彩吧?”

“生气了?怪我刚才没认真听你演讲是不是?嘿嘿,刚才那些动作都是我故意的,你看,手机一直关着呢。我假装接听电话,扰乱你思绪;假装挑你毛病的观众或明或暗的言行,打击你的积极性;假装心不在焉的观众走来走去,分散你的注意力……还行,你起先有些不知所措,后来不在意了,那些打扰你的表情和动作,根本影响不到你了,明天决赛时就这样。别让一些有意无意的言行扰乱了你的思维,只当他们不存在……”

我的火气顷刻间化为烟云。

第二天的决赛设在宾馆大厅,观众很多很杂,有专门的评委和残联领导、各类残疾人朋友及他们的亲属,宾馆的服务员也好奇地站在后面张望着,不少到这家宾馆办事和吃饭的“无关”人员看到了,也过来“凑热闹”，场面有些杂乱。有位选手，看到后面走来走去的观众，思路一时“短路”，红着脸下了台。我也有些紧张，想起昨天朋友的调教，我暗暗给自己打气：那些扰乱我思维的言行，只当不存在……

走上演讲台，我深吸一口气调整好情绪，微笑着开始了我的演讲。我的目光如蜻蜓点水，缓缓地掠过台下观众，目光所至之处，果然看到台下有不少漫不经心的听众，有人在打电话，有人在交头接耳，还有人突然离开座位……还好，我已做好了准备。我的目光只停在那些关注我的人身上，那些漫不经心的人，我看也不看。

那天，我发挥出了自己最好的水平，如愿获得了奖项。

我在掌声中走下了演讲台，心里感慨万分：人生，不也如一台演讲吗？有人关注你、鼓励你，有人轻视你、打击你，还有人根本不留意你，漫不经心地充当你人生的过客。想成功的你，只需在意那些关注和鼓励你的人，那些扰乱你心神的人，根本不需要理会，只当不存在。

让理想站在更高的山上

出生于一个普通农户的她，小时候也像村里大多数的女孩那样，最大的梦想是读完初中，然后就到城市打工。

那个时候，村里人大多觉得女娃们能识几个字、会算账就行了，考大学光宗耀祖的事儿，那是男娃的责任。她也一度觉得女孩子初中毕业，就是件很了不起的事了，就像每年重阳节，跟着爸妈登上村里最高的那座疙瘩山，俯视下去，一览众村小，心里挺自豪的。

上小学，弟弟是家里的保护对象，她则经常被母亲呼来唤去帮着分担家务。农忙的时候，她甚至天天和父母一起泡在地里田头。小学毕业，她的成绩自然也好不到哪儿去，勉强地考进村中学。

初三那年，学校里分进来一位支教的女老师，有一个很洋气的名字，叫伊琦梦。城里长大的女子就是跟她们这些村妞不一样，白嫩的皮肤像剥了皮的熟鸡蛋似的，细碎的长发很随意地披在肩头，一种不经意的优雅透过发丝呼之欲出。更让她心动的是，伊老师无论四季，都喜欢穿长裙，那些随风飘飞的裙袂，带着淡淡的栀子花的香气，唤起了她久违的柔软情愫。

因为心生好感，她听伊老师的语文课特别用心，成绩不知不觉地如春笋般节节拔高。每当伊老师在班会上表扬她的进步，兴奋、喜悦和羞涩让她的脸蛋红得如窗外枝头上的山楂果儿。

转眼又到了重阳，伊老师带领全班同学到县里的双龙山登高远眺。那天，当他们一行人汗涔涔地登上双龙山顶峰，临风远眺的时候，伊老师指着西面那片低矮的小山丘说："你看，那就是你们村最高的山。"

顺着伊老师的指向，她果然看到了那座疙瘩山。曾经，它在她眼中，已是很高的山峰了，登上它，村里的一切都那么渺小，而此时，那座山，相比于眼前已登上的双龙山而言，简直不能算山，只能算个丘陵，抑或只是一团小小的泥丸。

那天，伊老师说："孩子们，我希望你们初中毕业后能考上县里的高中，看到更美、更开阔的风景……"

回来后，她仿佛变了个人似的。每天，她仍然会帮父母做家务，但做完家务，她会把自己关在小屋里，捧着书本看到深夜。

初中毕业，她考上了县里的一所高中，虽然不是什么重点学校，但她仍然很兴奋。母亲不同意："也不过是个普通高中，将来考不上大学，白费三年学费。还不如早点到城里打工呢。"还是爸爸心疼她："她想上，就让她去上吧，家里省省过，还是可以供下去的。"

县里离家远，她办了住宿手续，每周只休息日回家看看。远离了家乡，也远离了那些干不完的农活儿，她有更多的时间投入学习，成绩越来越好，渐渐地走进了老师重点培养的尖子生行列。

高三那年的重阳节，她和同学结伴到西安登华山。当他们登上海拔 2154.9 米的高山，一时间，周围云雾缭绕，恍若置身仙境，视线从未有过的开阔，让她顷刻间忘了攀登中腰腿的酸痛。那一刻，她才发现，原来山外有山、天外有天……

她和同学约定——考上北京、上海等一线城市的名校。

然而，事与愿违，她的分数与理想相去甚远，能上的，只是三线城市的本科院校，为了省些学费，她选择了收费较低的师范学院，但她还是担心母亲不同意，毕竟还有个弟弟也要上大学的，两个大学生，家里如何供得起？

正当她不知如何开口向父母要钱交学费的时候，爸爸表态了："上！家里就是卖了房子，也要供孩子上完大学。"她又高兴、又难过，拉着爸爸的手，泪流满面。

上了师范学院后，身边有些家境好的同学，把大学校徽当炫耀的资本，把大学文凭当求职的敲门砖，早没了考大学时的刻苦，而她依然继续保持着当年的拼劲。课余时间，同班的女生结伴去逛商店或到KTV唱歌，她则边攻托福英语考试，边兼职做起家教。

本科毕业后，她参加了全国硕士研究生招考，顺利考上了上海复旦大学新闻类的研究生。高三时就有的那个考进一线大城市的梦想，终于在四年后变成了现实。

博学的老师、睿智的同学，充满知识和时尚的话题，还有那精彩的大城市生活，让她对成功和梦想有了更高的认识。她仿佛是一个终身的攀登者，生命不止，攀登不息。读完研究生，她在恩师的推荐下，获得了出国深造的机会。她的成就，令父母高兴得在梦里都能笑出声。

那一年，回乡探亲的时候，她对村里慕名而来的学生们谈起她的人生感悟——只要有足够的勇气和毅力，再普通的人，有一天也能让理想站在更高的山上！

从最初那个初中毕业后就想到城里打工的乡下小姑娘，到一线城市的名校研究生，再到远赴国外深造的女博士，她的人生充满了传奇色彩，而这一切成功，最初的动力源于那位到他们村支教的伊老师，是那位聪慧美丽的老师，让她看到了比家乡女孩子更高、更美的梦想，并在之后一步步的努力下，终于让自己的理想站上了更高的山峰。

上帝不会每天都沉睡不醒

曾经，她一直认为爸爸很爱“说谎”，因为每一回拒绝吃那些难吃得要命又贵得要死的各种药时，爸爸就会哄她：“乖，听话。吃了耳朵就好了啊，真的！”

吃了很多父母节衣缩食买的治疗耳朵的药，还是没有好。可是，爸爸好像从不灰心，总是“乐此不疲”地四处打听着治耳朵的药方，每打听到一次，就认定这才是能救她出无声世界的灵丹妙药。

她拒绝吃药的时候，爸爸就会在纸上写：“说不定啊，这次吃了就好了呢，想想你能听清了，又能弹琴唱歌了，那该多好啊！”她那已沉在心底的复聪梦便被爸爸说得浮了出来，之后便是无数次地沉下又浮起，浮起又沉下……

爸爸爱说：“好好学啊，等你考了第一，上帝就会被你感动了，恢复你被他囚禁的听力。”她拼命地学呀学，有一天，真的考了个第一，面对同学们敬佩的目光，她好开心——要知道，这依靠看口型和自学为主得来的成绩是多么的不易，可是耳朵怎么还是听不清楚呢？

爸爸哄着泪眼婆娑的她：“可能上帝睡着了吧？接着努力，多考些第一，上帝总不能天天都睡着吧？”

她松懈了的心便又注入了动力，之后是反反复复地松了又紧、紧了又松……

高中毕业，从小玩到大的平儿上了北京广播学院，平儿安慰她：“如果听力没坏，你一样能上最好的大学。”她看懂了平儿的口型，她笑了，她又哭了。

爸爸哄她：“你自学考试上了没有围墙的大学，毕业了也能和平儿一样找到好工作。”

她报考了高等教育自学考试，为了克服听障，她付出了常人双倍的努力。三年半后，她毕业了，可是她的生活和工作并没有一点儿改变。

爸爸哄她：“别急，水到渠自成，选择一个适合自己发展的专业努力下去。你的生活会和健全人一样越来越好。”

她选择了写作。可是投了几篇稿，全都石沉大海，看不到一点儿希望，她很沮丧。

爸爸哄她：“下一篇就能投中，我相信。”她却不敢再相信，因为爸爸曾为她设想的很多美好愿景都没有实现过。

“不写不投，就没有进步、没有希望，我相信，下篇肯定能投中。”爸爸又在一边哄她。她灰了的心又被说得灵动了起来。

有一天，她的处女作真的变成了铅字，她欣喜若狂，看到了生活的希望。后来，她的生活也因了她笔下的文字有了质的改变，这时，她才发现，原来，爸爸的“谎言”也如此真实可信。是那些“谎言”不断地给她以鼓舞和希望，让她在那一个个“美丽的肥皂沫”的诱惑中学会了追求、懂得了坚持，有了不比健全人差的文化，有了和健全人一样自强自立的生活。

回首往事，她已感到，在那些曾让她疑惑过的“谎言”背后是如山般刚毅、如水般温存的父爱，那些并不是很高明的“谎言”真实地记录下了一位好父亲呵护女儿成长的爱。

原来，我也可以成为赢家

他曾是个自卑羞怯的男孩儿。读书的时候，因为家境不好，学习成绩也不够突出，他在那些开朗活泼的同学当中，沉默得像班中的隐身人。和生人说句话，也会紧张得手脚发颤、舌头打结。

技校毕业后，他被分到厂里当了名车工，他的动手能力让师傅刮目相看：别的青工学上一个多月才会调整机床，他不到半个月，就能将庞大的机床调整得顺顺当当。更令师傅惊喜的是，带他未满三个月，他就能单独操作。半年后，他便开始崭露头角。

在很多人眼中，车工是个集“脏、累、苦”于一身的苦差使，但他不怕，从小就有的爱劳动的习惯，让他很快适应了车工一线高强度的节奏。遇到来料是气割毛坯这类的活儿，因为产品留量小，加工难度大还不赚工时，并且每一件活儿干下来，光清理铁屑就得一个多小时，所以别人都不情愿干，但他愿干，因为他觉得越是难干的活儿越能锻炼人的劳动技能和工作耐心。

22岁那年，分厂组织车工技术比武，车间领导推荐他去参加。凭着扎实的操作技术，他一举夺魁，拿下分厂级技术能手的奖牌。捧在手里的获奖证书，让一直觉得自己不够优秀的他有了自信——“原来，我也可以成为赢家……”因了这个自信，他越发努力。

分厂推荐他代表公司参加市级职工技能大赛，他不负众望，又是一举夺魁。成就带来的喜悦，令他信心倍增。此后，几乎每年他都有机会代表分厂、公司，甚至洛阳市参加车工技能赛事，而每一次参赛，他都能抱回奖杯——全市第一名、全省第二名、全国第十六名、市五一劳动奖章、省五一劳动奖章……他的收入也水涨船高，远远地超过单位那些坐办公室的本科毕业生，让他实实在在地体会到了“劳动改变人生、劳动带来自信”的幸福。曾经因家庭经济条件不好、自身受的教育程度不高萌生的自卑感，已在劳动赋予他的丰厚回报中一扫而光。

他仅用一个月的工资就买下了一辆越野摩托车，业余时间，跟着一群心态阳光的网友骑行西藏，头一次完成西藏长旅，他对自己的能力有了更大的信心。

组员们推荐他当班组长，他欣然应允。他早已不是当初那个因为自卑，在生人面前一说话都脸红心跳的小青年，工作和骑行带给他的成就感，让他的言谈举止都带上了成功男人的自信和洒脱。上班时，他悉心向青工们传授经验和技能，休息时带领组员们一起爬山，享受美好生活。

那日和他聊天，他说：“我得感谢劳动，是劳动让我找回了自信，收获了幸福，成长为我想做的那个我……”

他的成长，让我想起高尔基的一段话：“劳动使人建立对自己理智力量的信心，我们在劳动过程中学习思考，劳动的结果让我们认识了世界的奥妙，于是我们就真正地改变了生活。”

原来，幸福也可以像树一样，在阳光中成长。这个阳光，就叫劳动。

每一条弯路都是财富

很长一段时间，她都觉得自己不够顺利，一直在走弯路。

从高职院校毕业后，她作为仅被录取的三名女生之一，走进了一家重大型轴承厂的磨工生产线。尽管那是外人羡慕的好单位，可进去了，她才知道，虽然收入不错，但那里的机床都是几米高的庞然大物，不适合女孩子操作。因为干不动，站在庞大的机床下，她常常背着人流泪。

硬撑了三年，再也撑不下去了，她申请调到一家生产小型滚动轴承的工厂，做了一名工序抽检员。

干了抽检，她惊喜地发现，自己似乎天生就是干检测工作的料儿，无论师傅教她什么，教一次，她就能学会。喜得师傅人前人后地夸她聪明。

有人悄悄"点拨"她："找机会，直接调到环境好些的工序上干抽检，固定一个岗位，不用杂七杂八学一大堆，省时省力，不走弯路。"

看到好几位资深的抽检员都是一个岗位一干就是十几年，她也暗暗希望能固定在后道工序上干终检。

可是不知是为什么，领导却让她一道接一道工序地轮着干，要求她掌握滚动轴承所有工序的抽检要求。

她被分到噪声最大的冲压工序当抽检，刚学会，她又被调到软磨工序，后来，又去干基面工序的抽检……她的脑子几乎没有闲的时候，总是一样新工艺学会了，又被调到另一个工序。

师傅开导她："你走的路有点弯，但你会的也多些啊。"她不置可否地点点头。

几年后，公司传来报考技师的消息。那时，她已取得了检测专业高级工的资格，就想试试运气。

听说技师考试考的范围很广，不仅限于她所熟悉的那类产品的工序抽检，为了顺利通过考试，业余时间她便到其他单位拜师学习。考上了技师，可是工资并没有同步涨起来，别人都觉得她费了那么多准备时间考这个，还交了几百元的报名费，实在不值。她觉得自己又走了弯路。

单位派她参加行业检查工大赛，比赛时遇到了一些特大型轴承检测方面的知识，好多选手因为没干过，不熟悉，在这个关上卡了壳，唯独她很快就检测出了结果。那时候，她就知道，大型的轴承是把仪器拿到机床上测量，这与其他小型轴承产品的测量方法截然不同。

更令她惊喜的是，检查工大赛实践操作涉及的范围很广，以前她所羡慕的那些固定在一道工序上一干就是十几年的资深检查工，在测量不熟悉的工序产品时面面相觑，而她却知道这个活儿该怎么测量？塞尺怎么塞那个游隙？拿起理论试卷，她也答得相当顺利：什么是轴向？什么是径向？桥尺如何使用？游隙如何测量……这些知识，报考技师时，她都学到了。

那一天，她欣喜地发现，原来，之前走的"弯路"让她看到了更多的风景。原来，多一份经历，就多一份经验；多学一点技能，就多一分优势！那一次，她从来自全国机械行业的七八十个选手当中脱颖而出，以理论成绩第一，实作排名第二，总分第一的好成绩荣获全国机械行业首届轴承检查工技能竞赛“机械行业技能标兵”的称号,并被评为公司第一批“首席员工”,她学习和钻研技能的劲头更足了。接下来,她又凭着丰富的技术经验,顺利地荣获市级“优秀专家”称号,成为公司第一位当选专家的女工。

如今,她已是一位深受众人尊敬的技术权威,那些被她抱怨过的“弯路”,在她看来,都成了一笔笔宝贵的财富。

原来,每一条弯路都是为了让我们看到更加开阔的景色,让我们历练出更开阔的胸怀和更有价值的人生。

做一棵幽谷旷野里的柿树

刚从生产岗位转行从事产品销售的那阵子，很多人都不看好她——年过三十，经验为零；人脉窄小，没有背景；学历不高，相貌平平。来部门半年后，销售额才勉强完成当月任务。这一切，让她在这个凭借综合实力说话的世界，无疑是被人看轻的那一类员工。

面对别人掩藏在客套的微笑后面，不经意就会从眼眸中和说话的态度里泄露出来的轻慢和排挤，她感到了看似风平浪静的际遇背后随时下岗走人的生存危机。

那个春日，她休年假陪母亲到离家不远的自然景区踏青。春花秀美、阳光和煦，而眼前这片喜人的春色却难以缓解她心中无时不在的工作压力。紧锁的眉头，无形间泄露了她内心的烦忧。面对母亲关切的询问，她故作轻松地撇开话题，装作若无其事的样子抬头欣赏那一树树的桃花……

母亲碰了碰她，指着山谷下的一棵高大的树，说："瞧，那是野生的柿子树，从来没人给它浇过水、施过肥，所处的位置也不好，但这一切都并不影响它的成长。它会很努力地把握住每一缕阳光的温暖、每一颗露珠的滋润。尽管长在地势最低的谷底，它却有着远超过其他树种的高度。每到秋季，还会结出满树沉甸甸的果实，证明着自己的价值。我一直觉得，做人，就要像柿树那样，不怕所处的环境差，要会努力把握住每一个细小的、有利于你成长的机会，你一定也能收获意想不到的丰硕成果。”望着母亲充满智慧的目光，她紧皱的眉头，一点一点地舒展开来……

重返单位，她不再在意那些或明或暗的轻慢和排挤，只要一有空，她就主动包揽部门中一些别人不愿干的杂事，虚心向那些业绩好的同事们请教销售方面的知识和技巧，渐渐地，大家对她也显得热情友好起来。但是，由于没有显著的成绩，她在那个人员繁多的销售部门，仍像一个隐身人，从未引起过总经理的注意。

一个偶然的机会，她引起了总经理的关注。

那是一个寒冷的冬天，她的一位客户急需某型号的产品5000套，并且要求一周内到货。算一下行程，最多只有三天的准备时间了，要保证按时交货，这将是怎样紧张的一场战役。更让她心急火燎的是，库里此类型号的产品不足2000套，她只好请示主管，自己亲自下车间通知工人们加班生产。

那三天，为了督促工人师傅们，她干脆全天泡在车间，白班连二班地陪着工人师傅们干活儿，基至为了让工人师傅们省下回家吃饭的时间，她自掏腰包，买来盒饭，请大家在生产现场解决就餐问题。三天后，5000套产品装箱待发，她又忙着联系客户，紧急运输，保时保质保量地完成了任务。

事后，车间领导和客户先后向总经理反映了她积极肯干、替客户着想的事迹。总经理很感动，从未见过哪个销售人员为了催活儿，会一连几天不计个人得失地泡在生产现场和工人师傅们一起干活儿……从那个时候起，总经理开始关注她，并有种好的预感，这位做起事来全力以赴、认真得有些过分的女同志，将来必能创下不同凡响的业绩。

果然，总经理没看错人。紧接着，两家新客户的开发，再一次证明了她的能力。

那天，她乘火车前往某公司办事。在火车上，她习惯性地和对面的两位乘客聊起家常。闲聊中，她听出其中一个人是河北口音，就想起她曾去过的河北某家公司。提起年前去那家公司开会的事，她凭着记忆，一口气报出几位当时开会时认识的领导的名字，那人不禁乐了。原来，他恰恰是当时开会中的一人，由于企业改制，年后他到另一家公司就职，负责设备维修，并从那人的口中意外地得知他们公司正需要大量的某产品，而她们公司恰恰也生产这类产品……

她和公司的技术人员去广东的一家公司谈售后服务的事宜，办完业务，她主动和对方聊起家常来。从社会时事谈到感恩父母，从交友贵在诚恳，谈到待人要有侠气……见她亲切热情、坦诚可信，对方心生好感，也顺着她的话，聊了下去。聊到产品销售的时候，对方主动给她提供了一个很有价值的信息……靠着那个信息，她又开发出一个黄金满地的新市场。

就这样，一场意外的重逢和一次推心置腹的交流，让她不费吹灰之力便先后开发出两个大市场，也成就了她在公司销售史上的一段佳话。

她的努力有目共睹，频频刷新的销售业绩也令同事们心生敬意，很快，她被总经理提拔为子销售站的业务经理。

面对同事投来的敬重和赞赏的目光，她喜极而泣。恍然间，耳边又回响起母亲的声音："做人，就要像柿树那样，不怕所处的环境差，要会努力把握住每一个细小的、有利于你成长的机会，你一定也能收获意想不到的丰硕成果。"

从倾听母亲充满智慧的开导时起，她就开始把自己当作幽谷旷野里的一粒柿树的种子，努力地把握住每一滴露珠的滋润，努力地伸直刚钻出土的嫩芽去争取每一缕阳光的温暖，凭风助力、借雨生姿，终于慢慢地成长为一棵令同事仰望的柿树。

第二辑

每一株小草都有梦想

原来，只要有关爱的土壤，只要有鼓励的春风雨露，只要小草自己不放弃长高的梦想，带着感恩的心和回报阳光雨露的渴望，不断地汲取阳光、积攒力量，小草也有长成竹林、笑傲寒风的希望！

以曲线上升的姿态走向成功

35岁那年,梅琳作出了一个让亲朋好友目瞪口呆的决定——放弃清闲体面的办公室工作,主动要求到公司生产一线当工人。

丈夫把手放在她额头上,试探着她的体温,问:“你是不是发烧了?说什么胡话……”年迈的老母亲听说后,也急急地打来电话:“妞,你知道妈当年就在生产一线,成天忙得跟打仗似的。放着轻松的活儿你不做,非得去车间当三倒班的一线工人,你傻啊?”

科里的几位好姐妹也很不理解,劝她别冲动。甚至还有闲人背后说起了刻薄的风凉话:“还不是为了多拿几个钱。也不想想一线现在都是数控设备了,又是计件制,干多少拿多少,就她这样连数控机床都没摸过的人,到那儿拿的钱说不定还不如现在呢。”“人家哪是图钱,是想出名呢!奔四的人了,要年龄没年龄、要技术没技术的,还敢要求调到一线。嘿,别说,这可是重磅新闻呢。”

但那些或善意、或讥讽的话,都没能阻拦住她走进车间从零开始的脚步,因为她觉得应该遵从自己内心真实的声音——在这个以生产为主的企业,文员就算干得再好,也不过是个后勤性质的工作,没有多少发展的机会。而到一线,只要掌握了最新的数控技术,肯吃苦耐劳,早晚会有脱颖而出的机遇……

调到车间后的第一个工作日，梅琳就有些尴尬。因为整个车间，她是年龄最大的一个，领导分给她当师傅的是个刚满25岁的小青年，听她喊“师傅”，小伙子的脸一下红到耳根：“论年龄，该是我叫你师傅呢。”

话虽这么说，师傅还是很认真地带她，她也学得格外用心。不到一个月，她就出师开始单干了。“初战告捷”的喜悦让她沾沾自喜，以为数控机床的操作不过如此而已。但很快，她就发现自己高兴得过早了。

那天下午，梅琳上二班，干完一批活儿后，主任让她换活儿，从编程、对刀、调仪器，再到加工出合格产品，定额是4个小时，顺利的话也至少要3个小时才能完成。她问了下师傅，就开始工作，换到晚上11点多终于换好了，谁知一看，台型车大了，无法使用，最后还是班长看到她急得满头大汗的样子，主动过来帮忙才完成了任务。

那个“意外”，让她认识到了自己在操作数控设备上的稚嫩和不足。但也正是那件事，驱逐了她内心的浮躁，让她下定决心，一定要学好数控技术！

此后，只要有机会，梅琳都会认真观察班长怎么换活儿，从中学习经验。同时，为了真正做到熟能生巧，她有意加大工作量，坚持每天第一个开机，最后一个停机，自觉加班加点。其中，工间吃饭时间也成了她苦练技术的最佳时间，别人去吃饭了，她就在机床旁吃几口自带的饭菜，然后就又继续干。经过勤学苦练，她的操控技术和编程水平很快达到了十分娴熟的地步。凭着娴熟的操作技能，她单干后第一个月的工时就排在前十名。半年后，单位举行数控技能大赛，梅琳居然获得了比武大赛的第一名！单干不过半年多，便取得这么好的成绩！这出乎了所有人的意料。

某日，车间遇到的一个难题，某型号产品急需200多套，需要连三班,但加工那个型号的同事因为孩子小,不能连班,心急火燎的车间主任找到她,问她能不能上三班赶一赶?她二话没说就答应了。

代开的机床和梅琳的机床相距几十米,往日里习以为常的工作,多了份田径运动员般的冲刺和奔跑。那个晚上,她像个上足了发条似的陀螺一样,不知疲倦地穿梭于两台机床间,一直干到早晨6点多,终于加工出该产品100多件,只给白班留了90件活儿,确保了产品按时发货。当月,她的工时又是全车间最高的。她乐于助人和急车间所急的高尚品质,赢得了众人敬佩的目光。

短短不到两年的时间,梅琳已成为车间金牌蓝领,每月工资是她之前工资的双倍甚至三倍。虽然比以前坐办公室辛苦得多,但她喜欢这样忙碌而充实的生活。

外单位的人听说他们车间有这么一位班间不回家吃饭,一块烧饼或几个包子就在工作现场随便填饱肚子,每个班都是连续开机10小时以上的女强人,带着半信半疑的态度来她们车间核实,一看果然如此。此后一传十、十传百,梅琳成了公司里人人皆知的楷模。

40岁那年,车间公开推选主管,尽管年龄有所超标,但梅琳的技术和人气却是车间中的佼佼者。最终,梅琳被破格录取,荣升为车间主管,不仅拥有令人羡慕的收入,还重新回到了干净体面的办公室。而五年前曾讥笑过她的那些人,却仍"当一天和尚撞一天钟"地过着平庸的生活。

成功的人生,不可能总是一帆风顺的。当你感到在一个岗位上到了瓶颈期的时候,不妨学学梅琳,换一个有冲力的低处,以曲线上升的姿态向前迈步,找到属于你的那片蓝天。

每一株小草都有梦想

10年前，单位发起了一次征文活动，她的散文以清新优美的文笔和职工耳熟能详的生活题材打动了几位评委，从200多篇参赛作品中脱颖而出。负责宣传工作的晓柳，因了那篇文章，记住了她的名字。

为了通知她及时到宣传部领取奖品，晓柳按她在征文下面留的联系方式拨响了她的手机，铃声响了一遍又一遍，那边却一直无人接听。过了一会儿，晓柳的手机响了，打开一看，是条短信："您好！对不起，我是聋人，无法接听电话，有什么事吗？请发短信告诉我，谢谢。"

"什么？她是残疾人？一位残疾职工也能写出这么好的散文。"晓柳很吃惊，也感到心疼，有一种迫切希望与她沟通的冲动。

那个春风吹皱了湖水的夜晚，晓柳按她给的QQ号加了她。从网络里传来的一行行文字中，晓柳知道她还是分厂的兼职通讯员。为了完成通讯工作，她用笔在车间与人沟通，每了解一点信息，就要付出比常人更多的努力。

晓柳很感动，在QQ上鼓励她当一名优秀的企业通讯员，坚持写下去，说不定能走进作家的行列。她发过来一个害羞的表情："我不行的，因为我是聋的……"

“不，你行的，要相信自己。你有写作的天赋，只要多读多写，你会脱颖而出的。”晓柳想起中学时期读过的《假如给我三天光明》，上天让她结识了一位同海伦一样不屈从于命运的残疾女子，她感到自己有责任去鼓励还跋涉在生命低谷里的她，让她看到生活的希望，看到前程的光明。

隔着网络，她感到QQ那边发来的一行行文字如春风雨露，唤醒了沉睡已久的梦想。其实那个梦想，在她25岁前也曾茁壮过——那些激情燃烧的岁月，她克服了听力的残缺，坚持上完高中并攻下了高等教育自学考试大专文凭。上课无法听到老师的声音，她注定要比健全的同学付出更多的努力。获得大专文凭的她，在别人眼里创造了一个小小的奇迹，她也因此有了自信，一朵憧憬成功和幸福的小雏菊悄悄地盛开在心底。

但现实中，繁忙的车间、轰鸣的机床，身穿质检员白大褂的她听不到声音，与操作工沟通不便，她的工作显得很孤立。在一次次竞争上岗的风浪里，她像一株被寒风吹打得随时可能被连根拔起的苦菊，在寒流的侵袭里失去了明媚的笑意。

工作上的郁闷让本不多语的她更加沉默。曾经怒放在心里的小雏菊还没有舒展开花瓣，便已渐渐凋零。那一片片飘零的花瓣，如一缕缕忧愁，有谁堪知其中的伤感？

“我无法听，什么都争不过别人，我这辈子只能是个随时都可能下岗的辅助工，只能是个草根。”她的字里行间满是无奈的忧伤。

“即使是一株小草，只要努力，就有不断长高的希望。知道吗？竹子也是草呢，却可以长得比小树还高……”晓柳的头像在屏幕上跳跃着，从网络中发过来的鼓励，如一缕缕阳光，映亮了她的心房，给梦想的种子带来了破土而出的力量。

“小草当然都会长高的，但是，小草，又能长多高呢？长得比小树还高的可不是一般的草，只有竹子，才有可能长得比小树还高。”她把困惑发了过去。

晓柳笑了，发过去一个笑脸：“谁又能说你就不是一株尚未长高的翠竹呢？”

她的心，如春风中的洛河水，柔柔地掀动着一层一层涟漪的波浪……

那个心绪起伏不定的夜晚，她独自漫步在洛河岸边，看着一排竹林在春风中骄傲地摇曳着细长坚挺的身子，想到几年前来这里时，它们看起来像一株小草，而如今，它们却比不远处的小树长得还高。

“试试吧，如果真的是竹这一类的草，那么，只要努力成长，应该也会比小树还高。”月光下，暮色中的竹林披上了一层圣洁的银辉。

无数个夜晚，她的思绪在屏幕上飞跑，写单位的好人好事，亦写她人生的故事和生活里的种种感想，她的名字越来越多地出现在单位内部刊物上，她感到自己也像一株春风里的嫩竹，在悄悄地拔节与小树比赛着长高。写累了的时候，她就到洛河岸边散步，看着那排竹林，她就有了继续拼下去的动力。

又一个春天来了，这一年的春天仿佛比哪年的春天来得都早。暖暖的空气中，氤氲着桃花的馨香。那天，当她站在公司“十大优秀通讯员”行列中走上镁光闪闪的颁奖台，从公司领导手中接过大红的获奖证书时，幸福的泪水夺眶而出。泪眼模糊中，她看到了晓柳的笑脸，一如窗外的桃花，开得正艳。

她从车间调到公司宣传部的时候，恍然间感到自己在做梦，她把手指放进嘴里咬了一下，生痛生痛，疼痛过后，心里满是惊喜。

她把喜悦从 QQ 上传给晓柳，也把顾虑发了过去：“我是聋人，能行吗？”

晓柳很快发过来一段话："当然可以。你除了听，其他方面并不比别人差。别老盯着自己的缺点自卑得不敢挺起胸膛。还记得我曾跟你说的话吗——即使是一株小草，也有不断长高的希望，更何况你有竹的品质。大胆些，接下文字岗位的挑战！"

她鼓足勇气投入有些敬畏的文字工作中。打报表，统计文件，修改通讯员来稿，收发报纸和邮件，编辑、排版并交付印刷……她感到自己身上有着使不完的劲儿。与其他人不同的是，因为无法听，加上能看懂的口型也很有限，她很多时候需要通过局域网和纸、笔与他人沟通，她想尽办法克服听障的困难，将工作做得和健全人一样好。她的勤奋与刻苦，让每一位和她合作过的人都为之动容。

有人夸奖她创造了一个奇迹，因为不仅在这个公司，即使在这个城市，也还从没有一位聋人尝试过文字工作。她知道后，心里既欣慰，也多少因为自己的残疾而感到自卑和羞怯。

晓柳为她鼓劲："你要用实力证明成长的坚实。不要把精力放在关注别人的看法上，不要老想着自己是残疾人。努力工作，让成绩带给自己成就感和安全感，业余再坚持写作投稿，多参加些公司内外的征文比赛，抽空再攻下本科文凭……"

想起洛河岸边那些悄然长高的竹子，她有了尝试的冲动。

又是无数个与时间赛跑的日子，她白天忙工作，晚上守着一盏孤灯，读书、写作、投稿，做习题和笔记……日子忙碌而充实。

一年四季的风吹过，竹叶青了又黄、黄了又青，晓柳接二连三地听到她的好消息：考上师范学院中文系本科班了，征文在市里获奖了，文章发表在知名杂志上了，作品被收录在结集出版的丛书中，加入了市作协，加入了中国残疾人作家联谊会，加入了省作协……晓柳从这些鼓舞人心的好消息中看到了这个坚强女子身上那种非凡的爆发力。

QQ上,她发过来一首诗:“你是上帝派来的天使/唤醒了我沉睡已久的希冀/你的鼓励/是黑暗中的启明星/悄悄地照亮了我前进的方向/感谢你的真诚/那是孕育我梦想的土壤/感谢你的善良/让小草有了长成翠竹的雨露、阳光……”

晓柳一遍遍地读着这首朴实的小诗,感动得泪花闪闪:自己只不过给了她一些力所能及的鼓励和帮助,却没想到这些关怀的甘露能为她创造一个充满奇迹的春天。她很欣慰,聋女孩和洛河边的那排小竹林一样,虽然还不够茂盛,但已走出了低谷时的阴影,有了追求梦想的信心和勇敢……

那天,她乘坐电梯到达编辑室,站在七楼的窗口向下看去,视界的明朗和开阔令人心情愉悦,她已有了胜任工作的从容和自信。她知道,这不仅是空间上的高度,更是她人生的高度。

原来,只要有关爱的土壤,只要有鼓励的春风雨露,只要小草自己不放弃长高的梦想,带着感恩的心和回报阳光雨露的渴望,不断地汲取阳光、积攒力量,小草也有长成竹林、笑傲寒风的希望!

成功，就是活成自己喜欢的模样

那一段时间，他特别烦躁。每天早上，一睁眼，他就开始紧张地思考去什么地方推销，才有希望完成当天的销售任务。

城里令人眼花缭乱的商厦多得数都数不清，随便走进一个商厦，都可以找到像他们公司生产的那类大众化的电子产品。想说服城里人将目光从商厦移出，掏钱购买他们那个连商厦柜台都租不起的小公司的产品，谈何容易？

想来想去，他想到了郊区和乡村。或许，因为价廉，那里的人会对他推销的这些手机感些兴趣吧？

他骑着摩托车开始跑乡村，挖掘市场潜力。

那天，正站在村口推销手机的时候，前一天咨询过他的那位戴眼镜的中年男人又来了。这次，那人不像头一回那样光挑不买，而是很果断地买下了一款智能手机。

终于有了客源！他心里一阵狂喜。不由得，他对这位衣着朴实的中年人心生好感。

“大哥，看你也像读书人，在哪儿高就呢？”他好奇地问。

“我就在附近种香菇。”中年男人向对面一排搭着塑料大棚的田地指去，“不忙的时候，喜欢舞文弄墨。”

中年男人的坦率增加了他的好感，反正生意冷清，闲着也是闲着，他们聊了起来。

闲聊中，知道这位大哥也是大学毕业，在城里打拼了多年，身心疲惫。于是，重返家乡，以种植香菇为生。日子虽说不如城里的白领滋润，倒也悠闲自得，让他感觉找到了自我。

“看到路边的迎春花了吧？你看，这乡野的土地上，有很多这样的花，不管别人是否注意，它们都自得其乐地释放着清香。土地的贫瘠、人烟的稀少，这些都不会影响它们的开放。它们知道，开花本来就不是给别人看的，只是为了绽放内心对生活的爱。”

“开花不是给别人看的，只为绽放内心对生活的爱。”充满诗意的话，令他怦然心动。

平心而论，他并不喜欢现在做的营销。堂堂大学毕业生，在校还当过四年文学社的副主编，如今却混得这么惨——挂着“销售经理”的虚名，干的却是走街串户小贩的营生，心里未免有些凄然。如果不是为了生活，如果不是留恋“经理”空头衔的虚荣心作怪，他是断然不会选择营销的。

回去后，他彻夜难眠地想了很久，最后决定辞去这份并不喜欢的销售工作。曾经那个作家梦如迎春花从心底悄然绽放，他有了一种为梦想拼搏的激情。

他制订了一份写作计划：“每天写 5000 字，每天到体育场跑步 15 圈，每三天读一本书，晚上十点前休息……”扔下笔，他像个将军似的挺直了胸脯。

但是，不到半个月，他就感到精力不济，快坚持不下去了。毕竟写作不是单纯的打字，没有灵感的时候，呆坐在电脑桌前，思想跟冻僵了似的，什么也写不出来。而且，稿费不仅低微，还时有时无地没有定数，甚至还不如他推销手机时的收入……

那天，心情郁闷的他忽然生出一种冲动，想去看望那个种香菇的大哥。他骑上摩托车开往小山村。当他在大棚里找到那位大哥时，大哥衣服上沾满锯末，正蹲在大棚边忙活。

知道他的心事后，种香菇的大哥给他讲了个故事："有两个人都喜欢画画，但一个人觉得自己的水平不行，画的画也卖不了多少钱，他把时间用来赚钱，然后去买名画；另一个人也觉得自己水平不高，但他却肯花时间苦练画画本领。很多年后，第一个人靠倒卖名画，发了财，又购买了很多的画收藏或继续贩卖。第二个人虽然远不如第一个人有钱，但是，他却成了真正的画家，每天画自己想画的画，过自己喜欢的生活。你觉得哪个成功呢？"

他若有所悟……

回来后，他重新调整了写作计划：坚持读书，坚持写作，每天最少写够 2000 字，每月至少写够 60000 字。三个月后，他出了第一本书……

五年后，他的名字遍布国内知名期刊和校园图书，成了深受青少年喜爱的美文作家，用稿费过上了丰衣足食的生活。

一次，在向青少年读者讲述成功心得的时候，他深有感触地说："人，应该像山谷里的迎春花那样，静静地生长，不必活给别人看。真正的成功，不是你赚了多少钱，引来多少人的羡慕，而是把生活过成你想要的模样。"

赢在“负极点”

去省里开残代会,同行的代表当中有位和我一样的听障女子。当肢残人代表主动跟我们交流的时候,我的弱点便暴露了——他们语速太快,口型也不是我熟悉的那类标准普通话口型,我木讷地坐在那里,根本接不上话。而她,却仍应对从容,交谈显得轻松愉快。

我问她怎么能看懂那么多不同的口型?她笑着摇摇头:“我不需要看口型,他们说话,我听得很清楚。”说着,她用手拨开右耳后的长发,一段黑色导线连着一块硬币大小的导体正固定在她的耳廓后面。原来,她植入了电子耳蜗。

见我感兴趣,她慢慢地给我讲了她的康复故事。

她一岁多因注射抗生素导致双耳失聪,之后,她配上助听器学说话。但是随着成长,她的听力开始不明原因地日渐下降。到了12岁,即使佩戴最大功率的助听器,都无法提高听力,束手无策的父亲只好带她去北京寻找康复的办法。

在那家权威性的耳鼻喉科,有几位聋儿也跟着各自的父母来此求医。大夫如实告诉了他们植入电子耳蜗的利弊:如果手术成功,患儿听力将大幅度提高,接近正常。但安装电子耳蜗不仅费用昂贵,并且风险较大,万一失败,可能听力状况比手术前还糟。

没人敢保证手术是百分之百的成功,一旦手术失败,不仅给家庭带来巨大的经济压力,并且孩子原有的一点点听力也消失殆尽。很多家长考虑到孩子尚有微弱的残存听力,不敢冒那个险,犹豫再三,最终放弃了手术。唯有她的父亲顶着巨大的压力,签下了手术协议书。

手术那天,她的父亲用笔在纸上写了一段话:“孩子,躺在床上,别动,大夫给你打一针,你就睡吧,睡醒了,就能听到爸爸的声音了。”

“真的吗?”她睁大了眼睛盯着父亲。看到父亲和站在一旁的大夫都肯定地冲她点点头,她高兴极了,顺从着躺了下去。

打过一针后,她很快就睡着了。醒来后,她一睁眼就看到爸爸红肿着眼,正焦急地看着她。见她醒了,父亲连连叫着她的小名,她惊喜地答应着——她实在太高兴了,爸爸没骗她,果真是睡了一觉后,就听到了爸爸的声音。

靠着植入耳内的电子耳蜗,她像健听人一样顺利地考上了大学,找到了一份满意的工作,甚至还考取了驾照。而当年听力比她稍好些的聋儿,因为家长担心手术失败让孩子丧失残存听力,在犹豫中,错过了做手术最佳的年龄段。

她说自己很幸运,当时她的听力在那些孩子当中是最差的,父亲选择给她冒险做耳蜗植入手术也是万不得已的决定——再大的声音,也激不起她任何的听觉反应,反正都是最坏的状况了,还能坏到哪儿去?

她的话,令我感慨。是啊,如果她还有残存的听力,她的父亲可能就下不了那么大的决心了。她的命运,可能也像我们这些中、重度的听障人一样,至今挣扎在难以与人正常沟通的苦恼之中。

有一位亲友,几年前在一家企业做文员。单位效益很差,但那是有编制的正式工作,并且他好不容易才从车间调进科室,工作体面而轻闲。只是工资太低了,他也一度考虑过辞职,却又舍不得,怕再也找不到这么轻松体面的工作,更怕以后成了社会上的“自由人”,失去最起码的生活保障。他自嘲道,妻子一直没有正式工作,孩子还在上中学,他要是再没工作,这个家还怎么过呢?

但是,仿佛越怕什么,越易发生什么似的。单位改制,他们那个终年难以盈利、总拖公司后腿的部门被精减下来,拿到一笔工龄买断金后,他成了没有单位的“自由人”。

那一刻,他觉得天都塌了,再没有比这更糟的事了。他把自己关在屋里喝了两天闷酒后,最后决定豁出去——他用那笔买断金购进了一些器材,凭着多年前在车间做电工的经验,做起了代销五金器材和埋线、走线的生意。

没想到,不到半年,他就收回了成本,生意好的时候,一天的收入能超过他当年在单位一个月的工资。尽管他比以前忙累多了,没了周末和节假日,但物质和精神生活却比以前丰裕得多。现在,他和妻子正准备把房子换成大的,再贷款买一辆私家车。

闲聊时,他说:“有些成功,真不敢想象……如果没有那次减员风波,我也不敢破釜沉舟地开始创业。”我乐了:“不逼你一把,你就不会知道自己原来可以这么优秀。”

人生,或许就是这么富有戏剧性。当我们陷入最糟糕的状况时,肯定会生出伤感、烦恼、无助等灰色情绪,但是,无论如何,请振作精神,理智地接受眼前的窘迫,积极行动起来。因为,可能正是这个负极点,逼着你不得不改变思维和习惯,从一个崭新的开端出发,找到“柳暗花明又一村”的喜悦,找到另一种你之前不敢想象的成功。

笨人阿涛的春天

阿涛从小就是个实在的让人觉得比较“笨”的人。上小学，班里搞卫生，老师一不留神儿，同学们都跑了，就他一个不敢跑，傻乎乎地拿着把大扫帚一个人忙到天黑，扫完了整个操场才回家。

上中学，老师布置的作业太多，同学们写不完了就找各种理由应付老师，阿涛不敢撒谎，写到半夜，第二天一大早再忍着瞌睡虫把要求背的课文全背会了才去上学。诸如此类的“傻”事一直是同学们的笑料，阿涛成了众人眼中“缺心眼儿的人”。

高中毕业，18岁的阿涛到一家食品厂打工，别人搬食品箱一次搬两件，他觉得自己年轻力壮，非要一次搬五件，高高的食品箱把脸都挡住了，阿涛小心地慢慢往前搬。有人笑他是傻瓜，阿涛也不生气，憨憨地跟着大家一起笑。半年后，阿涛的父母让他回老家，厂长背着大家多塞给阿涛一个月的工资，说：“小伙子，真希望你能留下来。你干活儿不惜力，大家都像你这样就好了。”阿涛感动得一时不知说些什么好。

阿涛听爸爸的话进城当了一名工人。厂太大了，阿涛进去了居然不知怎么出来。分到磨工班，他们车间的噪声分贝之大全厂出名，有人调好了机床便跑到噪声小的库里去休息一会儿，阿涛傻傻地不敢离开，守着机床一站就是一个班。为此，“聪明”的工友经常拿阿涛开涮。

业余时间，阿涛喜欢读书看报。车间里人多报少，很多时候报纸被聪明人捷足先登，看完后就随手丢弃，甚至还有人拿报纸擦手。老实的阿涛从不跟别人抢，总是等别人看完了，才拾起丢在地上油迹满面的报纸细细品读。读得多了，他也想试着给厂报投稿。阿涛并不太懂写作，就下笨劲在文字中摸索，把所有的业余时间都泡在写作上。最初投稿非常不顺，百投百不中。阿涛的“笨劲”被周围的人引为笑料，直到他的一篇稿化为铅字……即使证实了阿涛的稿的确上了报，但在很多人的眼里，“笨手笨脚”的阿涛是成不了大气候的，偶尔发表了一篇只不过是“侥幸”罢了。

听到别人的讽刺和挖苦，阿涛低头笑笑，把样报收好珍藏起来，回家又一头扎进书堆里。慢慢地，阿涛的文章越来越多地出现在厂报上。

宣传部的领导找到阿涛：“到我们这里干吧，编辑报纸……”阿涛就这样当上了企业报纸编辑。阿涛发现，原来笨人也有意想不到的机遇；原来付出了就一定会有回报。

打小就一直在说家乡土话，到城里工作后才发现普通话原来这么好听，阿涛也卷着舌头“鹦鹉学舌”地说起了普通话。院子里，阿涛用蹩脚的普通话跟老大娘拉家常，阿涛发音僵硬，老管不住自己的舌头，老太太听不懂，奇怪地看着阿涛，以为阿涛脑子有毛病；在厂里，阿涛操着“普通话”跟同事们交谈，工友笑阿涛“娘娘腔”，“听得能让人起一身鸡皮疙瘩”；表哥来家里坐，阿涛和颜悦色地用“京腔”向表哥问好。刚说几句，表哥就怀疑阿涛是不是脑子进水了——到城里工作才多久啊，学得一口不伦不类的怪腔，真是愚蠢！

同学结婚，阿涛去捧场。即兴用刚学会的“普通话”说了些祝贺新娘新郎生活幸福、白头到老等吉言，还没说完就被同学嫌丢人拉了下去。酒席上，面对久别重逢的友人，阿涛操着“普通话”与之话衷肠，身边有人拽拽阿涛：“求求你了，别再说了，行不行？你说话太怪，再说，俺们饭都吃不下了……”阿涛尴尬地闭上了嘴，红着脸低头吃闷饭。

回到家里，阿涛闭门思过，怪谁呢？只怪自己笨，学艺不精，还是面壁操练吧。阿涛买了一个复读机，每天坚持读文章给自己听，一字一字地练发音，这一练就是两年。

公司招聘节目主持人，阿涛壮了壮胆子报了名。每天下了班，就把自己关在家里哪儿也不去，对着镜子练习发音和表情。阿涛知道在众多实力强劲的竞争者面前，只有勤学苦练，才有获胜的希望。下班后，阿涛在骑车回家的路上，嘴里仍一刻不停地背着顺口溜，锻炼口齿灵活性，引得路人频频回头，还曾被人误认为是个“神经病”；休息日，阿涛请亲朋好友来家里当“嘉宾”锻炼现场反应能力，朋友笑他小孩子“过家家”……

而最终，这个“神经病”“笨小孩”创造了一个奇迹——阿涛以最佳的表现力克群雄，成为电视台唯一的男节目主持人。

当上节目主持人的阿涛，普通话说得够顺溜，但阿涛并不满足于现状，阿涛请求部领导批准他到北京广播学院举办的主持人培训班深造。培训期间，同学们闲暇时结伴去游览景点，可他除了吃饭和睡觉，把所有的时间都用在了学习上。阿涛跟著名主持人敬一丹、赵忠祥、虹云、崔永元等老师学习主持技巧，并在他们的指导下，顺利考取了国家一级普通话证书。

做上了企业家喻户晓的节目主持人之后，阿涛不满足于只做单一的节目播音工作，阿涛申请到新组建的新闻制作部，与写作功底深厚的老师一起完成专题片的制作。由他制作的几个访谈互动节目也得到了众多好评。

面对越来越多的赞赏,“笨笨”的阿涛发现——原来学啥都不比别人快的“蠢材”也可以变成众所瞩目的“人才”。

洛阳“盛世颂牡丹”电视诗歌大奖赛揭晓那天,再次给阿涛带来了自信——阿涛从众多专业人才中脱颖而出,荣获金奖,成为轰动一时的新闻人物。

这个打小便被人认为“缺心眼儿”的笨孩子就是这样用辛苦的汗水、踏实的步履、乐观的心态、不懈的追求,迎来了人生的春天!

北漂路上梦想谣

1983年出生的他，从小便表现出一种很强的创造力。

上小学的时候，喜欢看漫画，看完还不过瘾，就自己动手画漫画，他画的漫画，时常成为同学们抢着看的“热门读物”；上了中学，又迷上了看小说，看多了，心里痒痒的，每天做完作业，便把自己关进小屋写小说，居然写得也像模像样；考上师范学院后，他又迷上了流行歌曲，胡编出的歌谣也挺好听，成了小有名气的校园歌手……

毕业后，他听从父母的话，在离家不远的一家工厂做工。尽管工作保证了他衣食无忧，却难以保证他接近梦想。静静的深夜，听着耳机里张亚东创作的音乐，每一声都似心灵的呼唤，令他激情澎湃……

很长一段时间，他都处于一种孤独的自闭状态。身边没有懂音乐的人可以交流切磋，闷了，他就上网听歌、上音乐论坛寻觅知音。渐渐地，知道了如何通过网络给北京各大唱片公司自荐作品。

一个偶然的机会，他收到太合麦田公司的邀请，前往北京参加选拔音乐创作人的活动。兴冲冲的他请了一周的假赶到北京。可惜，首次上台，兴奋和紧张让他的声音颤得厉害。结果可想而知，初赛，他便被淘汰了下来。

既然已到了北京，何不再去碰碰运气？他抱着一丝希望，找到了张亚东创办的东乐唱片公司，向这位敬佩已久的音乐制作人当面自荐了几首歌。张亚东看了他的作品、听了他的演唱，很感动，尽管还没达到他们的选用要求，但能看得出，这是一株很有潜力的好苗子……送他出门的时候，张亚东告诉他："请相信自己，期待你创作出更多、更好的歌曲。"

张亚东的鼓励，点燃了他梦想的火炬。回到家里，他告诉父母，想去北京发展。但是，家人不理解，认为搞音乐创作就是想当明星，不切实际，异想天开，安安分分地在厂里上班才是正道。

他告诉家人，音乐创作和画家、作家一样，都是一种很好的爱好或职业。他很想去北京闯闯，无论成功与否，为梦想努力过了，这人生，就没有什么遗憾了……家人被感动了，默许了他的选择。

2009年初秋，他背上吉他，怀揣两万多元的积蓄，加入了北漂大军。

像很多北漂的青年一样，最初，他租住在北京郊区的一片待开发民房里，这里的房租虽然便宜，但离市区较远。可是他很少打车或乘坐地铁，他喜欢提前两个多小时出门，步行赶到公司商谈单曲创作的具体细节，一路上，他放慢了脚步，静静地地观察和体会着北京的繁华、韵味。

渐渐地，他熟悉了这座城市。几个月后，为了离市区近一些，他搬到了东三环的地下室。站在住处外的天桥上，可以清晰地看到远处北京一座标志性建筑——中央电视台新址大楼，每每看到这个标志性建筑，他都有一种融入北京的兴奋……

地下室终日不见阳光，手机也难以接收到信号。他就把手机放在窗口上，用那时有时无的微弱信号与公司保持联系。为了省钱，他经常吃的都是最便宜的泡面，一分钱一分钱地节省口袋里有限的钞票。

物质生活的艰苦反倒成了他精神上的兴奋剂——那段时间，是他的创作巅峰期，几乎每天，脑里都有新的灵感，如浪花撞击海岸，在他心中飞溅出一首首优美动人的歌。《钢铁一样》《三虫奏》《哥的2009·网络篇/时事篇》……还有众多歌迷耳熟能详的《反盗版很忙》《裹脚布飘扬》，都是他在北漂时期的代表作品，频频出现在优酷网、腾讯网、激动网首页上，他的作品渐渐被东乐公司高度认可。

北漂的路，很辛苦，背井离乡、远离父母的孤寂且是三言两语能说得清楚；北漂的路，很灿烂，灿烂得有些像在睡梦中。他在娱乐圈内邂逅了当红艺人徐静蕾、莫文蔚、刘谦、夏雨、许晴，甚至还有缘与中国香港影星周星驰、周润发合影，与国内著名导演陈凯歌交流……

可是，梦想很美好，现实很残酷。毕竟音乐创作不同于作家写剧本，只要有创作的能力和一杆笔就能完成。他发现，当他创作出一首满意的作品后，这个作品并不一定能成为成品，因为一首歌除了作词作曲，还要有配乐、录制，后期混缩等程序，每一个程序都需要一定的人力、物力和财力。将一首歌保质保量地变成成品，最少也需要万元左右的资金。巨大的经济压力，让他的心里像压上了一块巨石般的沉重……

有一天，一位北漂已近十年，仍蜗居在地下室里用渺茫的希望鼓励自己坚持奋斗的夏大哥来向他告别，说刚收到家里打来的电话，父亲病重，让他尽快回来。

送走夏大哥后，他心里有一种说不清的哀愁。仰望星空，想起远在小城的父母，一年多没见了，不知父亲的腰是否又弯了几许？不知母亲的白发是否又增添了很多？想着想着，眼前就变得模糊了。

那一夜，他躺在地下室潮湿的床铺上辗转反侧。一年多的北漂生活虽然短暂，却已让他看到了实现梦想的点点星光。但是，倘若有一天，家人需要自己照顾，而自己却远在北京帮不上忙，甚至“子欲养而亲不待”，那将是怎样难以弥补的痛啊……

2010年11月，带着对亲人刻骨铭心的思念，他重返小城，回到原来的工厂做销售工作。有人为他惋惜，他却很坦然：没什么，离亲情近了，心才踏实。更何况，只要坚持，在家乡，也有机会实现音乐梦。

那晚，吃过饭后，他像往常一样打开电脑。一封来自东乐公司的通知令他眼前一亮：邀请您为公益项目“母亲水窖”主题曲填词，希望三天内递交初稿……随信附来的是张亚东的歌曲旋律小样。

听着旋律，北漂路上与张亚东合作时的温暖和快乐悄然涌上心头。

三个不眠昼夜，反复填词、修改，他终于完成了初稿——《大爱》。东乐唱片公司审阅初稿，认为创作思路不错，但是希望歌词意境贴合主题，运用公益歌曲朴实的套路去写，在通俗易懂的基础上令人眼前一亮……他又带着激情，反复寻找更好的思路，之后，第二版填词《最好的承诺》主歌完全贴题，副歌公益性十足。很快，唱片公司方面表示通过。

项目方对他提出了更高的要求，希望歌词创作能写出像《北京欢迎你》和汪峰《飞得更高》这两首歌的感觉。如何更好地表达出母爱的温馨亮丽？想起北漂时，母亲频频打来嘘寒问暖的电话，想起天冷时，母亲从家乡寄来的寒衣，想起母亲千里迢迢赶到北京，只为看一看他生活得好不好……母亲温暖的手掌、慈祥的目光渐渐地融进他的歌词中……

反复修改、糅合、打磨，一首更为直观、大气、情意绵长的歌词赢得了所有人的赞许。反复对比，他将歌名定为《母亲的承诺》。

“梦是否会有尽头，爱是否可以永久/此刻牵起你的手，与你在风中静候/当你眼中的泪光溢满了眼眶，如何凝望才能隐藏你心酸忧伤/天空不见了浮云，大地布满了裂痕/生命的源泉难寻，万物经历这困顿/将我全部的能量交予你手掌，爱是战胜一切的信仰/母亲的承诺伴春风沐浴过/她为你我拨开迷惑/水窖座座如雨湿后的花朵/绽放出绚丽颜色/母亲的承诺随甘露灌注着，滋润你我幸福生活/坚持相信苦痛曲折终会褪色，行动是最好承诺/梦之雨随风洒落，爱的河蜿蜒清澈/幸福滋润着心窝，谱写出澎湃的歌/让我温暖的手掌温暖你脸庞，爱是点亮希望的光芒……”

《母亲的承诺》经过曾为王菲、汪峰、许巍、李宇春等创作专辑的著名音乐制作人张亚东的精心制作，和李玉刚、蒋雯丽、汤灿、于娜、王珞丹、叶世荣、萨日娜七位当红影星的深情演唱，以温暖、亲切、阳光、润泽的风格深深打动了听众，成为轰动一时的流行歌曲。小小的成功，为他的北漂之梦绘就了一个完美的结局。

很多听过这首歌的人都不敢相信，歌词居然出自一名普通工人之手。知道了他的经历，大家都很感动，如果他能继续留在北京，可能会有更好的发展机会。有人便问：“回到小城继续当工人，你后悔吗？”

他很坦然：“没有什么好后悔的，回来了，就离生活和亲情近了。这，也是一种成功。”

“北漂北北北北漂/离开家乡去把梦想寻找/北北北北漂/我知道什么是我想要/北北北北漂/这是一座梦幻般的城堡/北北北北漂/得漂得漂我得意地漂……”

说着，他哼起了新创的《北漂之歌》。在他心中，《母亲的承诺》和《北漂之歌》都是纪念他北漂路上追求梦想的歌谣。他已真切地体会出，北漂，固然是人生路上的一个灿若星辰的梦，但亲情更是他离不开的幸福归宿。他相信，只有心里有激情和爱，创作的源泉便绵延不绝，无论在哪里，心里都能洋溢出优美动人的歌，映亮他的前程。

这位心怀音乐之梦的青年，就是永城市的一位普通青年，他有一个平凡却充满活力和温暖的名字——刘辉。

每一个梦想都值得尊重

她相貌平平、身材肥硕，与大多数男孩子心仪的那类窈窕淑女迥然不同。当她穿着一身洁白的婚纱走到《中国梦想秀》的镁光灯下的时候，身上的赘肉将婚纱撑得几欲开线，好一个富态的新嫁娘！

主持人好奇地问："为什么要穿婚纱呢？难道你的梦想和婚纱有关？"她一脸幸福地点点头，很自信地报上了她要表演给"心上人"的节目——《最炫民族风》。

然而，在接下来表演中，她不着调的歌声实在令"梦想天使"周立波难以恭维，不得不一次次地打断她的表演。显然，这样"不专业"的表演也很难得到身后梦想观察团的认可。

主持人问她："既然你是为梦想而来，那么现在，能说出你的梦想吗？"她点点头，然后冲着台下的观众挥着胖胖的手臂，大声地说："我想'嫁'给黄晓明。"

一时间，全场哄笑。主持人问："重名的人很多，到底是哪个黄晓明呢？"她羞赧地一笑："当然是大家都认识的那位黄晓明了。"台下的观众笑得更厉害了。

之后，从她与主持人一问一答的过程中，我们了解到，她是一名临时演员，她也明白，真能嫁给黄晓明的希望几乎可以说是“零”，不过，能和自己的偶像黄晓明合演一场“求婚”戏，也是值得憧憬的梦想。

她说，平时除了客串些小角色，她还能编剧本，她把真情和梦想都写进了自己的剧本中。“梦想天使”周立波便请她即兴表演一段台词，看能不能感动大家，她欣然应许，收敛起笑容，很快进入角色：“晓明，我喜欢你，不管你是贫穷还是富有，我都愿意和你在一起……”台下的笑声更大了，所有人都不相信这会是她的真心表白，都认为只是剧本中的台词，而且，这台词，也没有什么特别的创意足以感动观众的心灵。

看到梦想观察团偏低的打分，女孩子的眼神变得黯然神伤起来……许是她单纯和忧伤的神情打动了“天使”纤弱的心吧，周立波当场拨通了黄晓明的手机：“晓明，你好，这里是《中国梦想秀》现场，我身边有位可爱的女孩，她想对你说几句话……”在征得黄晓明的同意之后，女孩子接过周立波的手机，很快便沉浸在甜蜜的台词中：“你好，晓明，我想对你说，我喜欢你，不管你是贫穷还是富有，我都对你不离不弃。”

周立波对着手机说：“晓明，请你回答，你听到她的话后有什么感受？”手机那边，黄晓明的话通过扬声器传遍了全场：“我非常感动，因为我觉得这样的女孩子，现在已经不多了。不知道将来谁会跟她在一起，但我觉得，那个男人一定很幸福。你刚才跟我说的这些，其实如果将来有那么一天，我也会说给我喜欢的人听的，因为这也是我内心，想给对方表达的……”

刹那间，全场掌声一片。为女孩子的单纯和执着、为周立波热心帮女孩子圆梦的机智和善良，也为黄晓明的真诚和坦荡。

原来，每一个梦想都值得尊重，尊重别人的梦想，也同样会赢得他人的尊重。

想“嫁”给黄晓明的胖女孩带着满足的微笑走下舞台，尽管她已无缘与黄晓明合演"求婚"大戏，但那有什么关系呢？因为，"梦想天使"已通过电磁波的传送，让她和电话那边的黄晓明成功合演了一部"小品"。

"小品"中热情直爽的女孩子、和气又不失明星风度的黄晓明，还有"飞"在一旁传话的那个可爱的"梦想天使"，他们仨已将隐藏在对话后的人性美演绎得熠熠发光。而坐在电脑屏幕前拼命鼓掌的我，是被这部"小品"深深感动了的观众。

功夫在哪里

因为忙碌，我很少有心思看电影。那天休息时陪着孩子一起欣赏了成龙主演的《功夫梦》，本来对武打片并不怎么感兴趣的我，心不在焉地边看边给孩子削苹果，不经意间，被片中的一段细节深深地打动了。

帕克拜韩先生（成龙饰演）为师，学习中国功夫。韩先生给帕克上的第一课就是让他把外套脱下、挂起、拿下来、放地上、捡起来、穿上，然后再脱下、再挂起……小帕克耐着性子一遍遍地重复着这些在日常生活中多次被妈妈训斥过，却从未听进心里的教诲。终于小帕克忍无可忍地发了脾气："这真是白痴，我不玩儿了，你根本不懂功夫……"韩先生严肃地告诉他："功夫就在我们的生活中，它就在我们如何穿起外套、如何脱下外套中，也在我们如何对待他人中，所有的一切都是功夫。"小帕克在韩先生的开导下，端正了学习功夫的态度，也明白了做人与学功夫之间的联系——功夫不是为了出拳和防卫，而是为了成熟和冷静。学功夫也不是为了伤害别人，而是为了去帮助别人。

我的心在这个讲述武德的故事片里浮想联翩。是啊，功夫在哪里呢？功夫就在我们的日常生活当中，来自我们对某一件事或技能的无数次反复操练。只有那些始终保持着做事的热情和激情，能始终以认真和耐心的态度面对手里事情的人，才能从重复操练里悟出新意，练就一番令旁人刮目相看的真本领。而学好功夫，也不是为了以此获得炫耀的资本，而是为了捍卫一种精神，并让这种精神成为帮助和带动更多人奋进向上的力量。

没有人随随便便地就能成功，成功者自古都是那些在某一个领域沉得下心、耐得住寂寞，将手里的工作和技能反复修炼到最高境界的人！联想起身边那些身怀绝技的人，他们在各自岗位上所练就的本领，又有哪个不是来自对岗位技能千万遍持之以恒的坚持？

我认识单位的一位女性首席员工，她在车间工序检查岗位上干了近20年，她所在的冲压车间终日机床轰鸣，高分贝的噪声在数百米之外都能清晰地听到。走进车间的人不仅需要戴上专用的耳塞以保护听力，还要忍受振得人胸口发闷的几十台大功率冲床强劲有力的共鸣……因为工作环境不理想，很多年轻的女职工都不想久待在这个车间，而文静的她却日复一日、年复一年地伴着排山倒海的机床轰鸣声坚守在平凡的工序检查岗位上，检查标准件、对表、量活、观活、验收，巡逻检查，及时把好质量防线等，这些旁人看起枯燥乏味的重复性劳动，她却满怀热情地从刚出校门时天真烂漫的少女时代干到鬓角沾染银霜的中年时期，曾经如葱白般水嫩的手，经了岁月的磨砺和产品防锈液的腐蚀变得干燥粗糙，但她对工作的热度没有随时间的流逝而消减，那双习惯于注视产品外观和测量精度的眼睛依然像年轻时一样炯亮、富有激情。

命运自然不会冷落这样认真而执着的人。她的付出在十多载花开花落的四季变更之后，终于结下了令人羡慕的硕果。她作为第一批公司女性首席员工走上了镁光闪闪的颁奖台上，在我们心中树立起了一个靠"认真负责、脚踏实地的作风，善于总结、积极进取的品质"，把简单的事情做到不简单的成功者的高大形象。更难得的是，这位可敬的女职工，在荣誉和掌声面前没有骄傲，而是无私地将自己多年总结出来的"检验操作四法"尽心传授给同事，在全厂、车间的同行当中推广这项技能，一起守好质量的防线。

这是怎样一种令人心生敬意的功夫！和《功夫梦》中韩先生教育小帕克"功夫就在生活中，有功夫是为了有能力帮助别人"的武德有异曲同工之妙。

不错，生活中那些备受尊敬的人，不仅仅因为他们有令人刮目相看的真本领，更因为他们有愿意帮助别人的高尚心灵！

那些能沉下心、耐住寂寞，在各个领域修炼出令人刮目相看的好功夫的人，都是令人敬佩的。能用自己的好功夫去帮助、带动更多的人一起进步，这才是功夫的最高意境。懂得功夫最高境界的人，才会拥有无限精彩的人生！

你我都可以成为主角

爱美之情，似乎是与生俱来的。又有哪个女人不希望自己拥有花容月貌呢？看看热播的那些影视剧中的女主角，即便谈不上倾国倾城、沉鱼落雁、闭月羞花这类美，怎么着也得像《山楂树之恋》里的周冬雨那般明眸善睐、杏脸桃腮，令人禁不住便生出怜香惜玉的情愫……

但偏偏，上帝没给我一张明星脸！平凡的五官，既不苗条，又不挺拔的身材，走到哪里，都难有多少回头率。我暗自叹息，看来自己这一生，注定是生活这个大舞台上不起眼儿的“群众演员”了。

很长一段时间，无论做什么事，我都缺乏热情和激情，总是退缩在别人后面，平平庸庸、得过且过。谁叫我没长着一张主角的脸呢？

直到那年，我遇到了她。

遇到她时，她已42岁，是我们公司负责对外宣传的副科长。结识她，是源于单位组织的一次女职工征文大赛。对这类比赛，我没什么兴趣，反正都是当“配角”，纵使得奖，也不过是一个鼓励性的小奖罢了，参加不参加都可以……那次，是单位给我报上名的，说全厂的女工都要参加。找不到理由退出，我只好写了一篇散文参加比赛，稿子写得很匆促，甚至没有耐心校对，就直接交给了女工干事。

没想到，我那篇小稿居然得奖了。因了那篇散文，她开始走近我，慢慢地，我和她成了好朋友。

交往中，她发现我性格自卑、孤僻，不爱与人交流，也知道了我的"群众演员"观点。而我也在交流中，不断了解着她；她已年过四十，却仍像20多岁的青年人一样充满活力：她喜欢学习，自学攻下了中文本科的文凭，并在40岁那年，考上了研究生，成为她们班年龄最大的"老"学生；她热爱舞蹈，每天早上提前一个小时赶到公司广场，在晨曦的映照下，带领伙伴们跳起自己编导的民族舞；她喜欢唱歌，不但自己唱，还组织伙伴们排练大合唱，公司每有文艺活动，都能找到她活跃的身影；她爱好书法，业余时间坚持练毛笔字，已是省书法协会会员。

我惊诧：怎么有那么多的时间和精力把自己修炼得如此多才多艺？

她笑着告诉我："我不看电视，我把别的女人沉湎在电视里的时间都放在学习上了。其实，只要你愿意，你也能做到这一切。"

我无语，想起之前那个常泡在电视剧里为主角的悲欢离合或喜或悲的自己，突然感到这样生活是在浪费时间，很无聊……

那天，她带我去欣赏压在她办公桌玻璃板下的硬笔书法，"不当三瓶——年轻时是花瓶，中年时是醋瓶，老年时是药瓶；做三忘女人——忘记年龄，忘记病痛，忘记恩怨；做三养女人——修养、涵养、保养；做三丽女人——美丽、能力、魅力；做三独女人——思想独立、能力独立、经济独立。"飘逸俊秀的笔迹，令我羡慕不已。

她说："我不是让你来欣赏书法的，我只是想让你看看这幅字的内容。其实，我和你一样，对自己的相貌不怎么满意，既然成不了美女，那咱们就做一位聪明的女人吧，不断地完善自己。在我心中，生活本身就是一部电视剧，只要肯努力去挖掘自己的内在美，你我都可以是剧中的主角……"

多少年后，我通过奋斗在写作上取得了一定的成绩。那天，当我在市级电视台《人生》栏目录制我的奋斗故事时，她就坐在后面观众席上向我微笑。

那一刻，我终于相信了，原来卑微如我，也可以通过不懈的努力，过一把当主角的瘾。

书香催开“洛阳红”

她有个昵称，叫“牡丹”，是爱花的母亲给起的乳名。每当母亲轻声唤她“牡丹”的时候，她便脆脆地应着：“哎，我在这儿呢……”

原本以为，她也会永远像家里那盆母亲培植的“洛阳红”——牡丹花一样，远离外面的冰霜雨雪，在温室里悠然成长。不承想，因为发烧注射药物过敏，她竟突然失去了听力。心急如焚的父母，早没了侍弄花草的闲心，忙着带她四处求医问药。可是，花光了家里的积蓄，她对声音的反应依然迟钝。

失聪那年，她 11 岁，刚考上市里一所重点初中。都说花草是有灵性的，许是被她失聪的痛苦和忧伤所感染，次年四月，家里那株“洛阳红”居然没像往年一样绽放……

“送孩子到聋哑学校吧？在普通学校读书，孩子很难跟上学习进程。”好多人都这么劝母亲，但母亲很固执：“不用，我和她爸就是砸锅卖铁，也要给她治好耳朵。就算治不好，也让她留在普通学校读书，像健听的孩子一样成长成才。”

母亲买来初一全套的教辅读物，做好了业余陪她攻读的准备。她悟性好，尽管听不到，但是看看课本和老师的板书，晚上再请父母辅导一下难点，她的成绩，在刚开学时短暂退步之后，很快就撵了上来。

成绩的稳定，让她找回一些自信。可她的心情，却始终像结了冰的河流，欢畅不起来。人是群居的动物，身边的孩子们嫌跟她说话太麻烦，鲜有人主动找她聊天和玩耍，缺乏精神交流的课余生活，让敏感而自尊的她备感寂寞，终日闷闷不乐。

每天下学后做完功课，院里的同龄孩子喜欢下楼聚在一起玩"冰棍儿化了"和"踢罐头"等游戏，她不去，怕自己对口令反应的缓慢，会让别的孩子着急，也让她自己尴尬……

担心她闷出病来，在学校当音乐老师的母亲，从校图书馆给她借来故事书。每天做完功课，她就静静地坐在窗口的沙发上，读那些书籍。在书里，她发现了一个比现实生活更有意思的世界，常常是母亲过来催她睡觉，她一边"嗯嗯"地应着，一边仍不舍得放下"闲书"。

也许是持续看书的时间太长，才上初二，她的鼻梁就架上了一副300度的近视镜。到了高中，功课压力剧增，镜片已增加到了450度，但她读小说和故事这类"闲书"的兴趣有增无减。

阅读"闲书"，给她带来的好处也很明显——她不再觉得自己寂寞，因为她发现图书像个博学的好朋友，能帮她增长智慧，化解忧愁。每天做完功课后，有那么多好书在等着她阅读，有那么多有意思的书中人物在等着她认识和了解，有那么多启迪智慧的道理在等着她领悟，她怎么可能寂寞？她也不再为自己"与众不同"而愁眉紧锁，因为她已从书中的励志故事里感悟到了"天将降大任于斯人也，必先苦其心志"的哲理；她不用总麻烦父母辅导她功课，因为在大量阅读的过程中，她对文字的理解力与日俱增，已能通过自学教辅书籍和研究课本例题寻找规律，及时跟上老师的教学进程。更令她自豪的是，读过的那些"闲书"，极大地丰富了她的知识和词汇，她的语文成绩一直比较出色，作文经常被老师当范文读给全班同学听,这一切变化,都增添了她在健全人之中成长下去的自信。

高中毕业,因为听力障碍,她与心仪的大学校园失之交臂,只能去上没有围墙的自学考试大学。可毕业后,又因为听力不好,一时找不到合适的工作,只能在工厂中当检查工。

在工厂,干检查工的多是女同志,每到月底发薪的日子,身边那些热衷打扮的大姑娘、小媳妇,最开心的事莫过于用工资给自己添几件时尚的衣饰,而她则喜欢跑到附近的书店,尽可能多地买回自己喜欢的文学书籍。

夜深人静,抖落一天的疲惫,伴着淡淡的墨香开启阅读之旅的时光,是她一天当中最为惬意的时刻。偶尔来了灵感,她也写些散文投给报社或杂志社,有的刊发了,更多的,却是石沉大海。

公司搞女职工征文,车间领导知道她会写文章,就动员她报名参加,她试着写了篇小散文交了上去,这篇散文以清新优美的文笔和职工们耳熟能详的生活题材打动了几位评委,从200多篇参赛作品中脱颖而出。因了那次获奖,她的才能引来公司宣传部门的关注。

宣传部的一位大姐知道了她的经历后,很感动,鼓励她多读多写,并送给她一些国学图书和励志类期刊读物。国学书籍中那些充满正能量和人生大格局的经典语录,以及励志期刊里那些温暖并充满激励性的小故事,如冬天里阳光,又似黑夜里的启明星,让她触摸到了生命键盘上积极的音符。大姐说,希望她能坚持写下去,说不定她以后能成为一名作家。

从此,一个文字开花的梦想,在她心里生根发芽……

无数个深夜,伴着一盏孤灯,她或是阅读名家经典,或是在键盘上敲打文字,编织梦想。每天,心中都有了一轮太阳从手下敲动的键盘上升起，又在她投稿失败的当口落下。然而，又继续在她新敲打出的文字中升起……

那日，母亲来她家小住，在她家的后院里移植了一株“洛阳红”，母亲说，以往怕牡丹娇嫩，经不起风霜雨雪，只在家里盆栽，但盆栽的牡丹成活率不高、开花率也很低。后来请教了专家，才知道牡丹的成长要经风雨、接地气，最适合牡丹花成长的环境不是温室，而是大地。不用担心大自然的风霜雨雪会摧毁它的精气，相反，那些冰霜的洗礼，恰恰是牡丹突破自我、更好地成长的动力。

母亲的话，让她想起书里讲过的一些成功人士的奋斗故事，在成功之前，他们或是贫困有加，或是疾病缠身，或是遭遇过各种精神创伤，但是，那些痛、那些伤，非但没有压垮他们的精神，反倒了成了他们成功的“催化剂”……

她将电脑和书桌移到阳台上，每当投稿失败的时候，就去看看后院里长着的那株“洛阳红”，看到它，就想起母亲说的“牡丹要经得起冰霜洗礼才能更好地开花”那席话。于是，她重振精神，审视作品，寻找失败的原因，然后又重新在键盘上敲打出新的文字……

命运没有辜负执着追梦的人！那一年，她终于等来了人生的春天。回首身后往事，回忆经她之手的一篇篇孤灯做伴“熬”出的散文和小说，通过网络，载着她的名字，在大江南北众多的报纸杂志中落地、开花带来的一次次喜悦，将所有的疲劳，都化作了深深的自豪。

牡丹果然是有灵性的植物！

那年春天，牡丹开出两朵并蒂的“洛阳红”。看着那硕大的牡丹花，再看看捧在手里的中文本科毕业证、河南省作家协会会员证，还有书架中那上百本杂志样刊和一百余本收录有她作品的书籍，她欣慰地笑成了春天里的“洛阳红”。

逆风飞扬的蒲公英

失去母亲的那年,她年仅4岁。像戏剧里的"小白菜"一样,哭过之后,又不得不打起精神继续面对残缺的家庭生活。

"小白菜啊,地里黄啊,三岁两岁没了娘啊。跟着爹爹好好过呀,只怕爹爹娶后娘……"那段时间,当别的孩子还在母亲怀抱里撒娇的时候,小小的她,已会打水扫地了。有一天,她从家里的收录机中听到一首民歌,凄凄艾艾的声音,让她顿时想起自己,心里像被人狠揪了一把似的,疼痛不已。

原以为经历了此次劫难,上帝会对小小的、纯洁如茉莉花儿似的她心生怜惜,再不会在她以后的成长路上设置什么羁绊让她受伤。怎料,13岁那年,突发的神经性耳聋,让刚从忧郁的旋涡中挣脱出来的她,再一次被人生的风霜雨雪扯进命运的谷底。

听不清加上家贫无力承担学费,她被迫休了学。后来,在一位好心人的帮助下,她到特殊教育学校学手语和美术。18岁那年,为了能早点儿赚钱,减轻家里的经济负担,她放弃了高考,在当地事业单位找到一份打字员的工作,尽管工资微薄,却给她带来了自食其力的喜悦。崭新的生活,像春天中次第开放的花朵,舒展着她被苦难纠缠了十多年的心。

如果,生命就这样岁月静好地向前发展下去,也是她所期盼的。然而,受市场经济影响,她们单位效益一直不好,看着每月月初发的工资未及用到月底,就会捉襟见肘,她萌生了辞职的念头。

22岁那年,她辞了职,独自去上海打工。一个有严重听力障碍的女孩儿,求职路上自然会遇到种种磕绊,她比别人付出了更多的努力,可是生存依然显得那么艰难。心里闷的时候,她就读书、写作,把心事都写进日记,封藏在美丽的文字里。

那晚,吃过晚饭,她下楼散步。离她租住的公寓不远处有一个小花园,路边开着一片野生的蒲公英,毛茸茸的叶子,惹人爱怜。她忍不住摘了一株仔细打量。

一阵风吹过,蒲公英像一把把小伞张开翅膀飞向天空,那情那景,让她想起听力没坏时在收录机里听过的一首歌:“我是一颗蒲公英的种子,谁也不知道我的欢乐和悲伤。爸爸妈妈给我一把小伞,让我在广阔的天地间飞翔、飞翔……”

回到窄小的出租屋,她痴痴地想着那自由自在的蒲公英,一种想战胜听力障碍带来的交流恐惧症的冲动越来越强。她再次辞职,像一朵勇敢的蒲公英,飞向远方……

蒲公英撑着小伞,从上海,到汕头,再到其他更远的地方。几年来,她独自一人,陆续走遍全国。她喜欢一边旅游,一边写作投稿,用稿酬维持简单的生活及旅途费用,旅游丰富了她的生活、开阔了她的心胸,所有曾经化解不开的心结,都被旅程中的风理顺了头绪。而旅途中的所见所闻及经历的暖心故事,又一一转化为她笔下的文字,在杂志上变成好看的铅字和绿色的汇款单,接着又化作下一次旅途所需的车票和食宿。

一路上风土人情的滋润和独自风餐露宿中培养出的自信，不知不觉地驱散了她最初的自卑、忧郁和懦弱，让她变得越来越阳光、越来越勇敢。而发稿和获奖带给她的成就感，也让她脸上的笑容更加灿烂。

有人羡慕她运气好，一个交流需要笔谈的听障姑娘，独自旅游居然也像健听人一样无所畏惧。只有她知道自己是如何度过旅途中那些无助而迷茫的暗淡时光，而所有这一切力量的最初来源，都来自逆风飞翔中的磨炼。

如今，她已是省级作协会员和某写作网校的骨干讲师。谈起成长，她笑称自己是胆子大，“越怕什么我就越要去尝试什么，在一次次的历经和完善中，遇见了最好的自己”。她也的确是这样战胜了她内心最初的懦弱和恐惧。或许人生总是难免会遇到各种不同的障碍，跨不过去，便是苦难，跨越过去了，就是成长！

“我是个小小的蒲公英，出发要到远方旅行。我是个小小的蒲公英，天空才是我熟悉的地方。飘过哭泣的小孩，快乐天真都洋溢……飘过受伤的大地，涂上绿色的美丽……”飞翔的梦想仍在继续，飞着飞着，她惊喜地发现，命运的逆风已调顺了方向。

精彩生活的底气

和女友谈心，说起工作，女友深有感触地说："咱们女人，可以什么都没有，却不能没有工作。没了工作，就没了经济的独立，没了尊严，甚至丢失了自我……"她的话，引来我心灵的和鸣。

认识一位女子，35岁那年从摆地摊销售服装做起，慢慢地将事业做成了一家服装公司，事业做得风生水起，不到50岁，即成为众人眼中能呼风唤雨的女强人。

提起她，不仅女人羡慕，熟悉她的男人也心生敬意。可又有多少人知道，在她风光无限的背后，曾有过怎样一段被人轻视的辛酸……

24岁嫁给他的时候，她正是鲜衣怒马的年华。家境好、长得好，嫁得也好。她的他，年轻、帅气，有才华，尽管刚结婚时，他还只是基层的一名不起眼儿的小公务员，但她相信，聪明勤奋的他一定能奋斗出个春光明媚的前程。儿子出生后，家务成倍地增加，为了照顾好孩子，支持他的事业，她果断地辞掉了之前的工作。那时，她想，反正自己那份工作也赚不了几个钱，倒不如牺牲自己的事业，换来男人事业的兴旺。她愿将生命所有激情的吟喝，都献给他和怀中的小baby。

她没看偏，他真的是职场上的一匹黑马——踏实、能干，并且写得一手好文章，没多久，就从基层最普通的一名小干事，做到了办公室副主任的位置，紧接着，又晋升为正科级。他全身心投入工作创下的政绩引来了领导的青睐，之后，官越做越大，让她看到了“夫荣妻贵”的希望。

可是，未待体会到“夫荣妻贵”的曼妙，她先感到了他的变化——他看她的眼神越来越冷，说话越来越少，口气越来越不耐烦，回家的时间也越来越晚……

她以为他太累，更加体贴地照顾他的饮食起居，变着法儿更换三餐口味，每日将他的衣服洗熨一新……然而，这一切都改变不了他的冷漠。终于，在一场争吵中，他向她摊牌了——“和你有什么好说的？你除了做饭、洗衣、带孩子，还会什么？这些年，要不是靠我养着，你怎么活？还好意思嫌我冷落你呢。好吧，既然彼此都不满意，那么，咱们就离婚算了……”

仿佛一记耳光，重重地打醒了她“夫荣妻贵”的美梦。痛哭一场之后，她冷静地在离婚协议书上签了她的名字。他本以为，离了婚，她会哭闹着争那套他当上领导后新购置的三室二厅的房产，但他想错了。她甚至拒绝了他主动付给她的那笔赔偿金，只要了他们刚结婚时住的那套一室一厅的小房间。他愣愣地看着她，心里升起了久违的敬佩。

更让他敬佩的还在后面。几年来，她没向他伸手要过一分儿子的抚养费，她去超市做收银、到饭店当点菜员，还做过化妆品推销，用辛辛苦苦赚到的微薄薪水供儿子读书。再后来，她摆摊卖服装，赚下一笔起步金后，盘下一家经营服装的街道小厂，再后来，一步步地扩建成了服装公司。

儿子大学毕业后，她托人给儿子找到了对口的工作，连儿子的婚礼，也是她一手操办的，风光体面地给儿子娶回了娇美的媳妇。

那天，早已再婚的他也出席了儿子的婚礼。看着高绾发髻、服饰考究、精明能干又举止优雅得体的她，他由衷地赞叹她的气质和智慧，却不知，她的心，曾经历了多少伤痛和磨砺，才修炼得如此从容宁和、不惊不惧。而这一切成长，都源于他的离弃，让她重新投入工作，找回了独立而自信的自己。

好的气质源于底气。这个底气，对女人来说，首先就是一份能保证自强自立的工作。无论收入高低，有份工作，女人就有了独立生存的保障，就有了实现个人价值、活出生命精彩的舞台。

第三辑

挑一种方式看日出

人生就像一场攀登，有的人是花了钱被抬上山顶的，有的人却是一步一个脚印踏踏实实地自己走上去的。虽然前者和后者能站上同样的高度欣赏日出的壮美，却远不如后者更能品味到山风吹拂去所有艰辛和汗水的幸福况味。正如《平凡的世界》中主人公孙少平的感悟：“自己历尽千辛万苦而酿造出来的生活之蜜，肯定比轻而易举拿来的更有滋味。”

揭去弱者的标志

被医生诊断为神经性耳聋的那一天，他仅 11 岁，从此，课余时间跟着父母四处求医问药，想治好“变笨”了的耳朵。

花了很多钱，吃了很多药，可是听力却未见好转。为了给他购买那些价格不菲的“灵丹妙药”，原本就清贫的家里早已不堪重负，但一想到失聪会给求学和就业带来的种种坎坷，父母还是咬着牙想办法给他治下去。

可是，上帝睡着了，没有看到他和父母在求医路上的努力，未及行 18 岁的成人礼，他已彻底听不到父母的声音。几年后，听说新上市的一款数字型助听器可以帮助他听到一些声音，父母想办法帮他凑够了这笔钱。

他满怀希望地跟着父母来到一家助听器验配中心，才发现这笔好不容易才凑齐的钱，仅够买下一只数字助听器。小心翼翼地戴上一只耳背机后，他听到了声音，却听不懂话意。大夫说，两只耳朵都佩戴上，并且需要长期地训练听力，才能让他由听到转变为听懂。他怯怯地问：“那得多长时间？”

大夫摇摇头：“不好说，每个人的情况不同，快的是几个月，但慢的可能是几年、十几年，也可能一生仍是语言分辨力不理想。这是重度神经性耳聋的特征。”

他的脸“刷”的一下白了。

沉思片刻，他作出一个令医生和父母都大吃一惊的决定，放弃听力康复，用准备买这只数字助听器的钱去买一台电脑。

那一年，他23岁。听不到声音，也找不到满意的工作，甚至在日常生活中，也没有多少人愿意费半天劲跟他说话。寂寞的日子里，他便守着一台电脑，在因特网这个未知的世界里摸索。渐渐地，他发现自己对软件和网页创建特别感兴趣，于是，他开始自学HTML，了解创建网页和其他可在网页浏览器中看到的信息。很多关于HTML的资料都是英文的，不得已，他在攻读网络知识的同时，坚持自学英文，从那些看似天书般的英语字母里，寻找打开因特网奥秘的金钥匙。

每天背几个单词、短句，坚持阅读英语新闻和英文技术博客，他就这样攻下了HTML，接着他又开始攻JavaScript、CSS和ASP等网页开发技术。两年后，他已熟悉Web等开发技术，能熟练地运用Visual Studio等开发工具，并攻下了多款英文软件。

2002年，在微软推出Net Framework1.0后，他开始转入net开发领域的研究。2003年应聘到西安软件园工作时，他的学习和工作潜力得以激发，很快便成了公司的技术骨干，月薪高达5000元。他变得更加自信。

那段时间，微软公司常在网上发布一些软件测试版这类实验性的课题，只要有计算机知识，任何人都可以参与，他看到了，大胆参与课题讨论，提出了很好的建议。受益的不仅是微软，在解决那些业内公认的难题的过程中，他的能力也在不知不觉地提高，渐渐地，这位默默无闻的青年人引起了微软的注意。

由于不断帮助微软解决技术难题，自2004年起，他连续4年被微软总部授予“微软最有价值专家”称号。当时，微软在中国的MVP仅有100多人，而残疾人MVP仅他一个人。

得到微软的认可，他的信心更足了。随后的几年中，在国家、省、市级的残疾人技能赛上，他一次次披金折桂，尽显英姿，乃至后来远赴日本参加国际残疾人职业技能竞赛，面对来自世界各地的计算机高手，他的成绩也足以惊艳世人……

当很多听力残疾人还在抱怨听不到声音、难以融入社会的时候，他已赢得了国际的认可，只要他愿意，很多软件公司都愿意向他敞开大门，曾经担心听不到声音，难以生存发展的顾虑，早已如烟云，从他越变越自信的心中消散。

回首往事，他感慨万千，那只戴在耳朵上没起多大作用的助听器，像一种弱者的标志，让他时不时地陷入自卑的阴影，黯然神伤。放弃那只助听器，心里不是没有痛过，但他懂得，一种疼痛的放弃，可能意味着拥有另一种充满希望的新生活。他放弃了，也得到了，揭去身上弱者的标签，他在网络和软件中成功地找到了与世界沟通的方式。这位令人敬佩的青年，就是陕西省延安市吴起县的杨涛先生。

如果不是23岁那次坚定的选择，他可能也会像大多数渴望听清世界声音的聋人一样，买下那只昂贵的助听器，艰难地一步步训练着听力，但谁又能保证他以后能像一个健听人，沟通不会再有障碍呢？与其抱紧那一点点渺茫的希望，不如用那笔钱买下一台电脑，在感兴趣的领域奋斗一番，自己来把握住自己的命运！人生就是这样，有许多不可预知的成功和失败，很多时候，输或赢的原因，就在于你选择了适应还是选择了改变。

挑一种方式看日出

假日里，我和朋友结伴去白云山看日出。为了在天亮前登上山中最高那座峰——玉皇顶，我们凌晨3点便坐车赶到山脚下了。

山里的风很大，夜也很黑，却仍有不少和我们一样来看日出的游人早早地赶到这里。山脚下那家小商店的灯光划亮了漆黑的夜，就着灯光，我们看到几位身穿军大衣的乡民正在忙着向游客们出租棉衣和手电。附近有数名精壮的担夫，两两一组地抬着用藤椅扎成的轿子，不失时机地招徕着生意："坐哦，280元送到山顶……"有一对衣着时尚的小情侣，穿上租来的军大衣，嘻嘻哈哈地交钱坐了上去。两顶竹轿从我们面前一晃一晃地擦身而过。真是一种舒适的诱惑！

朋友问我："从这里到山顶，有4800个石阶。你能走动吗？如果不行，也坐轿上山吧？"我说："能，走吧。"

朋友笑笑，打开手电筒，拉着我的手，向山上走去。

两对轿子在后面紧跟着我们，担夫们时不时地向朋友吹着"耳边风"，说前面的山路如何艰险，夜又是多么黑暗，甚至还主动向我们压价："200元，行了吧……180，坐哦？"朋友不吭声，拉着我的手只管往前走。时不时，有山风吹过，携着夜的寒气，让我们不由自主地裹紧了风衣，但这一切，都没有动摇我们亲自登上山顶的决心。担夫们有些失望地折身向后面的游人招徕生意去了。

深山里的景色，隐在漆黑的夜色中，除了手电筒照亮的路，四周的风景什么也看不清。这样也好，我们只一门心思地往上攀登好了，峰顶的日出，是心中唯一的诱惑。

踩着石阶，蹬着滑石，我们大步流星地往上走。走着走着，身上开始冒汗，想想这样既锻炼了身体，又省下了租棉衣和坐轿子的钱，不由莞尔。

上到青云梯的时候，我们和前面那两对坐轿上山的小情侣擦身而过，之前健步如飞的担夫，此时也放慢了脚步，边走边急促地喘着气。我也同样，只感到腿像灌了铅似的，每迈一步，都异常艰难。越往上走，台阶越陡，我们只好走一段，就坐在台阶上恢复一下体力，然后手脚并用地继续攀爬……

5：52分，我和朋友终于站在这座海拔2216米的中原第一峰。此时，东方已出现了彤红的霞光。眼前的天空，仿佛是一组组灯影，时有佛光奇景，千变万化；时有骏马奔腾、天狗飞跃……那些红云，在东方慢慢地升高，渐渐地，佛光奇景、骏马天狗都隐入天际，接着，一个火球，从红云后面升起，越来越大、越来越亮，周围的山野风景也越来越清晰，色彩越来越鲜亮……

转身看到，那对坐轿上山的小情侣正满脸兴奋地用手机拍摄日出的景致。山上的风比下面还猛，他们把棉大衣的扣子全部扣紧了，而攀登中流的汗水，早已浸透了我后背的风衣，我不觉得冷，相反，这风吹在身上让我感到格外舒爽。

突然觉得，人生就像一场攀登，有的人是花了钱被抬上山顶的，有的人却是一步一个脚印踏踏实实地自己走上去的。虽然前者和后者能站上同样的高度欣赏日出的壮美，却远不如后者更能品味到山风吹拂去所有艰辛和汗水的幸福况味。正如《平凡的世界》中主人公孙少平的感悟：“自己历尽千辛万苦而酿造出来的生活之蜜，肯定比轻而易举拿来的更有滋味。”

退步原来是向前

技校毕业那年，他刚满19岁，分到一家大型国企的分厂磨加工工序生产滚子产品。车间多是国产的老式磨床，操作技术也很简单，实习时他就开过类似的机床，所以来这里没多久，他便能独当一面，开始独立赚工时。

车间里有几位和他差不多大的年轻职工，干着和他一样简单的滚子加工工序，每天上班干活儿，下班走人；业余凑在一起打扑克、下棋消磨时光；周日，小伙子们陪着各自的女朋友看电影、逛街……没有生存的压力，也没有什么惊喜，日子过得波澜不惊。轻闲之余，他有些失落——难道一辈子就这样平凡得近乎平庸吗？

单位引进了几台数控车床，想进步的他主动要求调过去学习新技能。“知情”者劝他：这是个刚组建的新车间，人员少，工作量大，更重要的是，之前已掌握的磨加工技术到了这儿可就派不上用场了，得重新学习数控技术，那可不是好学的。他笑了笑，没说话。

调到新车间后，他才发现，有主动学习新技能的员工可真不多——整个分厂数百名员工，报名来新车间的带上他一共才四人！走近刚开封的数控车床旁，看着车间领导充满期待的目光和计划员手里那张刚签下的精车套圈产品订单,他能感到肩上那份沉甸甸的压力。

那是一段充满激情的时光，白天他跟着厂家人员学习实践操作，不懂的地方就记在小本子上；晚上上网搜索答案，还找来数控机床理论知识书籍查寻答案，非得把当天没弄明白的地方全搞清楚才肯休息；第二天一大早，又匆匆赶到单位，投入实作培训当中。培训结束后，他们四人开始试车生产加工新订单。因为工作和学习忙，周日也没空陪女朋友，惹得女孩儿委屈地直哭，他安慰她，他这么努力，才是对另一半负责任……

为了保证及时交货，加班加点是家常便饭。往往其他车间周日都休息了，他们车间仍是机床轰鸣。最初的两个月，尽管他们四人都非常勤奋，但因为技术不熟练，生产效率并不高，勉强能完成工时定额。看到他没有节假日、没有礼拜天，每天泡在数控车间里忙得焦头烂额，工资却并不比之前干滚子磨加工工序时拿的钱多，有人就笑他，放着轻松简单的活儿不干，非得去新车间干那又重又累的活儿，重新学一门设备的操作知识，工资也还没以前高，这样的生活状态不是退步是什么？真是冒傻气！

面对讥笑，他选择了沉默，用布袋和尚的诗激励自己——“手把青秧插满田，低头便见水中天。心地清净方为道，退步原来是向前。”

三个月后，他终于摸懂了数控车床的脾性，半年后，他的工时开始从车间脱颖而出。因为他平时善于理论联系实际，遇到什么操作上的难题，都喜欢业余时间在网上或翻书寻求理论的支撑，所以他的数控理论知识体系很全面。每逢分厂有加工难度大的产品时，车间主任第一个想到的就是他。一年后，公司组织各分厂的数控车间操作工参加公司级数控技术比武，凭着出色的操作经验和丰富的理论知识，他一举夺魁，登上全公司数控技术比武冠军的宝座。当年，年仅 21 岁的他因出色的技术和工作表现被推选为首席员工，成了全公司最年轻、最有前途的金领技工。

没多久，公司开始在全厂范围推广数控技术，老机床大面积停产，之前不愿学新知识的工友随时面临被行业淘汰出局的危机，那些曾笑他“退步”的工友，此时此刻才明白——真正退步的不是一时工资落后的他，而是像自己这样死抱着一门老技术，不肯更新知识体系的人。

如今，他一个人熟练而轻松地掌控着两台数控机床，拿着常人两倍的工资，令工友们羡慕之余，心生敬意，也令女朋友眼含崇拜，满心欢喜……

不错，人生像极了农夫插秧，当我们身心不为外界物欲所左右，能够无视闲言碎语，心无旁骛地一根接一根插下秧苗的时候，就是生存和发展之道相契的时候。表面上看，我们像农夫一样边插边后退，可也正因为这样一门心思地退后着想把稻秧全部插好，所以才有了真正意义的前进！

缺陷是成功的另一种符号

11岁那年，她因病注射抗生素导致药物中毒性耳聋。尝试了多种治疗方式，仍未挽回听力，甚至佩戴了助听器，也没有明显的效果。她心灰意懒地重新回到班里，不知如何面对今后的学习和生活。

讲台上，老师的嘴巴有节奏地张合着，但她即使坐在教室的第一排，也仍不知老师在说些什么。她开始找理由逃课，只为不再出现听不到讲解，甚至听不到点名的尴尬。曾经学习优异的她，成绩很快一落千丈。

那天早上，班主任下发批改好的期中考试卷，点到她名字时，她没听到，呆若木鸡地在原处坐着不动，直到同桌用胳膊肘碰她，示意她上去领卷子，她才慌里慌张地跑上讲台。几张不同科目的卷子，每张都有很多刺眼的红叉，最高的分数还没超过60分。

中午回家，她哭着跟父母说："我不想再上学了。我和他们不一样。他们能听，我不能。要不，我去聋哑学校读书吧？"

看到她哭，妈妈也流泪了。爸爸猛吸几口烟，呛得扶着柜子咳嗽起来，泪都咳了出来，仿佛想把心里所有的痛苦都咳出去似的。

晚上，爸爸给她找来一本书，让她看其中的一篇小故事：

一名剑客去拜访一位武林泰斗，请教他是如何练就非凡武艺的。武林泰斗拿出一把只有一尺长的剑说："多亏了它，才让我有了今天的成就。"剑客大为不解，问："别人的剑都是三尺三寸长的，而你的剑为什么只有一尺长呢？兵器谱上不是说过：剑短一分，险增三分。拿着这么短的剑，无疑处于一种劣势，你怎么还说这剑好呢？"武林泰斗说："正是因为我在兵器上处于劣势，所以，我才会时时刻刻想到，如果与别人对阵，我会是多么危险。我只能比别人更加勤奋地练习剑招，以剑招之长，弥补兵器之短，这样一来，我的剑招不断进步，劣势就转化为优势了。"

她不明白，对武打故事从来没有兴趣的爸爸怎么会想到让她看这篇讲武学的故事呢？

爸爸拿过纸来跟她笔谈："等你长大，是得融入社会去生存的，对吧？社会上，听力好的人多，还是听障人多？"

她说："当然是听力好的人多了。"

爸爸点点头，接着写下去："是啊，所以，我们要坚持治耳朵，要是没治好，也要珍惜生命，好好活着。听力坏了的人毕竟是少数，你要学会看口型，再通过文字，找到与听力好的人沟通和相处的方法。你上课听不到，与别人相比，肯定处于劣势。但你看，那位武林泰斗，他用短剑，与执长剑的人相比，他也处于劣势。只是，他懂得把压力变为动力。懂得通过提高自己的内功弥补外在条件的不足。你也应该这样，只要学习肯比别人多下劲，你甚至可能比别人学得更扎实。"

她开始有意识地锻炼自己看口型的能力，上课集中精力捕捉着老师口型变化传递的信息，用心观察板书，找到与课本内容中的联系。下课，别的同学都跑出去玩儿了，她借来同桌的听课笔记，飞速地补记着课堂讲义。她买来很多自学辅导教材，从中查找课堂上搞不明白的问题，并主动完成了自己购买的各类教材后附加的练习题。为此，她常学习到深夜。

父母心疼她，劝她早点儿睡，她揉揉困乏的眼睛笑笑："马上就睡，你们先睡吧。"这个"马上"，却常常是一两个小时。

初二第一个学期，她便考了个全班第八名的好成绩。面对老师、同学惊喜和敬佩的目光，她笑得甜美。

父母很欣慰，她终于从自暴自弃的阴影中破茧而出。

之后，她的学习一直保持在中上等的水平。

高中毕业，因为当时的普通高校还不肯接受听力残疾的学生，她只好去上对身体没有特殊要求的高等教育自学考试大专班。考前辅导班上老师的讲解，她听不清，只好看着身边的同学所画的要点，在书本上画着一条条模线。

光看画的要点，不明白的地方有很多，她就使出笨办法，耐心地将其他同学没画过的地方也当重点啃了下来。

结果，听不见的她，却比很多同学更早地领回了自学考试毕业证书。知情的同学很感慨："我们只去记老师要求背下来的要点，你却是将老师没要求画上的非重点内容都当重点一起记住了。我们学起来比你省事儿，你学得却比我们更扎实。"

后来，她又大胆地参加河南省成人高考。复习迎考的四个月内，在和她一起报名参加考试的同学上成教考前辅导班的时候，她自己买来了一套复习参考书和三套复习题，一本本地做了下来。

那年，大学语文满分150分，她考出了121分的好成绩。其他课程，也充分地发挥出了水平。

机遇来了，她做上了喜欢的文字工作，业余搞文学创作。她的灯经常深夜还亮着，她的作品越发越多，渐渐地走进了省作协会员的行列。

朋友感叹："没想到，听不见的人，在学业和事业上也能做得这么好。"

她笑笑，给朋友讲起了当年父亲给她看的那篇故事，说："我的缺陷，也恰恰是我前行的动力，因为我得努力用比别人更多的勤奋去弥补它。"

给人生找对一个筹码

自幼喜欢文艺的她，天生一副好嗓子，17 岁入伍成了一名文艺兵。21 岁那年，单纯美丽的她接受了一位帅小伙儿的求婚，并生下了女儿。正当她憧憬着一家三口的幸福生活时，丈夫却移情别恋。一时间，她感到天都塌了。

前夫每月仅寄给女儿的 300 元扶养费，前所未有的生存危机让她对未来充满迷茫。痛哭过后，她把孩子寄养在姨妈家，独自到宁波寻找发展的机遇。

那两年，她送过报纸、干过保洁，最后在一所瑜伽馆立足下来。为了缓解离婚带给身心的痛苦，忙完自己的工作，她也跟着工作人员练起了瑜伽。伴着舒缓的音乐，她轻松自如地舒展着肢体，时而把身子弯成一张弓；时而，又伸展成一棵树；时而，她又像一朵开在峭壁上的雪莲，用瑜伽特有的肢体语言倾诉着生命的美丽。每一次赤足踏上瑜伽垫，都宛如踏上了久违的舞台，满心都是投入艺术世界的欢喜。

练了两年，瑜伽馆的经理注意到了她：“做得不错，你可以当我们这儿的教练。”于是，她成了那所瑜伽馆最年轻的女教练。

一年后，带着对女儿的无限思念，她收拾好简单的行囊，在洛阳瑜伽馆找到了一份当教练员的工作。她把女儿接到市区，租了间房子，独自承担起养育孩子的重任。业余时间，她陪着女儿学习，带她玩耍，并拍摄下女儿健康成长的生活片段，看到女儿天真可爱的模样，她对未来充满希望。

随着交际圈的扩展，善良美丽的她成了当地的网络红人，获得了众多粉丝的青睐。在网友的支持下，她开始挑战更大的舞台。

那年，在一次市级选美决赛中，她以优雅的气质和震惊全场的瑜伽艺术荣获了美人关总决赛冠军。更令人震惊的是，她将本次优胜所获取的8万元奖金全部捐给医院，用来帮助那些长相平凡的女孩子，希望通过美容，帮她们找到追求爱情的自信。

接着，这位可爱又可敬的女子，在央视《星光大道》周赛中，以不俗的表现，连闯三关，给评委和观众留下了很深的印象，获得了周赛第三名的好成绩。

越来越多的人关注她，腾讯网视频栏目，河南电视台《你最有才》、《华豫之门》和湖南卫视先后邀请她录制节目、展示才艺；随后，她又应邀前往中央电视台，参加《向幸福出发》节目的录制。知道她名字的人越来越多，她的事业也越做越顺，做华美形象代言人、为杜康酒拍广告、创建倾城瑜伽院……忙碌而充实的生活，让她的人生充满了激情和魅力，这一切，让她变得越发自信而美丽。

曾经，她对抛弃了她和女儿的前夫满腔怨恨，没有筹码的人生，让她找不到安全的归宿感。所幸的是，为了女儿，她选择了自强，带着对美丽人生的不懈追求，终于化茧成蝶，成为众人眼中魅力非凡的成功者。

原来，真正能给女人带来安全感的筹码，不是外在的相貌，更不是通过婚姻找到的“长期饭票”，而是自己的潜力和不断完善的才能！只有给人生找对一个筹码，才能把握命运，找到真正的安全感。原来，只要心中有梦想和爱，再苦的生活也会开出华丽的花朵，映亮追梦者前行的道路！

每个人都可以是第一名

自从11岁打针意外打聋了双耳后，我就一直梦想着哪位神医能救我出苦海，还我清晰的听觉。

都说实现梦想是要吃苦的，我不怕，为了实现复聪的梦想，小小的年龄，我便可以天天屏着呼吸一口气喝下一大碗或黑或褐的中药汤；可以忍着眼泪在父母的陪同下接受中医针灸治疗，当大夫把细细的银针扎入我的耳周、头顶和身上各个与听觉有关的穴位，然后在通了电流后那一阵阵的刺激当中，疼痛传遍了全身。

喝了无数苦涩的中药汤，吃了数不清的中药丸，忍受了无数次银针刺入肌肤的痛苦，听力仍没有好转，束手无策的父母开始寄希望于耶稣，祈求上帝恢复我被囚禁的听力。但是，这一切的努力依然没能让我复聪。

爸爸说："好好学，考个第一，这样，你就会赢得更多同学的敬佩。上帝也会被你的勤奋所感动而恢复你的听力。"我信了，我把考第一当作我人生的梦想，拼命地努力着。

终于有一天，我考了全班第一，我的努力让老师和同学吃惊无比。只是，上帝可能睡了，他没有看到我把梦想举得高高的手臂……

高中毕业后，因为残疾，我失去了和同学们一起参加普通高考的权利，只能去上对身体条件没有特别限制的高等教育自学考试大专班。我付出了常人双倍的努力攻下了专科文凭，却仍然找不到好的出路。

为了生活，我曾在三伏天顶着烈日，在工厂中像男人一样搬堆成丘陵的铁箱子，任汗水把全身的衣裳都浸得湿透；我曾在三九的寒冬，到饮料厂去当刷瓶工，寒冬腊月里，把手泡在高锰酸甲溶液中机械地刷洗着面前堆得像小山似的玻璃瓶，任凭冰凉的水把手和心都冻结得麻木……唯一能让我感到快乐的是发工资那天，我小心翼翼地揣着微薄的薪水跑到离工厂不远的书店，尽可能多地买回我想看的书本和杂志。书本中那些洋溢着真善美的文字，宛如阴冷的角落里照进的阳光，温暖并激励着我的心灵。

读得多了，心里就悄悄地萌发了一个新的梦想，我想让自己的文章也变成铅字，映亮我因残疾而变得灰蒙蒙的人生路。我开始给厂报投散文和随笔，居然投中了好多篇，这让我对梦想有了更多的希望。

2002 年年初，我决定冲刺外省的刊物，便将生活随笔《歌在心里》手写稿投给了《中国残疾人》杂志。没想到，那年 4 月初，我就收到一笔 100 元的稿费和一本样刊。这是当时我所收到的最大的一笔稿费了！我对未来充满了希望。

几年后，家里添置了电脑，写作更方便了。每晚哄睡了孩子，我便开始在电脑上打出的一行行文字间播种我的梦想。寂静的深夜，守一盏孤灯，我的手指在键盘上飞舞，我的心在文字中歌唱……心怀梦想的我，累并快乐着。

梦想的太阳每天都在我手下敲动的键盘中升起，又在我投稿失败的当口落下。然后，又会继续在我新敲打出的文字中升起……那一篇篇我与孤灯做伴“熬”出的作品通过网络，慢慢地出现在大江南北众多的报纸杂志上。我的名字被越来越多的人所熟知。

为了更好地掌握文学创作的技巧,2008年,我大胆地报名参加了河南省成人高考。考前磨枪备战的苦和累，没有吓倒我，我以超分数线128分的好成绩考取了洛阳师范学院文学与传媒学院中文系函授本科班,成了洛阳第一位学中文的聋人本科生。

学院的领导和老师知道了我的故事后,感动之余,尽可能地将讲义制成课件,放幻灯片,便于听不清声音的我及时跟上讲课的进程。三年来,我系统地学习了中文系的所有课目。思维和视野的开阔,使我的文学创作水平又迈上了一个台阶。

随着我写作质量的不断提高,洛阳市作家协会、中国残疾人作家联谊会、河南省作家协会先后向我敞开了大门。公司领导知道了我的奋斗故事之后,也被我追求梦想的执着感动,之后,我幸运地成了企业报的一名编辑。

看着捧在手里的中文本科毕业证、省级作家证、编辑岗位胸卡和各类征文获奖证书,我感到自己正捧着人生路上辛勤耕耘所收获到的累累硕果。我知道,那是岁月颁发给我的沉甸甸的勋章……

我的奋斗故事经洛阳电视台、报纸等媒体宣传之后,一位因为残疾而看不到未来希望的残疾人朋友在网上向我询问成功的秘诀。QQ上,她向我讲了因为残疾而经历的种种坎坷,讲了她不尽人意的工作和生活。网络中,我看不到她的泪水,却能感受得到她的忧伤和迷茫。想起她的烦恼和无助,不禁想起当年曾经也看不到生活希望的自己。

我动情地在网上向她讲述了我挣扎在命运低谷时的痛苦和凄迷,那些不为众人所知的酸楚令她感慨不已:“没想到你也有那么痛的时候,那么苦的经历……”

她的话,让我突然想起刘德华的一首歌《Everyone is No.1》。曾经的我和她一样，羡慕奋斗成功的残疾人风光无限的自豪，现在，我希望她像我一样，正视残疾，带着梦想顽强拼搏。

“我的路不是你的路，我的苦不是你的苦。每个人都有潜在的能力，把一切去征服。我的泪不是你的泪，我的痛不是你的痛。一样的天空，不同的光荣，有一样的感动。不需要自怨自艾的惶恐，只需要沉着，只要向前冲……要迎接未来不必等，Everyone is No.1，成功的秘诀在你肯不肯流最热的汗，用最真的心。第一名属于每个人！不害怕路上有多冷，直到还有一点余温，我也会努力狂奔！”

失去了听力的我已永远无法听清歌声的美妙，但是，我却能感受得出歌词的昂扬，那是一位从软弱中走出来的残疾勇士吹响的向命运宣战的号角，召唤着每一位有志气的残疾人生命不止、奋斗不息。

成熟，就是含着泪水的微笑

去拜访一位听障朋友，寒暄中，感到和她的交流没有以往那么通畅了，很多话，都需要重复说几遍，她才明白我的意思。一问才得知，她刚换的助听器耳塞与耳道不般配，为了听得清楚一些，她只能把耳塞硬往耳道里推，弄得耳道的皮肤都磨破了。

话归正题，交流更显困难，一句话重复了三遍，她还没听懂。她从抽屉里掏出助听器，慢慢地对准耳道，戴好，这才听懂我的话。我问她："痛得厉害吧？"她点点头，说："嗯，挺痛的，不过没事，过两天，伤口结痂，就好了。"她说这话的时候，轻描淡写的，甚至脸上还带着笑，仿佛在说与她无关的事似的，但我分明看到了，在她的眼眶里，隐着一层很薄的雾水。

认识一位从膝盖以下截去双下肢的男子，他在残联维权科做信访工作。据说，他儿时和小伙伴在铁路附近玩耍，穿越铁轨的时候，意外被飞驰而过的火车碾断了双腿。虽然他被及时送到医院抢救，命保住了，但为了防止感染扩大，他只好听从医生的建议，从膝盖以下截去了双小腿，后来，在残联安装了假肢。

初次见到他的那天，他正在接待一位到残联寻求法律援助的肢残男子，那人30多岁的模样，拄着拐，满面愁容地诉说着自己的烦恼和纠纷，他坐在办公桌边耐心地解答疑问、开导男子，最后，那人终于展开了紧皱的眉头，站起来，和他握手道别，他微笑着送那人走出门外。

他走得比常人慢，并且步伐有些蹒跚，我问他："痛不痛？"他笑笑，点点头："有点儿，不过现在假肢已和残肢末端磨合了，就没以前那么痛了。"

我又问："走得远了，会痛得厉害吗？"他笑笑："当然会，但没关系，我能忍得住。"谈话中，他始终笑容满面，但我能想象得出，在他那乐观的笑容背后，曾流下过多少不为人知的泪水。

一位名叫赵玉丹的洛阳女子，为救身患重病的丈夫，带着年幼的女儿出摊卖烤面筋。她在摊前摆了个牌子，上面写着："亲爱的顾客，我的烤面筋可以比别人的贵5毛钱吗？因为我的老公重病在医院，我实在想不出什么办法来救他！谢谢你多付的5毛钱，祝你平安。"她将烤好的面筋分为两堆，一堆和别的摊位一样，按市场价出售，每串1元；另一堆则是爱心价，每串1.5元。

她站在烟熏火燎的简陋烤箱边，仔细地烤着手中的面筋，眼里盈着晶莹的泪水，脸上却挂着灿烂的微笑。没有叫卖的喧哗，没有客套的招徕，到她摊位上购买面筋的人却络绎不绝。后来，经过热心记者的报道，知道此事的人越来越多，一时间，洛阳掀起了全城吃烤面筋的热潮，很多人从很远的地方赶到牡丹公园门口，不为别的，只为有个合适的理由，给赵玉丹送一份绵薄的爱心，支持这位在苦难中微笑的坚强女子，想给她带来一份战胜人生寒流的温暖和渡过眼前难关的力量。

我见过很多流泪和微笑的情景，有失去亲人时那悲痛欲绝的泪水，有天灾人祸面前无助的泪水，有感慨生活艰难时那辛酸的泪水；我也见过很多笑脸，有得意之时兴奋的笑，有金榜题名时喜悦的笑，有受人帮助时感激的笑，也有见面问候时礼节性的笑。最难忘记的就是那些眼里含着泪，脸上却挂着笑的面容，如同失去双腿的残疾勇士，忍着假肢和残肢摩擦的剧痛，挥着汗水向前奔跑，令人于肃然起敬之中，备受鼓舞，别有一番感动在其中。

成熟，与年龄无关。不成熟的人，面对挫折只会怨天尤人、一蹶不振；成熟的人，则会调整心态，忍着痛苦，继续向前奔跑，面对太阳，含着眼泪微笑。这种微笑，是以冷静、理智的心态做醪糟酿制而出的琼浆，所有的悲痛都已在苦难的坛子里静静发酵，从坛子里飘出的，全是令人心动的醉人芬芳。

做自己命运的设计师

高中还未毕业,一贫如洗的家便已无力继续供他读书,懂事的他背着父母大哭一场,放弃了考大学的梦想。肄业后,他在家人的建议下依托家门口的关林服装集贸市场做起了服装买卖生意。

进货时一路风尘的劳累,寒冬酷暑中守摊的疲惫,让年轻的他深切地感受到了做生意的不易。两年后,关林镇的服装业开始走下坡路,很多摊主转让了摊位,另谋出路。有人劝他:做生意太辛苦,弄不好,还会赔钱。干脆你也转行吧。他犹豫了:是啊,创业真的挺辛苦,要不,也把摊位转让了,出去打工吧……

他开始将把剩余的服装压低价格以尽快出售,同时四处打听,寻找适合自己的用工信息。

那天,一位已考上大学设计系的朋友来家里做客,几杯酒下肚,他忍不住将生意不顺,想转让摊位出去打工的想法说了出来,然后半开玩笑半认真地说:“你是搞设计的,帮我设计一下未来吧?”

朋友说:“为什么要把命运交给别人设计呢?你应该做自己命运的设计师。你未来要做什么样的人,过什么样的生活,选择哪一行,应该自己来决定。别让眼前的困难迷住了登高望远的双眼,机遇有时恰恰就隐藏在危机里。”

一语惊醒梦中人！对呀，为什么自己就不能把握住自己的命运呢？懦弱无能，这不应该是他的个性。反复思考，感到还是做已熟悉的服装生意更适合自己。他开始调整思路，设计自己的未来。

第二天，他便亲自跑市场进行考察。他发现，女装市场供大于求，而男裤的发展空间则很大。之后，他调整定位，集中火力，做男裤代理。调整定位后，他很快就收回了成本开始盈利。

正当他踌躇满志地要将男裤生意做强做大时，一起突发的事件几乎将他打垮。

那年的冬天特别冷，他到县里进货顶着寒风跑了一整天，回来后把三轮车停在院子里，便进屋吃饭去了。晚上，忙着清点账目，忘了货款和营业执照都放在院里的三轮车上没收进来……就是那一晚，灾难不期而至。

一夜醒来，货款不见了。他像被人当头猛击一棒似的，腿一软，瘫坐在冰冷的地上。要知道，那两万元的货款还是赊欠县里一个裤子企业的，这可怎么办呀？看着空荡荡的院子，他欲哭无泪。

冷静下来后，他强打精神找到那个裤子企业的老板说出了货款被偷的事实。为了尽可能地减少损失，他把家里仅有的几千元钱全部拿了出来，先还了一部分货款，然后以自己的人格担保，承诺剩余的货款一定会陆续还上。

他的真诚感动了那位裤子企业的老板，老板答应让他一直做他们的裤业销售。

因祸得福。那场意外没有打垮他，反而使他和那位老板成了最好的合作伙伴。他的裤业生意做得越发风生水起。

随后，他用从裤业生意当中淘到的第一桶金创建起了自己的企业。

有了自己的企业后，他依然很辛苦，有时每天仅睡三个小时，吃两顿饭。但在他看来，这不叫辛苦，而是充实。有人说他是工作狂，每天那么忙碌是在透支生命，他却说：“我不是工作狂，我是设计师，我在努力设计自己的未来；我也不认为这样是在透支生命，我觉得是在锻炼意志和能力。”

正是凭着这种意志和毅力，他一步一步地将裤业生意做大，最终建成了一家年产量130万件的规模化现代服装企业，完成了从靠800元摆地摊起家的小商贩到拥有占地面积28000平方米、员工1000余人的现代化花园式企业董事长的蝶变。他就是洛阳浩洋服饰有限公司的董事长司马杰。

有人向他请教成功的秘诀，他说：“我不觉得成功还需要什么秘诀，如果说有，那就是，我听进了朋友的建议，没把命运交给别人，而是自己想办法设计好自己的命运。”

上天青睐咬紧牙关的坚持

他是我们公司生产车间的一名青年职工,19岁那年从技校毕业后被分到一线,前段时间刚被车间提拔为质量主管。回想身后六年的奋斗故事,真有点像一部励志的青春偶像剧。

六年前刚被分到公司的那年,适逢车间引进新的数控生产线,他热情高涨地要求调入新车间学习。调进来后,他才发现,因为多数人思想保守,几百人的分厂,当时报名学这项新技术的职工加上他仅有四人!

最初几个月,因为不熟悉新技能,尽管他日日勤学苦练、天天加班加点,也只能勉强完成计划工时。有人笑他傻,费了好大劲儿去学一门别人都不太想学的新手艺,结果工资还不如别人!他不争不辩,咬紧牙关继续在新岗位上摸索。

半年后,他的工时渐渐从车间众多操作工当中脱颖而出,收入也渐渐超过了众人。一年后,凭着出色的操作技能和丰富的理论知识,他在公司级数控技术比武中一举夺魁,登上全公司数控技术比武冠军的宝座!之后,他又获得"首席员工""公司级先进工作者""青年岗位能手"等多项荣誉,去年,还被评为公司"最美青工"。如今,秋天回报他以甜蜜的果实——年仅25岁,即被领导提拔到车间质量主管的位置。

他是我们公司生产车间的一名工程师,23岁从洛阳工业高等专科学校毕业分到洛轴,是梦想的火炬,点燃了他想研制出达到国际先进水平高铁轴承的激情。那年，为了攻克250公里高铁轴承蕊部硬度的难题，他每天汗流浃背地守在淬火炉边,一待就是十几个小时。然而,尽管他非常努力,结果却不尽人意,接二连三的实验失败,让周围人渐渐对他失去了信心,甚至还有急脾气的工人因意见分歧,和他发生了激烈的争吵。劳累和苦恼,让他的皱纹和白发与日俱增,看起来比同龄人多了几分沧桑。

面对一次次实验失败的沉重打击与不被周围人理解的孤独和痛苦，他也曾有过放弃的念头，但一想到高铁轴承被国外厂家垄断的现状,危机感和使命感便又像一桶油浇向心中梦想的火炬。

咬紧牙关,他重理思路,继续在高铁轴承的研发路上跋涉。最终，他找到了失败的原因,攻克了材料不达标的难关。之后,他又带领他的团队,历时三年,超标准完成了250公里高铁轴承的试制。

面对媒体的采访，他捧着那套每分钟转速可达2400转，同时能承担8.5吨重量的高铁轴承,自豪地盘点着“秋收”的果实——由他们团队试制出的250公里时速的高铁轴承已完成了实验，国家规定高铁轴承必须满足100万公里，而他们研制的产品一口气跑出了120万公里！目前,他们正精神抖擞地向研制350公里时速的高铁轴承迈进……

人人都向往金秋的收获,却不是人人都能承受住寒冬腊月里的沉寂和春夏辛勤耕耘的劳苦,每一个看不到希望时的自我激励,都是化蛹成蝶的催化剂！那些心有梦想的奋斗,那些咬紧牙关的坚持,终将引来上天的青睐,在人生的金秋时节来临之际,把沉甸甸的丰收果实堆放在他们面前。

积攒阳光

下了几天的小雨雪，屋里更显得阴冷、潮湿，我的心情也变得晦暗起来。昨天的天气预报说今天是晴天，一大早我便把被子抱到阳台上晾晒。摊开被子的时候，突然想起了她。

20年前的那个冬日，我患了重感冒，喷嚏连天，鼻涕如清水般流个不停。爸爸搬了把椅子抱了床被子，让我坐在阳台上晒太阳，妈妈煲了鸡汤喂我喝。柔和的阳光从玻璃窗外透进来，映照在我身上，我眯着眼睛享受着阳光和亲情的温暖。

她来了，老师让她顺路给我送作业。看到这一幕，她羡慕地对我说："你真是个生活在阳光中的幸福女孩。"

我皱着眉头："我被疾病折磨得难受死了，有什么可幸福的呢？"

她说："因为你家满是阳光……"

我奇怪地问："你家没有阳光吗？"

她笑："我得把阳光收进被子里带回家。"

她的话有一种超越了那个年龄的深刻。我愣愣地看着她，琢磨着她的话。

后来才知道，她是从农村中学转到我们班的。她没有母亲，在城里打短工的爸爸带着她和弟弟租了间很便宜但没有阳光的地下室，这才安下家来。屋里阴暗潮湿，四季不见阳光，白天还需开着灯，墙壁上到处是除不掉的霉斑。她的爸爸有风湿病，天气不好的晚上，她时常会被爸爸那压制不住的呻吟声惊醒。懂事的她便常常在晴日里找片向阳的地方拉起绳子，把一家人的被子抱去晾晒。

苦日子里是离不开寄托的，她的寄托便是刻苦学习、收藏阳光。她喜欢在黄昏时，收回晾晒好的被子，感受着积攒了一天阳光的棉被变得异常温暖、松软的美好；喜欢看着爸爸和弟弟闻着被子上阳光的气息安然入睡的温馨；她还喜欢爸爸看着她卷面上优异的成绩绽开的笑容；喜欢当她和弟弟搬了板凳就着余晖伏在院子里低矮的石桌上写作业时，爸爸投来的充满希望的目光；喜欢和爸爸、弟弟围坐在床边你推我让地吃着为改善生活才买的鸡肉……在她的记忆里，那和经阳光晒过的被子一样温暖了她的生活。

高中毕业，她考上了北京的一所大学，毕业后在一家事业单位工作。很久没有联系，也不知她现在的境况，但我相信，她永远不会忘记当年租住在阴冷的地下室里寻觅阳光的那段感受。她把那段艰难岁月里积攒的阳光和困境里的温馨往事，作为奋发向上的力量，这力量让她在人生最阴冷的季节里没有萎缩梦想的花蕊。从那明媚的阳光里吸收着能量、温暖着心灵，带着在阳光下开花的强烈愿望，慢慢地成长，年复一年，她终于在收获的季节里开成了一朵笑傲阳光的花儿！

当季节或人生让我们不情愿地步入阴潮的冬季，请别让忧郁的雪水打湿我们的心灵。学学当年的她吧，在晴好的日子里储蓄阳光、收藏温情，让生活里的温馨如被子里储蓄了阳光的棉花，一朵朵地绽放，在冰冷的冬夜里，温暖我们向上成长的心灵。

从泥土里生出的职场智慧

美娜怎么也想不到，文化、气质和长相都远不及自己的表妹秀英居然成了主管。

年前，家在农村的表妹秀英想到省城发展，在父母的支持下投奔嫁到郑州的大姨妈。姨妈的女儿美娜比秀英大两岁，大学毕业已三年，城里姑娘养尊处优的优越感，让她自感比这个文化不高又土里土气的表妹机遇更多些。

秀英和很多乡下妹子一样，高中毕业后就辍学回家务农，父母不想让秀英跟祖辈一样过一辈子面朝黄土背朝天的生活，就委托秀英的姨妈帮秀英在城里找个工作，将来嫁个好人家落户城里。但既无学历，也无背景的秀英想在这个人才济济的大城市里找份工作谈何容易。大姨妈将心比心地替外甥女寻思，心别太高，找个固定的工作，有个生活保障就行。

美娜有经济管理本科文凭，在小厂当过会计、做过统计。那年，席卷全球的经济危机让美娜所在小厂倒闭了，美娜便和来城里找工作的表妹秀英一样成了无业游民。眼看着美娜高不成低不就地困在家里一直找不到合适的工作，这简直成了大姨妈的心病。

那天，大姨妈听说邮局投递班要招收几个临时性的投递人员，试用期三个月，表现好的可以转正，就让秀英和美娜一起去试试。姨妈对秀英和美娜说："好好干，争取全转为正式工，不怕起点低，进去了就有铁饭碗和发展前途了。"

秀英听了大姨妈的话，感激地点头致谢，她想：每天骑着公家配的自行车，送送报纸和信件，跟锻炼身体一样就能赚到钱，而且还有养老保险等福利，比在老家种地强多了。一定好好珍惜机会。能在城里有份正式工作，她已很满足了。

美娜撇撇嘴，不置可否地笑笑。她看不上邮递这样的工作，她看中的是有转正的机会，希望转正后做内勤，以她的聪慧和才能，将来当上高管是蛮有希望的。她自信比秀英更有前途。

和每个邮递员一样，她们每天的工作简单而枯燥，每天早上到邮递班领她们负责投递的报刊和邮件，然后骑着车子挨家挨户送去……

试用期快结束的时候，出现了一件麻烦事，美娜工作途中发现有一封挂号信，收信人的地址写得很潦草，字迹像被水沾湿过一般模糊不清，美娜皱着眉头看了半天也没有认出来写的具体是哪个社区的"任江"还是"任红"。美娜决定，把信交邮局办公室按"无此收件地址"处理，退回发信人。

晚上，美娜和爸妈等秀英吃饭，等到天黑也没见秀英的影子。美娜安慰妈妈："秀英可能谈上朋友了，不好意思公开吧。没事儿，她都这么大的人了。"大姨妈却难以安心，那可是妹妹唯一的孩子，万一有个三长两短，怎么跟妹妹交代。晚上九点，大姨妈再也坐不住了，披上衣服就要下楼找秀英。

门开了，是秀英。

"姨，怎么了？"

“秀英啊，你怎么才回来？你快把我们急死了。”大姨妈一把拉住秀英的手。

是这样啊，秀英松了口气，向大家道出了晚归的缘由。原来，秀英和美娜一样也碰到了封字迹潦草的挂号信，看不清楚收件人在哪个社区，叫“任红”还是“任江”。因为是挂号信，秀英担心把信退还发信人，万一信里有什么紧急的事被耽误了，那实在于心不安。秀英按收件人所附的粗略地址跑了附近的几个社区，问了很多人，还到社区办事处查有几位名叫“任红”或“任江”的，一一对号入座，再逐一排除人选，最后锁定了收件人任江……

美娜暗笑秀英傻乎乎，哪像自己这样会来事儿，有些事处理起来，就得快刀斩乱麻、干净利索。再说那要怪也该怪发信人写字不清楚，与投递员有什么关系？

第二天，经理通知大家开会。会上，经理告诉大家，试用的结果今天就揭晓了，一位因收件地址不清楚嫌麻烦私自处理了信件的邮递员被辞退，美娜和另两位邮递员按收件人地址不详到邮局办理了将信函退还发件人的手续，得到了肯定，通过了试用期。

美娜得意地转过头瞟了秀英一眼。

这时，经理向大家介绍一直坐在身后的一位穿银灰色西装的男子：“这位就是我们的董事长。下面，将由董事长向大家公布新调整的投递班主管人选。”

美娜和大家一起鼓起了掌。上周，她已将大学毕业文凭等个人资料上报给了经理，她还记得当时经理赞赏的笑容和竖起的大拇指。据她所知，今天公布录取的职员中，她的文化和外在条件都是最好的……想到这里，美娜自信地笑了。

“大家好！我是任江……”董事长走上前开始讲话。

“任江？”好熟悉的名字啊，昨天那个被退了的挂号信好像就是这个名字吧？美娜的心重重地跳了一下。

“我还是第一次遇到这么优秀的邮递员！她的认真和敬业，还有她处事待人的耐心与温和都让我感动，也让我明白了怎样才算一名优秀的投递员。没错，符美娜他们三位做得符合邮递班的投递规定，但是比死规条更重要的是，我们这个岗位要能站在客户的角度去考虑事情。如果我们收到的是一封非常紧要的挂号信，因为地址和收件人写得不是太清楚，我们就退还给发信人，这样，可能会让一些非常重要的事情被耽误。我并不是说就不能退信，但是有时候，多付出一些精力和时间，或许真的可以更好地解决这个问题。我要表彰的这位邮递员就是这样做的，她的名字叫张秀英。让我们向这位敬业的好员工致敬……下面，我正式宣布，从下周起，将由张秀英同志出任投递班主管。”任董事长对着站在美娜后面的秀英点点头，带头鼓起了掌。雷鸣般的掌声里，秀英的脸如一朵娇羞的桃花。

晚上，美娜饭也不吃，坐在沙发里生闷气。

秀英走过来，轻声细气地说：“姐，我没你读书多，但我是种过地的人。我知道遇到土质不好或者谷子成活率低的时候，我们种起地来就很困难。要是遇上了难种的地，我就会多用心、多花些时间，找到解决问题的办法。这样，到了秋天，收成还会一样好的。昨天送信，我就是想起以前种地遇到的麻烦事，我想，就把这当作种地时遇到的难题去解决吧。工作和种地一样，你用了心、使了劲，庄稼才能长得更好……人生就像种庄稼，哪能没有一点儿难事？遇上麻烦怎么简单就怎么处理，那只能说明我们对这片地用的心少、下的劲轻，收成自然上不去。我没有读过太多的书，也不知说得对不对，但这是我的人生信条……”

美娜还是头一次听人这样解释工作态度和职场素质方面的问题。

多少有些陌生，却又似乎很有道理。其实，那天美娜也想过用笨办法多跑些路、多问问人去找到“任江”的，就是觉得那样既费时间又费劲……

“像种地那样去对待工作和生活！”没有读过大学的表妹给美娜上了一堂生动的职场教育课，虽然句句如乡下的泥土一样淳朴，却如清泉一般清澈，直透灵魂深处。

一泓禅水静心池
——读林清玄《心的菩提》有感

人到中年，宛如季节入秋，既有收获时节的自豪和欣喜，也有种种不如意，如秋风中的落叶和尘埃在心里沉浮飞舞，牵扯出丝丝缕缕的惆怅和倦意。每逢心灵感到疲倦的时候，我便喜欢找一本好书，做一次心灵的沐浴。

那晚散步，路过常去的书店，意外发现一本我崇拜已久的台湾著名作家林清玄先生的散文精选集——《心的菩提》。一时间，我像在沙中淘到金子般，喜悦油然而生。

回到家中，拧亮床头柜的灯，拥被斜靠在床头，虔诚地捧起《心的菩提》，书中那66篇清新隽永、浅而多味的散文随笔，就带着林中静水的清净淡雅和山中明月的睿智光芒，安抚了我躁动而疲惫的心灵。

在《平凡最难》一文中，林清玄通过几位演员聊扮演各类角色的心得，总结出最难出彩的角色不是大善大恶的人物，而是那类平顺过日子、一生没有什么大喜大悲的平凡人，因为太平凡，也就没了特色，便像生命长河中的尘土，来无影、去无踪，这样没有特色的角色，自然只能是剧中难以让观众记住脸谱的配角。但又有多少人知道，在这个躁动不安的世界，安于平凡才是最难的事啊。

的确，青年时期，有几人不是激情满怀地想成为人生大舞台上举足轻重的角色，想成为职场上卓尔不凡的人物，然而，这个世界注定是平凡人为主的世界。当有一天，你无可奈何地发现，奋斗到中年，仍没有成为自己理想中的那类“叱咤风云”的成功人士，请不要灰心丧气，不妨乐观地安慰自己：平凡才是最难的啊……再看自己平凡如斯的人生，不觉莞尔。

读到《吾心似秋月》时，心里更生出一份亮堂。现实中，我也常为某人一个眼神的不敬或一句话语的不恭而烦恼频生，却不知“人人都有一面镜子，镜子与镜子之间虽可互相照映，却是不能取代的。若把自己的喜怒哀乐寄托在别人的喜怒哀乐上，就是永远在镜子上抹痕，找不到光明落脚的地方”。找到原因了，那又怎么去做呢？答案就在书中——唯有认识自我、回归自我、反观自我、主掌自我，方能开启智慧，容纳万物。以水的温暖和清净，包容万物，自然就少了烦恼……

夜已深沉，而我却仍不觉疲倦，那些清新唯美、寓意深远的文章，如一泓泓融满禅意的静水，洗去身心的疲惫，让那些开悟的、温暖的，以及柔软若水的思想，安抚之前那颗被际遇中的种种不顺，熏染得变得忧郁和浮躁的心。

越读，心越清净，清净下来的心，越发有种清明开阔的感觉，再读刚才翻过的那些文字，更是满目花团锦簇的美好。

把萝卜煮成美味

晚上刚一上网,QQ 头像便闪了起来。原来是郑州的文友在向我求证:洛阳水席中的“燕菜”真的是萝卜做的吗?

我笑,那当然了。洛阳水席,这可是我们洛阳人都熟悉的地方特色名菜呢!我的脑海中过电影般地回放着曾在亲朋好友的喜宴上吃过的洛阳水席,眼前仿佛又出现了洛阳燕菜的汤汤水水中绽放的那朵牡丹花。

记忆中吃的洛阳水席都是汤汤水水的一盆接一盆地上菜,每一盆的分量都很大,一道菜吃完了,服务员才给上第二道菜,像流水一样不断地涌上桌面,非常讲究。动了筷子,才发现汤里的“燕菜”其实就是切得形如燕窝的萝卜丝。最初也感到奇怪,怎么把这由萝卜做成的菜叫燕菜呢?后来才知道是源于一个传说:相传武则天执政的时候,有一年,民间挖出一个罕见的大萝卜作为贡品献给了皇上。武皇命令厨师用这个吉祥的天赐之物做一道菜。厨师别具匠心地把萝卜切丝模拟燕窝做成了一盆菜。武皇品尝后大悦,观之形如燕窝,便赐名“洛阳燕菜”。之后,这道菜便广为流传,几经历代名厨改良,成了洛阳水席的头道大菜。而洛阳水席也成了古都著名的非物质文化遗产之一。

洛阳燕菜还有个雅称叫“牡丹燕菜”,追溯其典故出处又知道了这样一个与燕菜有关的故事：20世纪70年代，敬爱的周恩来总理陪同加拿大总理特鲁多到洛阳访问。洛阳真不同饭店的李师傅在烹制洛阳燕菜过程中，在燕菜上面特意摆了一朵用鸡蛋做成的牡丹，使其显得雍容华贵，寓意吉祥如意。周总理见后十分高兴，风趣地说："洛阳牡丹甲天下，菜中也能生出牡丹花来。"自此，"洛阳燕菜"又被人们称为"牡丹燕菜"。

几年前，好友结婚，婚宴设在广州酒家，那次吃的洛阳水席非常地道、味美。全席24道菜，8个冷盘，4个大件、8个中件，加上4个压桌菜，冷热、荤素、酸辣搭配着一道接一道地上，每一道菜都如鬼斧神工般的精雅且味美。不知情者也如郑州这位文友赞叹：如此美味的佳肴，材料也一定是不同寻常吧？知情者皆笑：这些全都是萝卜白菜等再常见不过了的大路菜，辅以最常见的调味品烹饪而出的。

与一位厨艺精湛的老师交流这道菜的做法时，她告诉我：牡丹燕菜的主料虽然很普通，并且价格低廉，但是做工却非常复杂，要经过切丝、冷水浸泡、绿豆粉拌匀、蒸、焯、至酒中涨发、沸火煮等很多道工序，才能将这普通的大萝卜"脱胎换骨"成一道名扬天下的美食——牡丹燕菜。想来成功者的人生也如这普通的萝卜，要经受"千锤百炼"般的磨炼，方能渐臻于至境。

用萝卜都能做成山珍海味，这是厨师的成功和乐趣，凡夫俗子的我们，不妨把手里的工作也当作一种艺术，融入我们的激情和巧思，体会一番把平凡简单的事情做到不简单带给我们的成就感和快乐。成功者的人生大概也都是像做燕菜的厨师那样从用心和激情里寻求新意，并因此方渐臻于佳境的吧？

制造快乐

一直以为，能制造出来的都是物质财富，直到那天，我才知道，源于内心深处的快乐，原来也可以制造呢。

那个周日，应朋友之邀，我们到郊区的一家敬老院采风。走进这个名叫“博爱”的敬老院，我在朋友的引领下好奇地四处张望着。

一位姓王的先生刚帮老人们洗晒完衣被，热情地招呼我们到接待室坐坐。

他问：“你也来这里做义工？”近视镜后面的那双眼睛带着笑意地看着我，很明亮的笑容，灿如五月的阳光。

“义工？不，我是来体验生活的。”我不好意思地笑笑。

他咧着嘴笑得更灿烂了，非常和善的模样。我打量着这个接待室，窗明几净的，收拾得很清爽。茶几上有一碟瓜子和一盘水果糖，还有几本讲述幸福含义的书籍和一本名为“弟子规”的国学课本。平柜上摆有几盆装饰花，墙上挂着一幅牡丹的国画，空气中隐隐散发着一股檀木的幽香。

得知王先生每周利用双休日来这里做义工已很长一段时间了，我好奇地问：“你经常到这里做义工，舍去陪自己父母和爱人、孩子的时间来陪伴和帮助那些与你没有血缘关系的老人，你的家人没有意见吗？”

“家人很支持我。我平时和家人住在一起，天天都可以陪伴他们，我每周来这里义务工作一天。这里的老人都很好，他们自尊自爱，会自娱自乐，并不需要我们为他们做太多的事，和他们在一起，就跟和自己的父母在一起一样的充实快乐。”王先生很有耐心地向我解释。

正说着，几位身穿粉红中式长裙的女同志如一朵朵绽放的牡丹飘了进来。原来她们也都是来做义工的人，刚领着新来的孩子们一起上完书法课。旁边的屋子就是教孩子们学习《弟子规》和传统书画等国粹的教室。到这里做义工的大多是文化比较高的人，对幸福的含义都有着超凡脱俗的理解。

“博爱”敬老院内的有一个“蝶变经典教育”国学班。校长告诉我，这里的工作人员基本都是义工，敬老院有专门照顾老人的义工，教育孩子的有专门的义务老师，大家走进这个大院就成了一家人，上有十多位慈祥的老父母，下有十多名天真可爱的小学生，还有好多来这里义务陪伴老人、教育孩子学习国学的有文化、有涵养的成年人……

很喜欢这里没有功利感的纯洁气氛，但我又惊诧于仅凭象征性地收一点老人的寄养费和孩子们的教育费，没有足够的资金如何长久地维持这个大家庭的各项开销？校长说：“来这里做事的大多是不要工资的义工，这样就最大限度地降低了运营的成本。还有很多不愿透露姓名的好心人捐资赠物，呵护这个‘大家庭’的成长，生存不用担忧。我们有饭吃、有事做，来这里充实生活，感受善良和博爱带来的幸福，这已是非常好的生活了。”

我打住笔静静地看着她们，读书时曾学到过的“老吾老，以及人之老；幼吾幼，以及人之幼”这种幸福的含义，如今就在眼前那一张张阳光的笑脸中找到了归属。

谈起当义工的感受，王先生告诉我："这里的老人都是从前的劳动者，他们为社会创造了很多物质和精神财富，我们现在享受的都是他们从前创造的劳动成果，所以，我们应该感谢他们、关怀他们；这里的孩子都是未来的劳动者，教育他们以孝道，教会他们懂感恩，我们的将来才会得到更多的理解和尊重，我们的生活也才会更加幸福。我们今天所做的事，就是我们的孩子将来会去做的事。做这些，我感到心灵前所未有的宁静和愉悦。当义工虽然没有给自己制造出金钱或其他物质财富，但是就在帮助老人和孩子的过程中，我发现这也是一种制造——我们给身边的人制造了快乐，而这些快乐又感染着身边的人，他们发自内心的感谢和微笑也催生了我们的快乐。我们彼此感恩着，我们和他们都是幸福和快乐的。"

"制造快乐"，我琢磨着这句话看着熟悉、感觉却多少有点陌生的话。王先生向我解释："曾经我以为制造很多物质财富就能给自己的家人带来幸福和快乐，但我却发现我拼命赚钱的那一段时间，我并没有得到我想要的快乐，甚至可以说，在被各种欲望纠缠的过程中，我一直生活在痛苦和焦虑中。后来，我结识了一些心地纯洁的人，看着他们用爱心去关怀和帮助身边的每一个人，我开始对幸福有了新的认识，我发现，制造什么都比不上制造快乐。制造的金钱财富越多，如果不会合理地运用，那么痛苦和灾难也就会越多；而制造快乐却不同，你为别人带来的快乐越多，你得到的快乐也就越多，你的人生也就越幸福。"

"是否只有去做义工，才能体会到这样的快乐呢？"我问他。

"行善没有远近。制造快乐是一种心态，带着爱和善良去关心和帮助身边的任何一个人，都会收获到意想不到的快乐。"镜片后的那双眼透着仁厚和睿智的光芒。

我很感动："接受你们帮助的人们一定非常感谢你们的真诚付出。"

他笑着打断了我的话："经过这些年参加公益活动，我已意识到，我们付出的是有限的时间和金钱，但收获的却是无限的精神财富，所以做这些事，对我们来说自己没有什么值得夸耀的，相反，我们还应该感谢那些受捐助的人给了我们这样的机会。一直很欣赏倪萍奶奶的两句话，'你只有一碗饭，你不吃给别人，那是你帮人家；你有一锅饭你吃不完，你给别人，那是人家在帮你。'说的也正是这个理儿……"

我静静地品味着他的话，心里一片亮堂。院子里，阳光灿烂，一排月季花开得正艳。

你至少有两个机会

金融危机席卷全球，梅琳所在的机械制造业也深受影响。为了提高生产效率，公司准备将机关人员分流30%补充到基层队伍当中。

消息传下来后，一时间，梅琳忧心忡忡：终于找到了满意的岗位，正是能出成绩的时候，要是被分流下去，不仅前功尽弃，还会被人笑话，多丢人啊。

周日，回家看望父母。细心的母亲发现梅琳显得很焦躁，得知缘由后，母亲拉着梅琳的手并排坐到阳台的藤椅上。

母亲说："孩子，不管结果如何，情况都不会太糟，因为，无论怎样变化，你至少都有两个机会。"

梅琳不解地看着满头银发的母亲。

母亲轻轻揽过梅琳的肩膀："既然是分流30%，那你就有70%的机会留在机关，相对于30%的数量来说，你留下来的希望更多些呢。即便你是那30%当中的一位，你仍有新的机会。"

"妈妈，告诉我，分到基层还会有什么机会？"

"孩子，分到基层，可能因为你长期在机关工作，处理文案的能力比较强，所以，你可能会留在基层办公室，这与你坐在机关办公室的差别并不大。就算你没有机会留在基层办公室,你也仍有另外的机会。”

“是吗？那还能有什么机会？”

“进不到基层办公室,你会被分到车间当工人。现在人社部在商讨延迟退休的事宜,制造业的职工多半都希望提前退休,而不是被延迟退休。你分到车间当工人,按规定,女工可以比女干部提前五年退休,这也是你所希望的。你还焦虑什么呢？再说,你当工人,也有两个机会:或是让你到辅助单位做工,这个强度和科室也差不了多少,工资也不会比机关科员的收入低。就算让你到生产车间当操作工,你也仍有两个机会。”

“是吗？那会是什么机会呢？”

“你有文化,学习数控机床操作技能会更快一些,你在生产一线,按照现行的收入倾向一线的工资分配方案,你的工资将会比你现在的更高些。并且,如果你干得好,要不了多久,因为你能干又有文凭,所以,你更有希望当上车间高管。即使没有这个机会,一线女工干到一定年龄,也会被照顾到辅助岗位,这个工作强度和收入,与你在科室差距并不大,同时你还能提前五年退休。既然无论怎样变化,你都有两个机会,而无论选择哪个机会,情况都不会糟到哪儿去,你还有什么好焦虑的呢？”

母亲的话,如清澈的溪水,洗涤了梅琳心头的浮躁和阴云。阳光透过玻璃窗映照在母亲花白的头发上,更添了母亲的慈祥和智慧。

第四辑

幸运是承诺里开出的花

每一份对承诺的善意坚守，也如植物，会在我们不经意的当口，悄悄地发芽、开花。为了守信，我们彼此都战胜了潜在的懦弱和懒惰，收获的不只是经得住考验的友谊，还有幸运的康复、明媚的心情。

给烦愁找一个疏通的出口
——读毕淑敏《千头万绪是多少》

最初,引起我注意的,就是那本书的名字。那一段时间,心情很糟糕,思绪也变得杂乱无章,用“千头万绪理不清”来形容当时的情况,一点儿也不为过。我的鼠标漫无目的地在网上书店的货架上跳来跳去,不经意间,就看中了这本书。

果然,毕淑敏不愧是名家,有着名家的开悟和深刻,这本书没让我失望——那72篇心灵美文篇篇都像舒肝解郁的小柴胡,舒理了肝气、顺畅了心情,读后令人心中如春风拂过树梢,恍然间,花的馨香、鸟的欢鸣一一浮现在眼际,还有一条名叫“智慧”的清澈小溪缓缓流过心底,驱散了心头原有的那些莫名的烦愁。

在《疲倦》一文中,毕淑敏去洗染店送旧呢子裤时,店里的师傅告诉她,裤子不能一下穿太久,而应该穿几天脱下来晾晾它,让它有个喘气的时间。她去工厂,又意外地得知,最有韧度的合金,其实也会疲劳,如果未能在它达到疲劳极限时让它休息,就会引起断裂。她才感到,原来,疲倦是多么厉害的一种不良先兆。衣服和金属尚且如此,更何况我们这些肉胎凡身呢?

很多人都有过这样的体会：当疲倦到了自身难以忍受的极点时，就有了烦躁和推诿。但是很多时候，因为种种原因，我们并没有及时放松身心，带着坏心情和或表现明显或隐藏在内心深处的烦愁继续着疲倦的状态，于是，本可以创新的工作，没了新意、没了发展，也没了生活的兴趣。

想起前一段我迫于工资低和还房贷的压力，给自己制订了个业余的写作计划，每周采访一位社会人物，每天坚持写一篇随笔，本来以为，以自己的文字功底，完成这些事是轻而易举的，但很快，我就发现了，写作不是码字，当没有灵感的时候，空对电脑，断断续续地敲打着键盘，直到凌晨，也写不出一篇满意的作品。每周休息，还有很多积攒了一周的没处理的家务事在等着我，这时还要抽出时间去采访社会人士，就经常有种心有余而力不足的感觉……因为常常不能完成自己制订的计划，心里便生出了重重的疲倦，但我却并没有想过如何消除这种不愉快的感觉，而是以各种励志的故事，激励自己坚持、再坚持，结局可想而知，我变得更加疲倦……那越来越深的疲倦，犹豫心情的腐蚀剂，让我失去了笑容，变得紧张和焦虑。

如何走出这个怪圈？答案就在文中——战胜疲倦的法宝就是珍爱我们自己，战术就是宁静致远……

我开始调整心态和计划，不再逼着自己机械地完成写作计划，有灵感了就写，没灵感就读书、做家务、享受生活，也不再硬性地规定自己每周必须完成一篇社会采访，有空就写，没空就放弃。这样的改变，果然很受益，心不累了，脾气也变得柔顺起来，久违的笑意又跳跃在我的眼眸中。

在《柔和》一文中，毕淑敏提起早年当医学学生时的经历。那时，她曾以为酒精是浓度越高消毒作用越好，但老师的话却如醍醐灌顶——

太高浓度的酒精，会使细菌的外壁在极短的时间内凝固，形成一道屏障，后续的酒精就再也杀不进去，细菌在壁垒后面依然活着，最有效的浓度，是把酒精的浓度调得柔和些，润物无声地渗透进去。那一刻，毕淑敏才懂得：原来，柔和有时比风暴更有力量。

的确，柔和并非无原则地顺从，更多的时候，它是更高境界的坚守。一种不曾剑拔弩张，仍然固守信念的艺术。

当我们被处于青春逆反期的孩子的顽固不化气得浑身发抖的时候，可能都曾有过忍不住大发雷霆的暴怒，甚至动过手，结果呢？非但没能解决问题，还引来了孩子更强烈的叛逆。而当我们忍着气，柔和我们的表情和声音，以和客户商谈的和气跟孩子进行交流，他的态度也往往会柔和起来，这样的交流才能深入进彼此的内心。这，就是柔和的力量。一个女人，内心的宁静和外在的柔和合二为一的时候，也是最美丽并最具魅力的时候，因此这个时候，才是最能为孩子所认同的状态。

还有那篇被选作书名的代表作品——《千头万绪是多少》，更让我有种慧者静坐对面，与我促膝相谈的亲切和开悟感。人生就是一道道选择题，我们不能选择自己人生的顺逆，却能选择从容而坚定地面对一切的勇气。

一篇篇地看下去，心也在变得柔和、智慧并富有条理。有道是，消愁不仅靠医药，更需要思想的引导，正如我现在这样，在阅读此书的过程中，不知不觉地已给烦愁找到了疏泄的通口。

有一种“冷漠”，请不必介意

他走进企业报办公室的时候，我正在赶一篇急稿。冷不防看到一张五官有些变形的脸，我差点儿惊叫出来，迅速掩住口。

我不知道他是谁，也不知道他来找哪位同事，只想别再受一次惊吓。可他竟径直走近我，递给我一张纸条。

“您好，我是基层单位的一名职工，想请您帮忙修改一篇小文，可以吗？”他的客气，多少减轻了一些我对这位不速之客的恐惧。

“这会儿正忙，您回头发我邮箱吧。”我不敢看他，指指电脑。

他问：“能告诉我您的邮箱吗？”

我飞快地撕了张便条写下邮箱递给他……

他走后，我好半天才镇静下来，心有余悸地问同事：“刚才那人是谁啊？”她报上一个名字。这个名字，我是有印象的，前一段还在晚报副刊上看过他的作品，写的是他热爱生活的乐观心态。

真正了解他，是在网上，从他发来的信件中。

8岁的一场意外火灾，将他的脸部深度烧伤，从此，相貌的“特别”让他走到哪里都格外扎眼。好在，烈火的“考验”没在他的心灵留下太多的阴影。工作后，他报名参加了新闻专业的自考大专班，因为底子薄，前后花了五年半，总算取得了大专文凭。

网上，他告诉我，他有一个幸福的家庭，妻子是肢残人，无业，他业余便在外面摆摊赚点儿钱补贴家用。儿子正上小学，很懂事，每晚写完作业，就主动去帮他。他们没房，但是有爱，租来的小房间，是他们一家三口的天堂。

他的乐观和满足，令我感慨万千。多少人有房有车、有端正的五官、健全的身体，却没有对生活的满足和感恩。他的生活，在旁人眼里几乎是“悲惨”那一类的，却能如此坦然地面对这一切，将粗茶淡饭的日子过成了人间朵朵圣洁的莲花，不悲不喜地开在岁月的荷塘中。

他问我能不能帮他寻找一位网名叫“土豆公主”的女子，那是他读自考大专时的一位同学，当年也曾被他的相貌惊吓过，后来被他的好学感动，写了一篇《原来，他也很美》的随笔发在了网上……这么多年了，他一直想亲口对那个同学说声感谢，却不知她在哪里。网络中，我看不到他的表情，但我能感觉到，“土豆公主”善意的关注和鼓励，在他心中，无异于天使的微笑。

谁不愿像天使那样，给别人带来温暖美好的回忆呢？想想曾在他面前表现出的惊恐，我有些不安地回了他一封邮件：“其实，我也不是故意回避你，请原谅我的胆怯……”

他说：“没关系，我理解！”

或许，他早已理解，有些冷漠的表情，并非漠不关心的疏远，更非带有歧视的偏见，可能仅仅是别人不忍或不敢直面他那被火苗灼伤的容颜……

不知道能不能帮他找到“土豆公主”的信息，但我希望自己的努力，多少能给他带来一丝温暖和慰藉。我还希望，他能原谅他所看到的一切惊诧的目光、冷漠的面孔，乐观地生活、奋斗下去，永远不会对人生失去信心。

因为,人心本善,在那些看似冷漠的表情之下,可能也隐藏着像“土豆公主”那样善良纯美的心灵。

幸运是承诺里开出的花

那一年，刚上班的我还很年轻，和很多女孩子一样，不喜欢笨重的棉衣。春节一过，便换上单薄的春装。结果感冒了。

感冒过后，鼻炎加重，脓性分泌物堵塞着鼻窦，让我终日头昏脑涨，心情也变得格外烦躁。医生说："已转成鼻窦炎。"我慌了："好治不？"他摇摇头："不好根治，但能减轻症状。"我不信，照医生的处方吃了好几瓶消炎药，鼻塞肿胀的症状仍未消除，头也如针刺般的疼痛。

换了几家医院，都没治好这个毛病。女孩子成天流着鼻涕，怎么说也不够体面。特别是那段时间，我业余在攻读文凭，坐在教室里，鼻子堵塞得厉害，难以忍受时，我低着头掏出手绢压低声音使劲擤出来。顷刻间，从台上和四周射过来的厌烦目光，像火一般炙烤着我的脸，我恨不得找个地缝钻进去……

转眼到了秋天，天一冷，病情加重，直接影响到学习和工作。几经考虑，我决定标本兼治：一边继续吃消炎药，一边早起锻炼身体。

我选择的运动方式是到牡丹广场踢毽球。一位大姐看见了，过来跟我对踢，过了几天，两位工学院的大学生也加了进来。可是，随着天气的渐凉，她们都不再来了，一个人踢着没意思，我重新回到不锻炼的状态。

懒散了近一个月，空虚的精神状态加上鼻炎的折磨，让我变得郁郁寡欢，我想找个能长期陪我锻炼的伙伴。

清晨，我又来到牡丹广场，看到很多人正在跟一位身手矫健的老师傅学武术，时而舞刀，时而舞剑，时而又打起虎虎生威的少林拳。

第二天，我带了把剑，也加进了习武的行列。丽，便是那个时候我结识到的朋友。许是年龄相近的缘故吧，很快，我们便成了熟悉的好朋友，并约定只要不是下雨天，就坚持早上6点来锻炼。

立冬过后，一天比一天冷。早上5∶30我能准时醒来，却总是赖在被窝里磨蹭上半天不想起床。但一想到丽在那边等着我，怎能做言而无信的人呢？我咬咬牙，穿好衣服，顶着寒风向牡丹广场跑去。

那个周日，早上刚醒，我习惯性地掀开窗帘看天气，外面正下着大雪。我心暗喜：说好下雨天可以不去锻炼的，现在下雪，可以多睡会儿了。

重新躺下来，心里却不太踏实："又不是下雨，万一丽去了，找不到我，她会多失望呀。"

这样一想，我在被窝里翻来覆去地睡不着了："不行，我得赶过去。不然她会觉得我不守信……"

当我顶着风雪赶到牡丹广场时，丽果然已经在等我了。

洁白的雪花铺满大地，将牡丹广场装扮得圣洁而美丽。我们打完拳，浑身是汗，头顶上热气蒸腾，与空中飘落的雪花相映成趣。

克服了惰性，坚守住了承诺，一整天，我的心情都非常愉快——最冷的日子里，我们都能如约而至、坚持锻炼，其他的天气，算得了什么？

就这样，我们将晨练坚持了三年之久，直到丽结婚后怀孕，我们才不得不中断了晨练。

那三年，我的身体和心情都在越变越好，鼻窦炎的症状也不知什么时候彻底消失了。不是说，慢性鼻窦炎很难根治的吗？我庆幸自己的好运。

丽也有同感："我以前常头晕，锻炼又坚持不住。直到许下那个承诺，不想失信，我才陪着你坚持了那么久。头晕的症状也不知什么时候消失的，嘿嘿，我也很幸运……"我们相视而笑。

原来，每一份对承诺的善意坚守，也如植物，会在我们不经意的当口，悄悄地发芽、开花。为了守信，我们彼此都战胜了潜在的懦弱和懒惰，收获的不只是经得住考验的友谊，还有幸运的康复、明媚的心情。

感恩的最高境界

好友晋升了,想对提拔她的贵人表表心意,却犹豫着不知如何掌握分寸。她的话,让我想起一个流传千年的关于报恩的故事……

话说文公重耳当上了国君后,为了感谢当初伴随他流亡的功臣和后来助他夺取江山的文臣武将,提拔并重赏了许多人,并要重赏对他有割肉救命之恩的忠臣介子推。然而,介子推平素最鄙视那些争功讨赏的人,他觉得自己的善举不过是尽了一个随臣的本分。急于报恩的文公为逼隐居绵山中的介子推出山领赏,听从众臣子的献计,火烧绵山,然后在山的出口处等候介子推的出现……然而大火烧遍绵山,却始终不见介子推的身影。火熄后,人们才发现背着老母亲的介子推已坐在一棵老柳树下死了。死前塞在树洞中的血书上写道:"割肉奉君尽丹心,但愿主公常清明。柳下作鬼终不见,强似伴君作谏臣。倘若主公心有我,忆我之时常自省。臣在九泉心无愧,勤政清明复清明。"

君与臣间的互相感恩,一个成就了君的生,而另一个却促成了臣的死。感慨之余,令人深思。或许这就是人们常说的价值观的差距吧——你所追求的,未必是我想得到的,你不必把你看重的强加给我,否则,适得其反。我帮你,是为了尽我职责,以修功德,不是为了你给予我什么。

你只须珍惜你的位置，利用你的职位优势多做有利于国家、集体和黎民苍生的事，就是对我最好的报答。如果你把我对你的恩，看作一种交易，你就看轻了我啊！

有位恩人，曾在我人生低谷时帮助了我，甚至可以说，改变了我的命运，被我们全家都视为贵人。某日，我和恩人交流人生感受，恩人告诉我："人生完美的标准有三条，一是一个好家庭，二是一位好老师，三是一位好领导。我这一生，能有现在的成就，也离不开领导、同事、家人的支持和帮助。我也心存感恩，但方式是多工作、多负责、多为大家做事，让别人因为有我的存在而得到帮助、感到温暖……"

"多工作、多负责、多为大家做事，让别人因为有我的存在而得到帮助、感到温暖……"这句话，时不时地响彻在我心中，不知不觉地改变着我的思维和处世方式。很多年过去了，我发现，"让别人因我的存在而感到温暖和愉快"这种报恩方式，受益的不仅是我们能够帮助的人，也引导着我们自己的人生往更好的方向发展，我们有了更多有才有德的朋友，有了更为和谐愉快的人际关系，生活得更加幸福。这也正是恩人事业成功和生活幸福的秘诀。

原来，感恩是一种仁和善的表现，绝非俗人眼中的物质和金钱交易。而报恩的最好方式是铭记恩情、珍惜当下、传递善念，让更多人因为有你的存在而受益，让社会因更多有善念的人的存在，而更加友善、和谐，从而持续往更好的方向发展。

打开心灵宝库的两把钥匙

一直觉得，音乐和文学是打开心灵宝库的两把钥匙，其中，音乐应该排在第一位。因为音乐之美，无法言传，那是一种能渗透我们心灵深处、令人荡气回肠，并会影响我们一生的美……

很幸运，我出生在一个音乐气氛浓厚的家庭。在我最早的记忆里，留存的便是母亲哼着歌曲伴我入眠的画面。

当了一辈子小学音乐老师的母亲，喜欢唱红歌。小时候，家里那台老式半导体收音机经常锁定在播放红歌的频道，每当红歌响起，母亲就抱着我，轻声地跟着哼唱起来，“美丽的草原我的家，风吹绿草遍地花。彩蝶纷飞百鸟儿唱，一弯碧水映晚霞……”“今天是你的生日，我的祖国，清晨我放飞一群白鸽，为你衔来一枚橄榄叶……”童年时依偎着母亲身边听红歌的情景，就像一张张清晰的老照片，时不时地浮现在我的脑际。

记得当时，母亲最喜欢唱的有两首：《南泥湾》和《我的祖国》，悠扬动听的女中音，带给我的不仅仅是音乐的美妙，更有一种充满阳光的艺术氛围和积极向上的精神力量，像一粒粒太阳花的种子，播撒在我心灵的土壤上。

“……往年的南泥湾，处处是荒山，没呀人烟，如今的南泥湾，与往年不一般，再不是旧模样，是陕北的好江南……”“一条大河波浪宽，风吹稻花香两岸，我家就在岸上住，听惯了艄公的号子，看惯了船上的白帆……”可以说，我最初受到的爱国主义教育，都是来自母亲常唱的那些悠扬动听的红歌。

受母亲影响，我和两位哥哥也非常喜欢唱歌，大哥当年就是凭着娴熟的手风琴独奏和歌唱的特长，敲开了部队文工团的门，当上了一名文艺兵。而我在小学时期，一直是班上的音乐委员。

“军港的夜啊静悄悄，海浪把战舰轻轻地摇，年轻的水兵，头枕着波涛，睡梦中露出甜美的微笑……”我至今仍能忆起当年跟着父母去部队观看“欢迎新兵文艺会演”时，大哥身穿军装和战友精神抖擞、放声歌唱的情景，觉得这样的生活真是幸福。

后来，一场意外事故，让我耳边的音乐戛然而止。痛苦和迷茫中，那些沉淀在心底的励志红歌又悄然涌上脑海——“没有吃，没有穿，自有那敌人送上前，没有枪，没有炮，敌人给我们造……”“想一想红米饭和南瓜汤，吃什么都觉香又甜，想一想爬雪山过草地，没有闯不过的艰和险……”这些质朴却极富有感染力的红歌所体现出的那种乐观向上、坚强不屈的精神，让我觉得自己愁眉紧锁地抱怨不幸，是何等矫揉造作的事。红军战士为了保卫祖国吃了多少苦，甚至不惜献出生命，却仍然活得那么乐观，跟他们相比，我和耳疾作斗争的苦，实在算不了什么。

这么一想，心胸也变得开阔起来。开阔起来的胸怀，帮我腾出空间去关注并深入学习音乐之外的领域。渐渐地，我学会了用文字去剖析生命含义，理解幸福的真谛，并因此找到了打开心灵宝库的第二把钥匙——文学。

多少年后，我凭着文学创作的特长，当上了企业的一名宣传兵，开始用文字谱写职工爱岗敬业的歌，宣传职工的真诚善良以及他们热爱生活的美……而这一切艺术创作的源泉，都始于我成长中感受到的那种红歌讴歌英雄模范、褒扬真善美的正面力量。

岁月悠悠，多少往事如烟云散去，但我脑海里仍留存着很多耳熟能详的红色歌曲，每当我感到意志消沉的时候，总喜欢哼几首红歌，继续在红歌那集励志和醇美于一身的艺术熏陶中，感受奋斗的可贵和生命的壮美。

·飘香的紫罗兰

袁明怎么也没想到，在他晋升为经理助理后的第三天，亲朋好友的祝福声还依依萦绕耳际的时候，痛苦便接踵而至。

有人在网上匿名打击他。2000多字的网文不仅扭曲事实把袁明所取得的成绩贬得一无是处，还凭空捏造了很多是非，挑拨离间。连袁明和朋友业余时做的一些公益事，也成了打击他的罪状，说他是沽名钓誉。

从没有受过如此污辱，袁明感到很受刺激。强忍怒火回帖澄清事实，却招来了更难听的还击。从造谣帖里对往事的提及中，袁明已猜出造谣者是和他曾有过节的肖秋。

袁明准备起诉。妻子劝他，网上攻击人的事多了，网上骂人能处理到什么程度？打官司是个耗时费力的事，再说，这类个人恩怨的事，法律不见得能管。袁明沉默了。

袁明的忍让却又成了肖秋继续羞辱他的理由，“心虚了吧……”袁明在肖秋的帖子里仿佛看到了他得意的嘴脸。袁明把拳头握得紧紧的，强压着自己的火气。

那段时间，袁明感到自己被一只狡猾又恶毒的疯狗追着乱咬一般无奈。

面对网上因谣言引起的窃窃私语，袁明感到很痛苦。曾经作为业余休闲精神家园的网络，因肖秋的存在，变得阴森、狰狞。白天工作的忙碌可以让他短暂地忘却被恶意诽谤的伤害。但到了晚上，当夜深人静的时候，袁明躺在床上，难以入眠，不知肖秋又在网上搬弄什么是非。

那晚，袁明随手拿起一本杂志打发时光，一段话闯进他的视线："紫罗兰被人一脚踩扁，它却把香味留在了那脚跟上，这就是宽恕。宽恕，虽然无法改变过去，但却可以改变未来……"

推开窗户，仰望夜空，明月皎皎如玉盘。斑驳的星光映在身上，空气里隐约传来紫罗兰淡淡的馨香，大自然纯净无声的慰藉让袁明的心渐渐平静了下来。

公司机制改革，袁明担任人力资源部特约评委，参与一批高级主管的评审。阴错阳差中，肖秋的人事档案分到了袁明的手中。是借此报复肖秋的诽谤带来的伤害，还是忘记个人私怨，公平地给肖秋机会？

袁明一根接一根地抽着烟，思想斗争得很厉害。杂志中那句话又映入脑际。他的心里有了主意。

肖秋也知道袁明在本次职位评审中所占的利害关系，那天，他悄悄地摸到总经理张源新的办公室。

"张总，您可能不了解，袁明这人嫉妒贤才，总怕别人超过他，对他的位置产生威胁。我和他之间曾有些不愉快的事，你可别相信他在我岗位评价表上写的那些话啊，尽是胡说八道……"

张总"哦"了声，顺手翻开办公桌上袁明送来的主管候选人岗位评价表看了起来。

"你是说小袁对你的评价不公正、不可信？"张总笑着问肖秋。

"当然，他搬弄是非，破坏我形象。白的也叫他说成黑的。"肖秋咬牙切齿地说。

张总把评价表甩在桌上:“还是你自己看一下吧。”

肖秋疑惑地拿起评价表看了起来。细密的汗从他脑门渗了出来,接着,脸也涨得像红透的柿子:“不会吧,这不是袁明自己写的吧,他会把我夸得这么好吗?”

张总鄙夷地瞟了肖秋一眼。

肖秋羞愧地走了。

知道袁明与肖秋有过节的人都认定了这次高管人事调整肖秋将名落孙山,结局却让他们大吃一惊……

不知情的人觉得是张总在给肖秋机会,知情的人都因此对袁明更添了份敬意。终选那天,袁明对张总说,肖秋的工作能力挺强的,可能是工作中的一些误会没解释清楚,才让肖秋对自己心怀不满。只要他有能力胜任高管的岗位,就让那些个人恩怨慢慢消融吧。

袁明的态度,让张总感到心里温暖柔和——世上总有误解和诽谤,又有多少人能像袁明这样用充满阳光的心去宽宥那一切呢?

庆祝会上,张总和袁明逐一向新当选的高管握手祝贺,袁明与肖秋双手相触之际,惭愧和感动交替着涌动在肖秋的心头。

阳光透过宽大的玻璃窗映照进来,袁明笑得很坦然,又想起杂志上看到的那句话,他知道,一朵紫罗兰,早已悄然绽放在心田。

上帝的模样

他躺在病床上，捂着蒙着纱布的左眼，尽管才注射过止痛药，揪心的疼痛仍时不时地从眼窝直达心底。

疼痛和失明的烦躁让他有一种举起枪狂射那两个混蛋的冲动。但他很快又回到现实里——复员已多年，哪里还有摸枪的机会？而且，这是在医院，马上就要被推进手术室了。

疼痛中，他又想起那段噩梦似的经历。

那个深夜，刚下夜班的他，骑着自行车，缓缓地行在回家的路上，忽然发现两个毛贼正带着工具盗窃人行道上的井盖，当他上前制止的时候，其中一个毛贼用细长的铁棍戳向他的左眼……紧接着，头上又被狠狠地击了一锹……醒来时，他已在医院，左眼和头部都被蒙上了厚厚的白纱。

剧烈的外伤，造成左眼视力急剧降到"0"，因为交叉感染，他右眼视物也变得模糊，不得不接受药物保守治疗。点过眼药的右眼一见光就刺痛，为了防光线的刺激，护士用纱布把他右眼也包住了。

看不到光亮，分不清白天与黑夜，前所未有的绝望和恐惧包围着他，心里充满了无助的悲凉。他摸索着拉住妻子的手，耳边传来的是妻子拼命压抑住的抽泣……

那一刻，他恨透了这座城市，如果他复员分到的不是这座城市，他也不会有这样的灾难吧？如果有一天，他能完好如初，他一定会设法找到那两个毛贼，哪怕他们逃到天涯海角，他也要找到他们，以牙还牙，叫他们尝尝失明的滋味！

第一次手术费，已花光了他和妻子多年的积蓄。但手术并不成功，他左眼的视力仍然是“0”，抱着一线康复的希望，他转到这家省级医院试试运气。

前一天，妻子终于凑够了第二次手术的费用，手术就定在这天上午10点整。

这天，一大早，病房新来了一个小病人，是前天晚上被点燃的鞭炮炸伤眼睛的小男孩，伤不重，但为了防止落下后遗症，大夫让他住院观察一段时间。男孩的父母都在外地打工，陪同男孩住院就诊的是孩子年迈的爷爷，爷爷客气地跟他们寒暄了几句，他冷冷的，什么也不想说。

9点半，他被推进手术室，此时，他的心里也做好了最坏的准备。如果这次手术再失败，他出院的第一件事便是想办法找那两个毛贼算账……哪怕因此触犯了法律，也难解心头的怨恨……

医生准备关上手术室门的时候，突然传来一阵喧哗。

“大夫，给我两分钟时间吧，让我为他祈祷，求上帝保佑他平安，归还他的视力吧……”听话音，好像是同室病友的爷爷。紧接着，他又听到“咚”的一声，像谁突然倒地……他心里一紧，这是怎么了？

“大爷，您怎么跪在地上，多凉啊。快起来，快起来……”是他妻子的声音。

“愿主保佑他手术顺利，请主赐予他光明……”接下来，一阵沉默。随后，是细碎的脚步声和医生关门的声音。

手术开始了。无影灯下，他能听到手术刀在眼睛上轻轻划过的声音，那是一种之前曾让他感到恐惧的声音，如今，却因为那番祈祷，让他心里多少感到了些踏实。

三天后，他度过了危险期。当他从重症监护室被推回普通病房的时候，大爷已带着孙子出院了。妻子塞给他一本书："这是那位大爷送给你的《福音圣经》。那天早上，我给他讲了你的经历，大爷唏嘘不已……他说，他要到手术室为你祈福，求上帝显灵佑你平安。他还说，让你忘记仇恨，上帝希望人间多些爱，少点恨，当年耶稣被钉上十字架，就是为了以死教化世人宽容、善良。"他把手里的书握得紧紧的。

半个月后，当最后一层纱布从眼前拆去，一阵刺眼的光感过后，他看到了身边妻儿熟悉的笑脸和医生、护士的充满期待的眼神。

视线在渐渐变得清晰。虽然左眼远不如右眼看得清楚，但他悬着的心终于落地了。捧起放在枕头边的《福音圣经》，又想起那位从未谋面的大爷。

他双手合十："谢谢医生，谢谢护士，感谢上帝……"

幼小的儿子左右看看，问他："爸爸，上帝在哪儿呀？他长得什么样子？"

他笑笑，没有回答。但他相信，如果世间真的有上帝，应该就是那位跪在地上为他祈福的大爷的模样……

给压力找对一个出口

那晚，在一家知名广告公司做设计师的朋友告诉我，干这行两年了，从刚得到这份工作时的欣喜到如今越来越明显的疲惫，她已渐渐迷失了奋斗的方向。

我不解："两年前，你发誓要在广告界找到立足之地，现在你已如愿，并且已干出了成绩，应该高兴才对啊。"

她的眼神很忧郁："曾经非常喜欢设计，把这当梦想来追求。每次设计出好作品来，无论是否能得到实惠，都很有成就感，内心充实而愉悦。调进这个大公司，周围高手如云，被轻视是常有的事，甚至随时面临被淘汰出局的危机。现在，我都找不到最初做这行时的快乐了。"

面对朋友的烦恼，我想起了当红 NBA 球星林书豪的心路历程。

受父亲的影响，林书豪从小就很喜欢打篮球，高中时，他带领所在的球队获得了州级篮球比赛的冠军。但在美国，篮球圈一直由白人和黑人主裁，黄皮肤的华裔球员在圈内很受歧视。在旧金山参加夏季联赛时，有人在看台上公然羞辱他："黄皮肤的，滚回中国吧！"他顶着压力，打出了好成绩，为华人争了口气。加入金州勇士队时，偏见和随时失业的压力仍包绕着他，他曾三次被金州勇士队下放到雷诺大角羊队。

火箭队接纳他的惊喜还没散尽，为了给签约球员——海地中锋萨缪尔·戴勒姆波特腾出位置，火箭队又毫不犹豫地将林书豪裁掉了，他们对这个来自哈佛的华裔小子有偏见——身高远不及姚明的林书豪可能更精通读书，并不真的懂篮球。

骨干队员艾曼·舒伯特和拜伦·戴维斯的意外受伤，让尼克斯队面临控卫荒。不得以，尼克斯招进了刚被火箭队裁掉的林书豪充当替补。然而，正是这么一位多次面临失业和坐冷板凳等尴尬遭遇的华裔球员，在尼克斯与篮网队的赛事中，一出场，很快便贡献了全场最高的25分……原来对他没抱多大希望的教练惊喜交加。随后，林书豪又在下一场比赛中，创下了25分7助攻、28分8助攻的奇迹，一跃成为震惊世界的篮球新星。

但是，成功之后林书豪并没找回心灵的宁和与快乐。曾经旋转在篮球上的喜悦一度被无形的压力主宰着，让他感到焦虑和烦躁。渐渐地，林书豪发现，自己把实现梦想后得到的金钱和荣誉作为打球的目的，它的成败便成了巨大的压力，甚至成了成功路上的阻力。于是，他重新调整了思路——竞技的快乐来自享受比赛的激情并不断超越自己，与名利无关。他给压力找到了这样一个正确的出口，也因此重新找到了心灵的宁和与愉悦。

如今，朋友也有类似的焦虑，审视自己，何尝不也有过这样的烦恼？或许，职场本身就是个竞技场，机遇与压力始终并存。想想看，奋斗多年，却没有人看好我们的时候，该怎么办？被轻视和排挤的时候，该怎么办？随时面临被换下来走人的尴尬时，又该怎么办？在这一个个压力当中，很多人已渐渐失去了最初步入职场的快乐。

世界的精彩，从某个角度来说，也来自竞争中的一鸣惊人或百花齐放。竞争既是一种正面的动力，也可能成为一种负面的心理压力。那么，学学林书豪吧，给压力找对一个出口，不要纠结于职场上的成败，请将注意力切换一下——看淡眼前的得失，做一个懂得享受工作乐趣的人，去体会超越自己的激情、感受流汗的痛快，意想不到的成功可能就在不远的地方等待着我们的到来。

琼瑶小说里的青春岁月

周日，我坐在沙发上浏览微信，女儿在一旁静静地翻看着郭敬明的小说——《左手倒影，右手年华》。突然，女儿扭过头来问："妈妈，你中学时期最喜欢看什么书呢？"

我放下手机，目光飘向窗外，任思绪穿越时光，寻找豆蔻年华的足迹……那时的我，像女儿这会儿对郭敬明的情感小说情有独钟一样，痴迷着琼瑶的言情小说。

初识琼瑶，源于一本《窗外》。那时，我刚上初二，是班中一名特殊的学生：因为听力有障碍，上课听不清老师讲课的声音，只能通过板书、看口型和自学，勉强跟上讲课进程；下课和同学交流也很不顺畅，往往是对方重复两三遍，我才听清楚他们在说些什么。自卑加上敏感，我在一群爱说爱笑的同龄人当中总是形单影只。也正因为孤单，课余时间，我喜欢泡在书堆中打发那些寂寞的时光。

仍记得那时班里的同学在私下传阅一本"禁书"——《窗外》，说是禁书，其实不过是言情类小说，因为老师和家长怕孩子读言情小说引发早恋影响学习，特别是有的同学看得"走火入魔"，上课也忍不住在课桌下悄悄地翻阅，老师干脆发现一本、没收一本。但往往大人越是禁止，越能引发孩子强烈的好奇心。很多同学书包里都藏着这类“禁书”。

那天,我忘带家门钥匙了,放学后我跑到爸爸单位,准备等爸爸下班一起回家。在爸爸的徒弟小焦姐姐的办公桌上,放着两本小说集,其中一本就是《窗外》。我惊喜地哀求爸爸帮我借来看看,并保证写完作业再看,不会影响学习……爸爸拿过那本书,翻了一会儿,半天没说话。我正担心爸爸不会同意,没想到,爸爸翻完后就爽快地答应了。更令我惊喜的还在后面,知道我喜欢读小说,小焦姐姐还借给我《烟雨濛濛》《幸运草》等另外几本琼瑶的情感小说。原来,小焦姐姐喜欢看文学书籍,并且她最喜欢看的,就是琼瑶的言情小说。

那段时间,我每天做完作业,最享受的事,就是靠着床头看琼瑶小说。少女特有的细腻和多愁善感,都在琼瑶小说中找到了归宿……沉醉在琼瑶勾勒出的充满诗情画意的情感空间里,我淡忘了失聪带来的所有困惑和烦愁。

最初,父母还担心我看多了小说影响学习。但一个学期下来,我的成绩不仅没有下降,反而有所提高。特别是写作能力,进步更是明显,我的作文经常得到语文老师的赞赏,同学们看我的目光也多了份羡慕和敬意。这一切,都极大地提高了我对学习的兴趣和自信。我常跟父母说,琼瑶的小说语言唯美、情节动人,这有益于提高我遣词造句的能力,并且也懂了写作时如何把握起承转合……

爱读琼瑶的书,还有一个我当时不好意思公开的原因:我经常幻想自己就是琼瑶笔下的那类命运多舛,却纯洁、向上、有才华的女主角,将来也能拥有一份刻骨铭心、千古不朽的爱情……

高中时期,我又读了《几度夕阳红》《六个梦》《潮声》《心有千千节》等琼瑶小说。尽管我已发现琼瑶的诸多作品风格都是雷同的,但却仍痴迷于她笔下那些完美的女性形象和那些令人心驰神往的纯美爱情。

可以说，从初二到高中毕业，琼瑶的小说缓解了我学业上的压力，调剂了我紧张又单调的中学生活。

如果说《格林童话》陪伴了我整个童年，那么，琼瑶小说则映亮了我芳心初绽的豆蔻年华，乃至影响了我整个青春岁月。她的作品中不仅有浪漫唯美的爱情，还有善良、真诚、执着、坚守等优秀品质，令人心驰神往。而那些唯美的故事，也使我相信了世上的美好，相信美好会带来好运和奇迹，相信即使是摇曳在风雨中的一朵花，只要有不屈服的意志，带着向上的力量，努力地成长，总有一天，也能迎来春风拂面，含羞带笑的幸福生活……

感谢开明的父母，当年没有像我有些同学的父母那样，因为怕孩子早恋，视言情小说如洪水猛兽。其实，优秀的言情小说，自有一种引人向善、向真、向美成长的力量，又有哪个豆蔻年华的女孩子，不想成长为一位集真、善、美于一身的女神呢？

有一种责罚叫激励

高中时的我，是不喜欢写作的，因为教语文的申老师太“厉害”了。同学们谁的作文写得不认真，被罚重写是常有的事，我也不止一次地被罚过。

当时的情景记忆犹新——高大壮实的申老师旋风般地从讲台上冲到我课桌边，气呼呼地将作文本扔到桌子上，睁圆了眼睛瞪着我，像跟我有仇似的。

全班同学都往这边看，我红着脸翻开作业，他的红笔批语映入视线：怎么虎头蛇尾的毛病又犯了？开头很好，后面为什么不能再续精彩？重写！

我暗自叫苦，又得熬夜了……委屈的泪水在眼眶中打转，差一点儿就流了出来：要知道，我是那所重点高中唯一的听障学生，上课听不到老师的讲解，能看懂的口型非常有限，这注定了课余时间我得花大量时间和精力补记课堂笔记。我们班是理科班，每天数理化的作业堆成小山，作文写得差不多就行了呗，我又没指望作文得高分，那么认真干吗？

那晚，写完作业后补作文，我揉着困倦的眼睛、打着呵欠一直写到深夜。第二天，睁着“熊猫眼”忐忑不安地到他办公室交作业，感觉他看我的眼神仍很犀利，仿佛随时要叫住我，再罚我重写似的。

我小心翼翼地把作业放到他桌子上，然后便飞快地逃离了他的视线……

经常是这样，好多篇作文我都被他逼着至少写两遍，才让他不再对我吹胡子瞪眼，心里多少有些怨言。

高三那年，他推荐我和班中几位同学参加全国中学生作文竞赛，那次，临场发挥得不错，我稀里糊涂地得了高中组二等奖，这是当时我们学校作文竞赛的最高奖项，大家都为我高兴。申老师也一改之前看我时“恨铁不成钢”的愤然，露出了少有的笑容。我才发现，这么严厉的人，笑起来居然还挺慈祥的。

我捧着奖品和证书傻笑：“碰上的好事啊……”他瞪我一眼，正色地在纸上写给我看：“成功就是偶然中的必然！对自己要求再严些，你会有更多意想不到的快乐。”他的话，在我年轻的心里激起一层层憧憬成功的涟漪。

毕业前夕，申老师告诉我：“你有文学天赋，坚持写下去，将来也许能走进作家行列。写作，有时能改变一个人的命运……”我含糊地点头称是，但并未把这番话放在心上，那时，我根本没把自己的未来与写作联系在一起。

高中毕业后，因为严重的听力障碍，我与高考失之交臂，只能去上对身体条件没有特殊限制的高等教育自学考试大专班，我选择的专业是中医，幻想着有一天能当上一名优秀的医生。

三年的奋斗结果却是——我以优秀的成绩毕业，却没有一家医院愿意接受一名聋人毕业生当大夫。我只好在工厂做工维持生计。

郁闷的心情和无路可走的绝望，让我产生强烈的倾诉愿望，我用文字记录自己剪不断、理还乱的哀愁。朋友看了我的日记，惊呼：写得真好，可以向报刊投稿。我才发现，原来，还有一种才能从来没被自己重视……

我开始试着在电脑上写生活、记感悟，然后通过网络，将一篇篇心语投向报纸杂志的邮箱。

生活中的苦与乐，在我的文字里跳跃着，渐渐地成了开在我生命路上的一朵朵花儿，芬芳了我的生活。

我在写作路上走了下去，一路走来，竟有许多意想不到的收获。我的工作出现转机，做上了喜欢的文字工作，并在职完成了函授中文本科的学业，命运终于迎来了人生的春天……

2010年底，当我捧着盖有钢印的河南省作家协会会员证喜极而泣的时候，不禁又想起已在天堂的申老师，想起他当年一次次激励我用心对待写作的往事……如果他还活着，看到当年并不怎么听话的我，真的实现了他当年的预言，该会是多么地高兴啊。

只是，当年的我太年轻，不懂他对我的殷殷期待，更不懂他一次次地把作文本扔在桌子上，责令我重写的严厉是一种激励。而当我懂得他苦心的时候，他已永远地离开了……

辣味时节

若想套用五味中的一个词来比喻大暑时节，再没有比“辣”这种味更妥帖了。

是的，辣！火辣辣的阳光像极了火辣辣的朝天椒，落在大地这个“汤盘”里，裸露在太阳下的花草树木、房屋和人，也沾染上了阳光那火辣辣的味道。

走在上班的路上，正午的阳光透过人行道上那排白桦，在大地上留下镶着金边的树的剪影，即使在这些稍显阴凉的“剪影”中，隔着鞋子我也仍能感受到地面上那被炽烈的阳光强吻过的味道。那种周身热辣辣的感觉，突然让我想起吃川味水煮鱼时热辣辣的感受。一盆鱼连汤带菜端上来，上面至少有半盆是红辣椒。怯辣的人，未曾动筷，胃里就已有点点火星徐徐燃烧；喜辣的人，两眼放光，急不可耐地伸筷夹菜，白嫩嫩的鱼块上沾满红色的碎椒，吃上一口，叫声：“辣！”可仍嫌不够辣，又将鱼块儿蘸着红得像火似的汤汁吃进肚里，直吃得通体是汗，味蕾也过足了辣味的瘾，这才吼出一声回肠荡气的赞美——“爽！”

或许，正是因为那种辣得过瘾的魅力，川味水煮鱼才会如此让人过口难忘。而7月，也正是因为体会过大汗淋漓后的酣畅，才让一些往事像刻在心底的雕塑，历久弥新。

仍记得1990年的那个暑假，我在洛轴一中读高二。大暑时节，我们几十名同学放弃了暑期休假的惬意，忍着高温在班里翻书做题、温故知新，为即将进入的高三冲刺打磨知识武器。当时还没有空调，班里只有四个吊扇，根本驱散不掉大暑时节环绕在周身的热气，往往一套测试卷做下来，身上的衣服已全被汗水浸透，甚至水泥地板上都能清晰地看到一小摊从腿上淌下来的汗……

仍记得参加工作后的那个夏天，我在工厂车间当检查员，时值大暑时节，高温加高湿，增大了产品锈蚀的概率，为了保证当日合格产品及时入库，在当时包装工人手不足的情况下，我们20多名检查员自发地投入帮忙包装的“战役”。一连数天，20多名姐妹白天在检查站的日光灯下认真检查产品外观，下午5点忍着干了一天身体的疲劳和蒸炉般闷热的天气，到包装工序又开始新一轮的打拼。饿了，就着凉开水啃块烧饼；累了，坐在凳子上歇一小会儿。等全部产品入库，姐妹们一个个都像刚从水里捞上来似的……

如今，每当我回顾身后走过的那些路、流过的那些汗，心里仍盈满在热浪中拼搏后的酣畅淋漓，就像喜欢吃川味水煮鱼的人，记不住辣得喉咙冒烟的苦，只记住了麻辣过后，唇齿留香，回味绵长。

如果这一生，你从未品尝过辣味，没有体验过在辣味时节流着汗水拼搏的激情和酣畅，这样的人生，多少是有点缺憾的。就像一个人终其一生，从未体验过一场轰轰烈烈的爱情似的，当你白发暮年，如何去寻找年轻时那些余味绵长的记忆？

寻找青春的主题

不知是受《超级女声》影响，还是被《中国好声音》诱惑，自从你上中学后，就变得特别爱唱歌。

那个周日晚上，你得意地向我炫耀："下午我和同学又去唱歌了，大家都夸我唱得好，高音好多人顶不上去，我就能唱上去。"

你得意地看着我，眼里满是受表扬的期待；我严肃地看着你，心里满是失望和焦虑。

不知你是否明白——精力放在哪里，哪里就会出成绩；心思没在哪里，哪里就会出问题。老师留的作业，你还有一半没做，就跑出去玩儿到现在，唱得再好，于学习何益？

你满不在乎地说，青春的花季，怎能没有歌声的悠扬？为什么要做一个只会学习不会享受生活的书呆子？唱歌可释放压力、抒发情怀，说不定，哪天机会来了，还可以像《中国好声音》中的优胜者一样，以歌声征服天下，走上繁花似锦的金光大道。

你的话，让我想起同样喜欢唱歌的两位朋友……

我上初三的那年元旦，素有"校园歌手"雅称的莉，在学校迎新年联欢会上演唱了苏红成名金曲——《我多想唱》。

“我想唱歌可不敢唱，小声哼哼还得东张西望……”优美的歌词，唱出了多少少男少女的心声。那一刻，好多同学都忍不住地跟着莉的歌声，在台下轻轻地哼唱起来。

莉是一个聪明、快乐的女孩子，随便哪首流行歌曲，她听上一两遍，就能唱得八九不离十。她爱说爱笑，大家都喜欢她，和她在一起，总有一种快乐、放松的感觉。但莉也有发愁的时候，做数学题，一头雾水，听物理课，如闻天书，几乎所有主课，她都开过“红灯”。老师和父母都劝过她，多看点书、多做些题，少听音乐、少唱歌，毕竟，初三也同高三，是决定命运的关键时刻。但莉听不进去。假日里，她没想过把落下的功课补一补，反而在唱歌等与学习无关的爱好上投入更多的时间和精力，仿佛这样，才能找到青春的自信。

平是我的另一位好友，那时，我还没有找到人生的目标，而她，却早早地有了梦想。她告诉我，她想考进北京广播学院，像她姐姐一样，将来在一线城市发展。

平的成绩，在我们那个班算不上出色，但她比一般人刻苦，总能在课后多花些时间复习和做题，一点点地缩小与优等生的差距。学累的时候，她就打开录音机，跟着伴奏唱会儿歌。她最喜欢的，也是那首歌，“我想唱歌可不能唱，还有许多复习题都没做，努力吧，准备考重点，老师听了准会这么讲……”但我们都知道，她唱完几首歌后，就会自觉地关上录音机，继续投入题海，做那些没写完的复习题……

亲爱的，我想，下面的结局，我不说，你也能猜出个八九……是的，莉初中毕业没考上高中，上了一所技校，毕业后就在一个厂里做工，没有接受过高等教育，自然也没有什么晋升的良机。窄小的视野和生活圈子，又有多少令她凭借好声音一鸣惊人的机遇？所以，工作已十多年了，她发挥歌唱才能的最大舞台，也不过是在公司举办的建厂周年庆和职工联欢会。

平的高考并不顺利，头一次只考上了一所专科学校，她没上，复读一年，继续为梦想奋斗。第二年，她如愿以偿地考上了心仪的高校——北京广播学院，在重点大学读书，自然会结交一批更高层的朋友，学到更多有益的知识，有更高层次的文化和生活圈子，这一切，都让她有了“海阔凭鱼跃，天高任鸟飞”的自信。毕业后，平到深圳发展，还有了出国交流的机遇，成了我们初中那个班最成功的一位女性。

亲爱的孩子，我多么担心，你会像莉当年那样，唱响了青春的旋律，却并不理解青春的主题。要知道，中学时代是打好人生地基的关键时期，你可以保留你的兴趣、爱好，但绝不能让爱好和兴趣影响了你的学习成绩。只有把知识体系的地基打得更深、更扎实，你才有更开阔、更高远的人生机遇。

所以，请别在短暂的快乐中迷失了青春的方向。青春应该是一首勇敢向上攀登的进行曲，应该是一首充满梦想和希望的主题歌！愿你能像平那样，该学就学，该唱就唱，分清主次，早立志向。总有一天，你会发现——梦想和求知，才是青春的主题；兴趣和爱好，仅仅是青春舞台上的小插曲。

发现一个不同凡响的自己

他曾是个令父母失望的孩子，和所有淘气的男孩儿一样，他贪玩，一放学就跑出去玩耍了，玩儿到天黑才回家吃饭，难得静下心来写作业。好在他聪明，成绩尽管不如父母的意，但也还不至于差得一塌糊涂。

升入初中，父母开始限制他的玩耍时间，希望他集中精力好好学习。他也意识到了学习的重要性，从此，开始了暗暗地追赶。

或许是小学时的基础知识没打好吧，不论他如何努力，成绩却难有明显的进步。特别是数学，更成了他进步路上的拦路虎，每每看到身边的尖子生被老师夸奖时的骄傲，他真是又羡慕又妒忌。

一个偶然的机会，教体育的刘老师发现了他打篮球的天赋：从未接受过专业性训练的他，学起三步上篮非常快。长腿长臂的他在球场上宛如鹤立鸡群，表现也异常地突出——激情的抢球，漂亮的投篮，机灵的夹防……真是一株难得的好苗子。

刘老师找到他的班主任，说起学校准备组建校篮球队的事儿，希望班主任同意他来打中锋。

班主任不同意，以他现在的成绩来说，不错过任何一节课都难撵上学习好的同学，要是加入校篮球队，肯定会因集训而落下主课，这样下去,学习不就更差了?

刘老师反驳:“把他从球场赶回教室,他心不在那儿,又能学进多少东西?倒不如想办法让他学习和打球两不误。”

班主任无语,请来了家长。父母大摇其头,学打篮球那是上体校的路,家里还是希望他走文化考生的路,将来考个好大学。

他犹豫了,的确,他很喜欢跳跃在篮球赛场上的激情,那种每打出一个好球,赢来满场狂呼的快乐,让他找到了从未有过的自信。但是,顾此失彼,学习更差了怎么办?

刘老师开导他:“有一样特长,能增强你的自信,只要学习不放松,不仅不会退步,还能进步得更快。”

他动心了,回家去做父母的思想工作。父亲终于让步,条件是这学期结束后,如果成绩有所退步,就别再去练球了。他咬着嘴唇,点点头。

每周一、三、五下午4点到6点,都是他们校篮球队集训的时间。为了保证学习和打篮球两不误,落下的课,他会主动补上来,还买了辅导书,用心攻读。

那日,在首届中学生迎新年篮球比赛中,频频投篮刷新得分的他成了全场瞩目的焦点。不时有人举起手中的单反相机,拍摄下他飞跃抢球或扣篮的矫健身影。那场比赛,因他的出色表现,他们校篮球队荣获了本次比赛的冠军。

男孩子们将他团团围住,抬起他欢呼庆祝,啦啦队的女生们也挤了过来,有人还送上鲜花,大家都争着请他签名……那一刻,他成了众人心目中的英雄。

沉浸在竞赛成功的喜悦中,幼年时便有的那个英雄情结从心底涌出。

英雄怎能怕拦路虎呢?再遇到难以解答的数学习题,他不再像以往那样回避,而是绞尽脑汁地寻找解题的办法。每做出一道难题,心里就多了份成就感，这种成就，虽然不及赛场上那般灿烂耀眼，却也在不断地提升着他的自信。

第一学期终考分数下来了，他的成绩令所有人都感到吃惊——以往数学测验从未及格过的他，破天荒地考了89分。期中考试总分在班里排名还是倒数的他，短短的三个月，居然进入班级前20名！

看到儿子参加篮球队后，不仅学习没退步，反而进步这么大，又惊又喜的父母专程拜访了刘老师。

说起打篮球促进学习的“奇迹”，刘老师深有感触地说：“拥有一次成功的经历，可以增强孩子对学习和生活的自信，有了信心，才有继续奋斗的动力，才有走向更大成功的希望。潜力，往往就是这样被我们自己不知不觉挖掘出来的……”

十多年岁月的风拂过，如今，他已是某知名大学的教授。记忆里，有很多人和事被时光淡化了，但他却从未忘记当年让他看到希望曙光的体育老师，让他真切地感到了信心带来的力量。

原来，希望如人生光芒，信心是奋斗的火炬，而爱好，恰似在心灵空地上穿行的那缕清风。风儿轻拂，火炬映亮了人生之路，在充满激情的拼搏当中，不经意间，便会发现另一个不同凡响的自己。

青春是什么颜色

日子过得飞快，转眼，你就到了18岁。

仍记得你婴儿时期睡在你妈妈臂弯中的酣然，记得你会说话后冲我甜甜地叫着“小姨”的笑脸，记得你让我看考了百分当上“三好学生”的奖状，记得你刚入中学时的任性和叛逆……而今，你也将走上高考这架独木桥，和数万考生一起，接受长大成人的洗礼。

你说你好累。为了高考备战，放弃了周末、节假日；放弃了漫画书、电视剧；放弃了港台歌、QQ趣……你的眼里除了书本，就是习题。

你叹息：“青春怎么没有诗人笔下形容的那些美丽色彩？我们眼里更多的都是黑字、白字的颜色。”

我笑了，轻挽着你的手，走近窗前——

那么，冬天是什么颜色？灰蒙蒙的天，褐色的枯叶，灰黄色的草地……它把所有亮丽的色彩都藏在心中，但等春风拂过的时候，便绽放青春的美丽。

你看着灰蒙蒙的天空，目光像空中的云一样迷茫；我看着迷茫的你，目光像时光一样悠长。穿过时光的隧道，我仿佛又看到了青葱岁月时的自己。

也曾羡慕过那些叛逆青年的“标新立异”，羡慕他们有勇气选择没有考试压力的自在生活，看到身边一位“洒脱”的女孩子过早地融进五光十色的职场，我却被沉重的书本和作业压得几乎喘不过气来……然而，多少年后，当年那位学不进去的女子，却苦口婆心地告诫她的孩子——好好学啊，知识才能改变命运……因为过早离开校园的她，早已在就业和升职的压力中尝尽了知识贫乏的苦，暗暗忏悔着当年的青春虚度。而我们，经历了考学的洗礼，感受了流汗的酣畅淋漓，品味了梅花香自苦寒来的缕缕欣喜，再回首，才发现，一路拼搏的青春，是如此美丽！

所以，请不要羡慕社会上那些成天用色彩武装自己的女孩子的“美丽”和“潇洒”。她们不爱读书，受不了课本和习题的束缚，过早地走向社会，在五光十色的街头、在声色迷离的酒吧、在灯红酒绿的舞场，如痴如醉地摆动着五彩缤纷的衣裙、张合着涂抹着成猩红色的嘴唇、晃动着闪亮的项链和耳饰、透过或黛或绿的眼影，用并不成熟的心去追求青春的色彩斑斓，在日复一日的热闹和欢笑中挥霍着宝贵的青春岁月。

沉醉在纸醉金迷的梦境，躲进霓虹的光芒，她们有了视觉的满足、听觉的惬意。可是，你要知道，那种“缤纷”的生活，并非青春的本色，那是放纵、是无聊、是空虚，是对生命责任的逃避！她们的心是空的、翅膀是软的、理想是虚的，面对越来越激烈的就业竞争，以及未来生活的种种压力，她们能有多少力量面对人生路上的风雨？没有拼搏经历的人生，又怎么可能会有锦绣美好的前程？

把青春的资本浸泡在游戏的虚幻中，不愿与书本相伴，不会为青春的梦想奋力追赶，这样的青春，像极了霓虹灯下闪着迷人光泽的肥皂泡，不经意间，便会在风起之时，消失得无影无踪，而你们这些为青春和梦想拼搏过的女孩子，将如不畏风霜的青松，在你们成功后的自信中、在别人羡慕的目光里,成为人生最美的风景。

虽然,现在的生活色彩因你繁忙的学习而显得单调,但我相信,那是大自然正在冬天的清冷和孤寂中酝酿着力量,等你成功地经受了高考的洗礼,你的青春要比她们都美丽。

所以,你不必探讨18岁备战高考的青春是什么颜色,你只需知道这是一个能决定人生命运的关口,需要你全力以赴地度过这个难忘岁月、激情时刻。等很多年后你回首备战高考时的生活,你会感到,那种拼搏的火热就是青春的颜色!

第五辑

每一个逆境都藏着祝福

或许人生就是这样，不如意者总是十有八九，前行路上，我们每个人都不可避免地会遭遇瓶颈阶段，千万别被逆境中的冰霜雪雨弄得斗志殆尽，还是学学她吧，调整心态、看轻得失，从自己身上寻找原因，相信逆境里藏着的是上天想让我们更好成长的祝福！当我们走出自怨自艾的凄迷，学会修炼内功，以静力应万变，我们也一定能顺利度过人生的寒冬，遇见一个更好的自己！

矮墙上的爬山虎

最初注意到操场矮墙上那幅“壁画”的人，是宋怡柔。

那天，上完体育课，轮到他和宋怡柔等四位同学搬跳高垫了，他们四人抬起厚厚的垫子走向楼后的体育组。快到那排像乡下瓦房一样低矮的办公楼的时候，宋怡柔突然停下脚步，尖叫起来：“天啊，真漂亮！”

他闻声抬起头来，顺着宋怡柔指向的地方望去，一排爬山虎将体育组最东面的那面墙壁点缀得绿意盎然。已近中秋，白杨树的叶子开始发黄，一阵风吹过，宽大的杨树叶“沙沙”地响起来，响过之后，几片叶子便随秋风，蝴蝶般地飘舞下来，而这满墙的爬山虎，却仍绿得那么耀眼，让人恍然涌出一种如至夏季园林的错觉。

“是啊，像一幅天然的壁画，真的好美。”前面那两个同学也停下了脚步，兴奋地附和道。

他一脸不屑：“哟，这有啥好稀奇的？在我们乡下，家家户户的外墙上都长着这种常青藤……”他说的是实话，从小，他家和邻居家的矮墙上，都有这样一排排的爬山虎，也不知是长辈们种的，还是野生的，他见得多了，早麻木了……

来这所市级重点高中已一个月了，他还没调整好情绪，中考失利对他的打击实在太大了。为了能以择校生的身份走进这家市重点高中，他的父母花光了积蓄……

送他来这里的那一天，爸爸拍拍他的肩膀说："好好学，在城里扎根，钱，你别操心，这是爸爸的事，你就安心学习考大学，刻苦点儿。将来你在城里有个工作了，把我和你妈都接来享享福。"

他苦笑，考大学，是那么容易的事吗？这所重点高中，聚集着全市成绩拔尖的孩子，像他这样勉强够了择校分的乡下娃，又有几个人看好他的前程？

从体育组办公室回到班里，坐在倒数第二排最偏的那个位置，他从身边的窗口望去，远远就能看到那排矮墙上的爬山虎，刚才还引得同学们的惊叹，现在，又孤零零地晾在秋阳中，无人欣赏，就像擅长跳高的他，每每跃过全班跳高的极限时，也同样能引得满操场的赞叹，但很快，那些赞叹便随风飘走，他仍是班里最不起眼儿的那一个。

转眼间，就过了半个学期。期中考试的成绩，像他所预料的那么糟糕，他越发地怀疑自己的能力，觉得愧对了父母倾其所有为他垫付的择校费。

那天，他破天荒地逃了晚上的自习课，走着走着，就走到了那排长着爬山虎的矮墙下。夜色如水，静静地照在墙面上，给满墙的爬山虎增添了一丝阴柔的美感。想起即将到来的中秋，淡淡的乡愁，就伴着凉凉的月色，从心底缓缓流出。

"呵，赏月呢？挺有雅兴的。"

他抬头一看，班主任余老师不知何时已走到他对面。

"我……我……"从未逃过课，第一次逃课就被班主任逮了个正着，他紧张得有些结巴。

余老师冲他笑笑："听英语老师说，今晚有位同学不太舒服，没来上晚自习,我就赶过来看看。你没事儿吧?”

他摇摇头。

余老师拉起一根爬山虎,说:“在我们老家,也是家家的墙壁上都种着这种常青藤。这种植物代表乐观、坚强、上进。你看,天气渐冷,其他植物的叶子已陆续凋零,而爬山虎的生命力却如此顽强,城里的高楼大厦难觅它的影子,只有一些老旧的低矮建筑物仍有野生爬山虎生机勃勃的景象。从最初钻出地面、吐出新芽,到长出像脚爪一样的吸盘,攀附着身边的墙壁、或者树木,一点点地向上成长,直到满墙、满树的躯干都缠满这种绿意可人的植物,它一直在暗暗使劲,我们看不到它的努力,却会在某一天,发现它居然能攀上很高的建筑,这就是生命的奇迹!我和你一样,来自贫乏的山区,也有过学习备感吃力的经历,但一想起爬山虎,我就有了动力,我想让自己的手脚更加强健有力,像爬山虎的吸盘那样,不断攀登,向上成长。一直在默默努力,有一天,我发现,自己的成绩居然超过了最初我十分羡慕的那些班中的尖子生。就像这排爬山虎,最终的高度已达到这排办公楼的顶缘,远远超过了身边的白杨……”

“嘻嘻……你真的在这里啊。”一串清脆的笑声划过夜空,在耳畔响起。他和余老师同时转过头来。

宋怡柔带着几个同学跑了过来。

“给,这是今天晚自习英语老师发的复习重点和试卷解析,回宿舍好好看看啊。不明白的地方,我明天给你讲,好吗?别忘了,我是英语课代表呢。当然,不懂的,你直接问英语老师也行的。”

余老师拍了拍他的肩膀,笑着说:“对了,我刚想起来,爬山虎这类常青藤的花语叫‘感化’,它除了代表乐观、坚强、上进,还代表纯真美好的友谊。高中三年,你和同学们互相关心、互相帮助,在学习中建立起的友谊,也像这种植物,永远常青。孩子们,祝福你们!”

原来,距离的产生,不在别人,而在自己;原来,他从不曾放在眼里的爬山虎,有那么多值得学习的品质……

隐隐地,有温热的液体从面颊划过,流进嘴角,咸咸的,但他的心里,却荡漾起了一种从未有过的感动和甜蜜。

每一个逆境都藏着祝福

她是我加入铁轴太极拳协会时结识的教练，一位深谙太极奥妙的智者。

7岁习练长拳，8岁即摘取市级少儿武术比赛长拳项目的金牌，初中还未毕业，她已拿下省市级大大小小十多个武术比赛的奖牌和奖杯。13岁那年，她不俗的成绩引来一位全国有名的太极拳教练的注意，在那位教练的帮助下，她开始了太极运动员的职业生涯。

刚入专业队的时候，她以为自己已足够优秀了，但很快就发现，这里强手如云。连最基本的跑步训练，她都常被队友远远地甩在身后。为了跟上队友，她几乎是用生命在奔跑，哪怕呼吸早没了节奏、哪怕累得几近昏厥，都绝不能落在队伍后面。

有一天，她突然发现，自己可以轻松地呼吸了！她试着超越了跑在自己前面的队友，紧接着，她又超越了前面一个奔跑着的队友，一个个地超越下去，她成了在那个组中跑得最快的人。

综合体能赶上去后，她的总成绩并未脱颖而出。对于一个习惯了快节奏长拳的人来说，突然要慢下来练太极，自然会生出诸多的不适应。每一个推掌、每一次上步，都显得笨拙，就好像习惯了自由自在奔跑的骏马，突然被缰绳勒住似的。然而，倔强的她没有退缩，她相信勤能补拙的道理。经常是别人还没开始训练，她的T恤早已湿透。

2007年，学习太极拳还不满半年，她就在那一年的城市运动会太极拳预赛和全国青少年武术套路比赛太极拳项目中，揽下这两场比赛季军的奖牌。初绽锋芒的好成绩，鼓舞着她积极地投入更高强度的训练中。在她心中，职业运动员的价值就体现在比赛中，唯有在比赛中获胜，才能证明自己的价值啊！

那天，她的左脚踝韧带突然严重扭伤。她被迫休息了一个多月，错过了当月数场重要比赛。看着伙伴们兴高采烈捧回的奖杯，她沮丧极了，不明白为什么命运要在她训练状态最好的时候，让她被迫远离赛场？

因为不能高强度地训练，她除了练太极套路以外，开始静心读些和太极有关的书籍，在书中，她领悟到了什么是真正的太极。

她发现，太极拳的拳理与人生中的许多道理有很多相通之处。太极讲究练拳者始终保持中正安舒、不偏不倚的运动状态，力量不可出现双重，身体不可出现棱角，周身处处都是圆，无论何种情况，都要使身体各个部位平衡、和谐，以最自然、最舒服的姿态，去练习太极拳。

那一刻，她忽然明白了自己为何受伤，为何在最好时候遇到这样让她错失金牌的逆境？因为她打破了一样东西——平衡。或许，人生就是这样，执着本身是一种优点，过度了就会变成顽固。如果对一样东西过分渴望，甚至不惜以牺牲自己或是别人为代价，或许这样的渴望让人最终得到了想要的，殊不知，被渴望催生出的欲望已像一匹脱缰的野马，正朝悬崖边疯狂地奔去……

此后，她不再带着急功近利的心态练功，而是将身心圆满作为习武的目的。她变得从容和缓、宁静沉寂，不执意做竞技场上的赢家，而愿做一个月下修行的禅家，开掌拢清风、推手聚地气，呼吸吐纳间，人已与自然融为一体。

她的变化，让教她太极的老师惊喜不已：这样的悟性，不是哪个习练太极的人都有缘修得的，这个小姑娘一定会在太极领域获得更大的成功。

果然，她后来的际遇验证了老师的预感：2010年，她在广东省第十三届运动会武术套路比赛中获女子自选太极剑第一名；2013年，在全国武术套路锦标赛太极拳项目中获团体奖第一名；2014年3月，在全国武术套路冠军赛传统项目比赛中获女子吴氏太极拳第二名。其间，她还代表国家队应邀去科威特和加拿大参加国际武术交流活动和武术教学活动，事业平步青云……

或许人生就是这样，不如意者总是十有八九，前行路上，我们每个人都不可避免地会遭遇瓶颈阶段，千万别被逆境中的冰霜雪雨弄得斗志殆尽，还是学学她吧，调整心态、看轻得失，从自己身上寻找原因，相信逆境里藏着的是上天想让我们更好成长的祝福！当我们走出自怨自艾的凄迷，学会修炼内功，以静力应万变，我们也一定能顺利度过人生的寒冬，遇见一个更好的自己！

贮藏在红酒里的年

幼时，只有过节的时候，才喝得上红酒。家里常喝的红酒，也不是现在超市里随处可买到的那种红酒，而是母亲自己酿制的。

每年夏季葡萄价钱最便宜的当口，也恰是在学校当老师的母亲休暑假的时候。闲不住的母亲便找个好日子，在“家庭作坊”里自制红酒。

那年暑假，母亲挑了个吉祥的日子，赶早带上我上街买葡萄。母亲选中的葡萄都是那类个儿大、饱满，颜色红得发紫的品种。母亲说，紫红的葡萄吸收的阳光多，酿成的酒也更香甜，就像勤劳的孩子，在阳光下流得汗越多，以后品到的甜味也更多。我笑了起来，擦了擦脑门儿上的汗，很卖力地帮母亲提着一大兜儿葡萄赶回家。

回到家里，我顾不上喝口水，就开始帮妈妈把葡萄一粒粒地去梗、洗净，摊放在阳台上。等下午，阳光晒干了葡萄表皮的水分，妈妈翻出家里专门酿制葡萄酒用的坛子，指挥着我细细地将葡萄碾碎。再找来果胶酶和白砂糖，均匀地拌进葡萄里，盖好盖儿，放在阴凉的屋角，让其发酵。

一个月后，诱人的葡萄香和酒香溢满了房屋，红酒特有的芳醇撩拨得我像心里蹦进一只小兔子似的。我坐立不安地绕着坛子转，闹着让母亲给我倒一碗。

母亲嗔怪:“什么?一碗?小姑娘家的,不怕醉了让人笑话?不行,这得留到过年才能喝的呀。”我不依,拉着母亲的手撒娇,晃得我头上的小辫都松了,母亲还是没答应。母亲宁愿掏五分钱,让我下楼买支白糖冰棒解馋,也不肯打开葡萄酒的坛子,“乖,听话,到过年才能开启这个坛子呢。发酵的时间越长,红酒的香气才会越浓哩。”

我噘着嘴下楼买冰棒去了,心里仍然念念不忘坛子里的红酒……

每次闹着要喝红酒的时候,母亲总能找到各种办法哄走我。她的理由总是这样简单得不能再简单:“心急吃不上热豆腐,性子急喝不上陈年酒。要是红酒发酵时间短,口味就会比较酸涩,只有经过贮藏陈酿,红酒才能变得澄澈而醇香,咱这酒,最少要贮藏半年。到春节,咱就启封。”

我开始掰着指头等春节。等呀等,终于等到了腊月三十。

除夕那晚,母亲净手焚香,从屋角搬出那坛尘封已半年多的红酒,拿出平时不舍得用的景德镇酒杯,先给祖先敬过酒,才给全家每人斟上。红酒入杯的刹那,屋子里弥漫起葡萄酒特有的香气。抬头看着窗外天空中绽放着的烟火,低头看着餐桌上酒杯中晶亮澄澈的红色液体,我分明感到,红酒是一个贮藏在“年”里的精灵,吉祥、妩媚又充满风情,当除夕的烟火和鞭炮在映亮了天空的时候,便是红酒馨香沁人心脾之时。

举杯相庆,全家同祝新禧!在柔滑芳醇的红酒缓缓滑入喉中的瞬间,刚过去的一年中所有的酸甜苦辣,和流进体内的红酒一起,都化成了绵长的回味。父母开始评论我们一年内的进步,谁的进步最大,就多奖谁几杯红酒。得胜者自然是得意加上红酒的醉意,脸上自豪地绽放出如桃花般灿烂的笑容。

清醇的酒香兴奋着我们的头脑,牵出了缥缈的思绪,那些学习中的甘苦,那些岁月中的亲情和友情的温暖,那些收获的幸福和甜蜜……统统被红酒唤醒,从心底涌现在眼际,化作一年辛劳后欣慰的笑意……

物换星移,如今,喝过很多从超市中买来的各种牌子的红酒,印象最深的却仍是当年和母亲一起酿制的那一坛坛红酒。因为,是它们让我看到了辛勤的劳动让廉价的葡萄向口感柔顺、气香味醇、价值翻倍的红酒的蜕变过程。

又是一年除夕到,我们依然会举起斟满了红酒的高脚杯,欢呼着迎接新年的到来;我们也仍然会在红葡萄收获的季节,精心地酿制一坛红酒,将一年里奋斗的苦乐连同对新年的期盼和祝愿都封进坛子里,让它们和流年一起静静地发酵、沉淀。让我们的人生如那坛正渐渐变得醇厚的红酒一般,完成这一年质的飞跃。然后,合着“年”的鞭炮声,挺起胸膛,自豪地为新的进步干杯!

只记着那些好

她曾做过很多相似的梦，在法庭中、在马路上、在大海边……她咬牙切齿地与那个“恶人”决战。但她却始终不知道那个戴口罩、穿白大褂的“恶人”姓甚名谁?

“他是谁？告诉我他的名字。”已多次询问爸爸，那个在她童年发烧求医时给她错开抗生素造成她失聪的当事医生叫什么名字?

好几次问起这个话题时，爸爸便痛苦地锁紧眉头，目视窗外，把拳头握得紧紧的，妈妈拉过她，在纸上匆匆地写：“别问了，你爸当年恨不得跟那个大夫拼了命的……”

“那为什么不告诉我？他是谁？我恨他一辈子。”她抓起桌子上的杯子狠狠地摔在地上。玻璃的碎片滚了一地，亮闪闪的，像她伤心的泪滴。

“那个年头很多人还不了解抗生素对听神经的危害，而且当时的法律制度也不够健全，官司咱打不赢。爸妈来承受这个苦和恨已够了。你没有必要记住他是谁。”妈妈流着泪安慰她……

很多次都是这样，不了了之。她试图忘记他，可是，当她跟着心力交瘁的爸爸在四处求医的路上艰难地奔波，花光了家里的积蓄仍没治好耳朵的时候,她就又忍不住地去恨那个医生。

爸爸找来纸和笔:“乖,对你好的人多不?上课老师让你坐前头便于你看清口型,下学同学让你看笔记,帮助你及时跟上讲课的进度;街坊里好多人都热心地帮我们打听治耳朵的信息;妈妈的同事李老师每年暑假都为你做漂亮的连衣裙,把你打扮成人见人爱的小公主;我带你到上海治病,好心的房东每次买了水果和点心也给我们送一些尝尝;那年在秦皇岛,治了两个月还是没有治好,你想不开了,那个陪着孙子一起来治病的山东老奶奶和我一起苦口婆心地劝你……你再想想,值得你感谢的人还有很多很多,为什么不去多想想别人的好?”

她心里的阴云就在爸爸的开导下渐渐散去。她开始留意身边人的好。

她发现,面对她听的迟钝,周围总有很多善良的人能报以理解和包容;她发现,她的朋友和亲人都是她的耳朵,帮她克服了一个个在学习和生活中遇到的障碍;她发现,在外面遇到沟通不便的时候,总有认识或不认识的人帮她渡过难关……父母每次带她到一座城市治病,无论多忙多累,都会抽空带她游览当地的名胜,她感受到了亲情的珍贵和大自然的美丽、宽博……原来,生命中有这么多美好的人和事值得她去留恋和珍惜,自己拥有这么多的幸福和快乐,实在不值得为曾经的失去而痛苦一生。

她的心被看到和感到的美丽温润着、感化着,她心里的那个怨结越来越小,她学会了感恩,懂得了包容,知道如何用宁和的心态面对残疾后的生活。

因为感恩,她真诚地回报着帮助过她的人;因为包容,她不再计较生活中的小是小非;因为宁和,她体会到了笑看云卷云舒的曼妙……她欣喜地发现,走出了心灵的阴影,她的胸怀和人生路都在越变越宽,朋友也越来越多，她的快乐与日俱增。

有一天，她告诉爸爸："我感到，我心里已找不到曾经那个仇恨的影子了，我能清楚地记着的，都是那些值得我感谢的人。"

爸爸笑了，写下了一段让她一生都忘不了的话："当年我不愿意告诉你那个大夫的名字，也不愿意在你面前提这件痛苦的事，就是因为我不想让曾经的伤害在你心里播下仇恨的种子，不想让你生活在怨恨的阴影中。我只想让你记着那些美好的人和事……"

如今，每回忆起爸爸当年的话，她心里便弥漫起阳花下荷花的芬芳。是啊，心灵的空间是有限的，只有少放进一些阴影，才能多些空间容纳阳光，只有阳光充足的地方，花儿才能健康茁壮地成长。

每天都是一次选择

收到你录取通知书的那一刻，我并没有丝毫的兴奋，相反，应该说，我是很失落的，甚至可以说，有些不甘。而你，眼睛却笑成了两弯月牙。

是的，那个学校，是一所职业院校，尽管在我们当地，甚至在整个河南，都算得上专科类的好学校，但毕竟与我为你设计的人生路线大相径庭。在我心中，你应该骄傲地走进省级重点高中的大门，最起码，你也能上市级重点高中，仿佛这样，才能不辜负我对你的期望。

但现实是残酷的，不管我愿意不愿意，我都得接受这个事实。看着眼前已长得和我一般高的你，真想骂你不争气，忍了好半天，才把几乎要脱出口的话咽进肚里。

面对我的不悦，你却满不在乎："这也是个大专啊，五年制的，而且还可以参加专升本……"

但是，亲爱的，毕竟这样一来，你的人生，就缺少了高中的生涯，那是一段艰辛却充满激情和梦想的人生之旅。

我给你讲我的高中时代，讲我的激情奋斗，你不想听，你说，你想走自己选择的路，不想走我给你设计的路。你说，你有自己的追求和思想，不想一切都听我的安排，没了自己的主见……

我们争了半天，谁也没说服谁。但是，我明白，你倔，认准的事，谁也改变不了你。

我仰天长叹，随你好了……

你欢呼雀跃，终于可以不必再背那令人头痛欲裂的元素周期表、做那枯燥无比的数学方程式了。

我不知应悲，还是应喜？毕竟我们那个年代的中学生，崇信的是“学好数理化，走遍天下都不怕”；毕竟多学些文化知识，打好基础，将来才有更长远的发展。但我也知道，现代社会的分工越来越精细，高中时学的很多知识无非是一块块大学的敲门砖，就如我，成年后，忘得最快的，就是那些与工作不沾边的数理化，而且我也知道，你虽不如我当年那么刻苦、那么听大人的话，但是秉承了我的兴趣和爱好——喜欢看课外书，喜欢写朦胧的情感故事和纯真、唯美的诗词。或许，你长大也像我一样，走写作的路，让名字在全国各地的报纸杂志上缓缓开花……

那一天，看到你的《痴狐》刊发在2013年7月3日《河南工人日报》副刊，我惊喜得泪都流了出来。没错，从你那细密精巧的构思和语言唯美的程度上来看，你远胜过当年的我，你发首篇作品时，才14岁半，我发首篇文稿时，已近19岁。外市的一位作家开导我，想当年，琼瑶也偏科，数学常常不及格；三毛也同样，语文上是天才，数学则会考鸭蛋。说不定，你家小淘包将来会远远超过你我……

回想当年，自己何尝没有做过令大人感到不靠谱的选择，也试过多条父母安排的人生路，最终走通的，还是自己选择的那条路。或许，生活就是这样，当我们选择成长的时候，往往也是选择不被父母理解的时候，因为我们有了独立的思想。

没有人希望孩子是个毫无主见、事事按他人思想行动的傀儡，但不知为什么，在我的潜意识里，却总是觉得自己比孩子社会经验多，忍不住对孩子的人生“指手画脚”，每每看到你没有沿着我为你设计的人生路线走下去，心里便充满担忧和焦虑。

心中的纠结，让我显得有点心烦意乱。我转身走进书房，打开电脑，习惯性地登陆上QQ。有位我一向敬佩的大姐正好在线，想想自己的纠结，忍不住地打开对话栏，把这矛盾的心态说了出来。她很耐心地听完了我的倾诉，发过来一行话：“你想得太复杂了，其实你女儿远没有你那么纠结，她有主见，知道自己喜欢什么、适合什么，会主动选择适合自己走的路，这本已很好了。如果非让她按照你的要求，拼命去学那些她既不喜欢、又不擅长的数理化，或许她真的能像你希望的那样考上省重点高中，可是却失去了去学她自己感兴趣的专业的乐趣。问你一句——你是愿意看着她成天闷闷不乐、得过且过地学呢？还是希望看到她充满激情、快乐地去学习呢？

我马上回答：“当然希望她带着激情和快乐去学习了。”

那边很快又回复道：“要是她按你的安排去上高中，肯定是闷闷不乐、得过且过，因为她既然不喜欢数理化，你把意愿强加给她，她怎么能快乐呢？怎么会主动地去配合学习呢？但高职院校是她自己选择的，专业也是她所喜欢的，她到那里，肯定会快乐、主动地学习。她能主动地、快乐地学习，还有文学创作的爱好和兴趣，这样的生活状态，你能说她是失败的吗？其实，学习成绩并不重要，重要的是她没有失去生活的激情和学习的乐趣。”

一时间，我哑口无言。突然，脑海里浮现出前一段这位大姐推荐给我看的一首纪伯伦的诗，“你们的孩子并不是你们的孩子/他们是生命对自身的渴求的儿女/他们借你们而来，却不是因你们而来/尽管他们在你们身边，却并不属于你们/你们可以把你们的爱给他们，但不能给予思想/因为他们有自己的思想/你们可以建造房舍荫庇他们的身体，但不是他们的心灵/因为他们的心灵栖息于明日之屋，即使在梦中，你们也无缘造访/你们可努力仿效他们，却不可企图让他们像你/因为生命不会倒行，也不会滞留于往昔/你们是弓，你们的孩子是被射出的生命的箭矢/那射者瞄准无限之旅上的目标，用力将你弯曲/以使他的箭迅捷远飞/让你欣然在射者的手中弯曲吧/因为他既爱飞驰的箭，也爱稳健的弓……"

那首诗，多像这位智慧的大姐，在开导被"望女成凤"之心带进牛角尖的自己。对命运之神来说，我和孩子既相关联，又彼此独立，我可以给孩子爱和引导，又怎能将自己的思想强加在她身上呢……这样一想，心里便有了种豁然开朗的感觉。

吃过晚饭，我拉着你的手，走进朗朗月空。

舒爽的晚风，吹散了白日里争吵带来的郁闷，悄无声息地拉近了我们彼此的距离，我和你，像一对知己，并肩坐在月光下真诚地袒露心底——

我承认，从你上小学起，我对你的寄托就有些功利——重点中学，名牌大学，诗琴书画，多才多艺……我压在你身上的希冀，把你柔弱的身子压得弯弯如许。你好动，想学吉他和街舞，我批评你是不务正业；你不喜欢数理化，勉强完成了老师的作业便松了口气，我逼着你硬着头皮继续做我给你额外留的理科卷黄冈题库……

回想起来，我为你做的这一切，并没有带给你多少正面的影响，反而让你失去了成长的快乐和学习的乐趣。还好，你能主动选择上高职院校去学你感兴趣的知识和技能，并且还能时不时写出一两篇令我惊喜不已的文学作品，这说明你还是开朗健康，有梦想、有追求的好孩子。特别是你能很清楚地根据自己的特点，扬长避短地选择自己喜欢并适合你发展的专业，足以说明你很有主见，也有独立处理问题的能力，这些，我都应该为你感到骄傲！

妈妈想告诉你的是——生命中的每一天，都是一次选择。无数次选择的结果，就是你的命运。不只是这一次，在今后的日子里，你也天天面临着选择：上课，你可选择听讲，也可以选择打盹儿；写作业，你可选择用心，也可选择马虎；课余时间，你可选择参加培训，练好英语口语，也可以选择到溜冰场和KTV，游戏人生，虚度光阴……

所以，妈妈希望，在新的学校里，别让爱玩、爱攀比的孩子影响你。愿你每一天，都能认真地做出选择，选择上进、选择勤奋、选择微笑、选择勇敢……

哪个部位都有好苹果

“高处的够不着，低处的阳光少……”我和朋友提着竹篮站在洛宁上戈县的苹果园中，仰望着满树大大小小的苹果，不知从哪儿摘起，只好向园主求助：哪个部位的苹果好吃呢？

“都一样，怎么方便你们就怎么摘吧。一般来说，红色的糖分多，更甜些；粉色的脆，也很好吃；黄色带条纹的那一类，相对而言，口感更香……”果农憨厚地传授着摘采苹果的窍门。

重新走进苹果丛，我们仔细地寻找着果农说的那三种苹果。向上望去，树顶上的苹果显然更红些，朋友便大胆地爬上树，我摊开外套，仰着脸接她扔下来的苹果，相信那些从高处摘下的苹果，一定是最完美的……

连摘了十多个，朋友余兴未消地跳下来。我们捧着这些“完美的苹果”，好奇地对比着篮中那些从低矮的枝头摘下来的苹果，这才发现，其实高处的苹果也红不到哪儿去，咬一口，味道和低处那些比较红的苹果差不多。

园主走过来，很担忧地说：“别上树了吧，又没梯子，多危险啊。你们就摘够得着的苹果吧，同样的果树，哪个部位都有好苹果……”

“哪个部位都有好苹果……”咀嚼着苹果，我突然想起了薇。

薇大学毕业后离开小城去北漂，三年后，成了有着不菲年薪的金领，每次朋友聚会，谈起她，人人都充满羡慕之情。但是，令我们大跌眼镜的是，去年，她和先生带着四岁的儿子重回小城定居，做了一位普通的家庭妇女。闲聊中得知，这些年，因为想拥有更高的地位和收入，她拼得好辛苦，无休无止的加班悄无声息地磨损了她的健康和心情，终于有一天，她厌倦了那种所谓的众人仰视的风光无限，决定重回小城过普通百姓的自在生活。

当时，我深为她惋惜：“你这样，简直是人才的浪费。”

她笑：“什么人才不人才的，我们都是同一类的人，只不过是我当年比你们付出了更多的努力，才飞得高些。不必羡慕我，在低处生活，不也挺好？”我不置可否地笑笑……

再见到薇时，她已在小城中找了份轻松自在的工作，虽然收入远不及从前，但却有了足够的时间享受人生的种种乐趣。她很高兴地告诉我，这一年，是她过得最满意的一年……说这话时，薇面色红润、神情愉悦，很幸福的模样。那种安详的满足，更添了她的美丽。

我跟朋友谈起薇，朋友一指我篮中的苹果：“你看，这些是你从低处摘的，有的比我从高处摘下来的还好呢。想来人生也如此，高处有高处的好，低处也有低处的妙……”

的确，人生也如苹果，同样的根系、同样的品种，不同的只是位置，虽然低处的苹果沐浴到的阳光雨露不及高处的苹果，但是高处的苹果承受的烈日暴晒、风雨寒流也比低处的苹果更多些。

果农又过来了：“要是你们真想摘树顶的苹果，我去搬梯子吧？”

“不必了，我们就摘些够得着的苹果就可以了。”朋友客气地冲果农摆摆手。

那天，我们摘了满满两箱苹果，有红的、有粉的，还有黄色带条纹的，大多都是长在低处的那一类，但是我俩都深信，它们的味道，一点儿也不比长在高处的苹果差。

寻找幸福泉

认识一位老师傅，他家的经济条件有些窘迫。地处市中心，高楼大厦鳞次栉比，但他家里住的，仍是住房改革前单位分的两家共灶的老套间，家具还是结婚时添置的那些组合家具，一年四季，难得添几件衣服，最大的开销，就是儿子上学的费用。

可是，生活的拮据并没有影响他的心情，每次遇到他，总见他一副乐呵呵的模样，让人感到亲切而快乐。

见过好几位跟他差不多大的男人，为了撑起家庭的重任，厂里厂外地打两份工，没日没夜地忙着赚钱。而他，白天在厂里工作，下了班陪老婆做做家务、散散步，或者读一些诗集。他喜欢朗诵，每晚都会抽出半个小时，激情地朗诵名家的诗词。他笑称："诗歌最能陶冶性情。"

守着微薄的薪水和不赚钱的业余爱好，他悠哉游哉地过着小日子。假日里，他不爱逛街、但喜欢旅游，兴致上来的时候，会约上三朋五友，带几瓶饮料、几个水果，到公园的绿地上或长亭中开沙龙文艺联欢会，美美地过一把诗歌朗诵大比拼的瘾。

他就这么随性、自在地生活，在恨不得每天都赚得腰包滚圆的人眼中，他绝对谈不上成功，甚至还带上了一点儿游戏人生的印记，但令很多拼命养家，支付孩子高昂的特长班、培训班费用的男人眼红的是，他们夫妻俩文化都不算高，经济条件也不怎么好，孩子一直接受的是学校的常规教育，也没见他们额外给孩子买什么参考书、报什么辅导班，但他的儿子却很争气，从小到大，学习一直很拔尖儿，后来还考上了浙江大学的研究生。

因为要录制一个反映职工热爱生活的电视节目，那天，我和同事走近了他和他的职工朗诵沙龙。

他说，他一直觉得，人生可以没有钱、没有地位，但不能没有爱好和情趣。一个人在世界上生活，一定要有自己真正喜欢做的事，一定要有自己的兴趣和真本事，这是人生重要的幸福源泉。一个什么兴趣也没有的人最可怜，他只能任命运摆布。相反，你有自己真正喜欢做的事，不管是作为专业还是业余爱好，你能钻研进去，并乐在其中，把它做到你所能做到的最好程度，你的心情是快乐的，你的生活是充实的，幸福的感觉便油然而生……

的确，他的生活，因为物质上并不富有，在旁人眼中，一定有很多缺钱花的不如意；他的工作很平凡、学历也不高，晋升机遇可以说没有；企业效益不好，涨资的概率也很渺茫，但有多少人懂得——因有朗诵这个爱好，他找到了业余生活的情趣，心灵有了另一个可以栖息的家园，乐在其中，便淡化了现实生活中的一切愁苦。

他看重精神生活胜过物质生活的个性，对家庭环境也起到了过滤世俗思想的净化作用。他们家，从不会出现因钱而爆发的争吵，他们很少购买家电和服饰，却常购进图书。闲暇时，一家人或各捧一本书静静阅读，或外出旅游，饱览大好河山。他告诉儿子："物质的贫瘠使人感到生存的艰难，而精神的贫瘠，则会令人觉得生命的存在毫无意义。"在这样纯净美好的环境中长大的孩子，气质自然不俗。小学、中学，成绩一路领先,高考时考进名校——浙江大学,后又考取母校的研究生。

他说,儿子刚考上浙江大学那一年,有位教授在课堂上说了这样一句话:“从浙江大学毕业的学生,你们将来出去,我不担心你们物质上会匮乏,我担心的是你们在精神上不富有。”儿子跟他谈起老师这段话的时候,他很自豪——自己不是大学教授,说不出那样高屋建瓴的精辟之言,但那个道理,他是懂的,并且已让这个道理,贯穿了儿子的成长……

节目最后,录了一段他代表朗诵沙龙说给观众的寄语,他说:“现在的社会,工作压力大,生活节奏快,人们缺乏精神生活上的投入,今年第三届夏青杯朗诵比赛就是人们注重精神生活的一个反映。可以说,我和工友建起这个职工沙龙,有那么一种找到幸福源泉的归属感。

他的话,让我想起幼时听父亲讲的一个故事。

传说,遥远的森林里有一个幸福泉,谁能找到幸福泉,他就能成为世界上最幸福的人。有两个青年人,都相信这个传说。一个人觉得,世界上最幸福的事,就是赚取一辈子花不完的金钱,那人带着寻找财富的梦想上路了。一路上,遇到各种发财的机会,对像他这样有着极强金钱占有欲望的人来说,怎能错过发财的机会呢?于是,他停下寻找幸福泉的脚步,忙着赚眼前的那点儿钱。得到利益后,他背着赚来的钱,开始向前行走,走着走着,又遇到赚钱的机会,他又停下脚步,为眼前的利益忙碌……就这样,背负的重物越来越多,但他仍执着地背着财富往前走,一定要寻找到幸福泉。他很自私,总怕别人也找到幸福泉,分享了那里的财富,还怕与他同行的人占了他的便宜,贪了他的钱,所以,他从不把任何人当朋友,孤身前行,没有分享,也没有分担,直到有一天,他被累死在了半路上……

而另一个青年,他认为最幸福的事,就是一生精神上的富足。一路上,他只带刚够维持自己日常生活的金钱,路上赚到的钱,除了支持生活所需用品之外，都投入丰富精神生活上了，他拜师学会了拉琴、唱歌，还写得一手好字，以才艺结识了很多志同道合的良师益友，互相帮助、结伴行走在寻找幸福泉的路上。有一天，他和他的朋友一起找到了幸福泉，他们都成了世界上最幸福的人……

儿时听了这样的故事，只觉得缥缈虚无，而今，眼前就有这么一个真实的例子，让我越发深刻地理解了幸福的含义。原来，并非所有的人都与幸福有缘，对物质生活过度的追求，只会削弱你感知幸福的敏锐。因为，幸福本来就是一种精神上愉悦的感知，它只属于那些乐观开朗、重视精神生活的人。

两个字的祝福

男人的厂子已经好几年没有涨工资了。想到婚前的承诺，男人的心里就有些酸。他说要多挣钱让她过上好日子，可厂里的效益却一直不好，男人的腿又有残疾，结婚这么多年，为了养家，也没给女人买过什么像样的礼物。

今年的情人节离春节不远，年味正浓的街上到处都是关于情人节的广告。玫瑰花、巧克力都是这个洋节的抢手货。那些花花绿绿的广告让男人看得心里痒痒的，也想给女人买点什么。

买玫瑰花吗？都这么大的人了，又不是谈恋爱，连孩子都会打酱油了，捧着玫瑰送老婆也真有点儿别扭。再说那玩意儿中看不中用，两三天就蔫了，值得掏那么多钱吗？

送她巧克力，那也太孩子气了吧？保准全进了小孩的嘴里。

那送什么好呢？这可真是个问题。

孩子从外面跑来，跟男人撒娇："爸，我也要吃西餐。丹丹都和她爸妈一起去吃牛排了。"

男人眼睛亮了，对啊，就请女人去吃牛排，洋节用洋餐来对付，贵点就贵点吧，快乐就行！

男人带着女人和孩子来到了一家西餐厅，女人嘴里嗔怪着男人乱花钱，心里却如蜜般的甜。餐厅里有暖气，男人招呼着女人和孩子把大衣脱下搭在椅子背上，很惬意地打量着这里的一切，孩子兴奋地东张西望着，女人笑眯眯地看着男人和孩子。

服务员微笑着递上菜单，男人边笨拙地翻看着，边征求女人的意见，然后点了三份不同口味的牛排套餐。

三份套餐上来了，孩子乐得拍手笑。男人端起红酒与女人碰了杯——"快乐"。男人其实是想说"情人节快乐"的，但不知怎么的，话到了嘴边却成了"快乐"！

女人红酒下肚，也不知是酒劲还是兴奋，脸上泛起了一片桃红……

不曾吃过洋餐，女人对用刀叉吃饭很不习惯。

"左手拿刀还是右手拿刀来切牛排呢？"女人悄悄地问男人。

男人笑笑："管那么多规矩干吗？咋方便就咋拿。"

男人用刀帮女人和孩子把牛排切成一块块的，孩子笑着叉着肉块吃。女人也边笑边叉肉吃。

"咱们这三份口味不一样，来，你们也尝尝我的。"男人把盘中的牛排切了几块，直接用汤匙送到女人和孩子的面前。女人笑："哪有用汤匙吃牛排的，那是喝汤用的啊！也不怕人笑话。"

男人嘿嘿地笑道："哪有那么讲究啊！"

旁边有人看着他们笑，男人也回邻桌以爽朗的笑，孩子嘻嘻地跟着笑，女人看了看男人，低着头抿着嘴偷偷笑。

也许在别人眼中，他们这收入不高的工薪层连最起码的西餐用餐规矩都不懂，真是土得掉渣儿。而这对他们第一次用洋餐过洋节的快乐又有什么影响呢？

男人笨拙地用汤匙把自己盘中的那份分享给女人和孩子，女人也叉着自己盘子里已切好的肉块直接送到男人的嘴里，孩子学着女人的样子也把自己盘中的肉叉着给爸爸吃。

与周围那些显然常来吃西餐的绅士、淑女相比，男人一家三口的举动似乎太没风度了。但女人却感到这张扬在洋餐厅中的旁若无人的爱，是那么浓厚，让她感动并快乐。

红酒每份套餐只一杯，再上是要另加钱的。但是红茶却可以免费随便喝。女人叫过服务生，添满了三杯红茶，拉过孩子，一起向男人举起了杯——“快乐”！

女人也省掉了“情人节”这三个字。但是这个洋节，女人和男人一样都已感到了快乐！

旋转在苹果上的爱

周日,我带着女儿去看母亲。吃过午饭,女儿蹦到沙发上看电视。彼时,播的正是她喜欢看的《快乐大本营》。

这个搞笑栏目更适合少男少女,我和母亲看了一会儿就开始走神。母亲说:"你陪孩子看吧,我去把阳台挂的衣服收收。"

我静静地陪女儿看电视,顺手拿起水果刀给她削苹果。苹果皮一圈一圈打着转儿落在桌面,恍然间忆起童年时的情景。

也是这样一个温馨的午后,我靠在沙发上看书,母亲坐在我身边削苹果。削好后,母亲递给我,我冲母亲笑笑,大口大口地吃着苹果,母亲轻抚着我头上的小辫儿,慈祥地笑着……时光静静地从指缝间流过,把同样的温馨留了下来。只是,扎羊角辫的小女孩已为人母,而那个面如桃花的少妇已是白发苍苍的老妪。

我将削好的苹果递给女儿,看电视正着迷的她匆匆地扭过头来笑笑,推开了苹果:"我不想吃。妈妈,你看谢娜阿姨,真有趣,哈哈……"

母亲捧着一叠衣服走进客厅:"上次孩子忘这儿的衣服我已经洗干净了。"我感激地接过衣服,顺手把削好的苹果递给母亲。

"给我的?"母亲有些意外,眼里有掩饰不住的喜悦。

“是的，给您削好了。”我说完，脸有些红，心里一阵愧疚。记忆里好像只有母亲为我削苹果的印象，我长这么大还是第一次为母亲削苹果呢，而准确些说，这本来只是为女儿削的。

母亲接过苹果，在我身边坐了下来，慈祥地看着我和女儿。

在这充满温情的目光里，我仿佛又看到年幼时的我拿着母亲削好的苹果，一脸幸福地啃着。父亲如果那天不忙别的事，就会坐在我们旁边拿起水果刀为母亲削苹果。空气里盈满苹果的香气，那是我所熟悉的一种关于幸福的气息。

父亲削的皮往往比较厚，有时不小心把果肉削掉太多，父亲就干脆将那片果皮塞进嘴里，边吃边继续削。我和母亲都忍俊不禁，父亲回我们以爽朗的笑，然后在一片温馨的笑声中，父亲将削好的苹果递给母亲。母亲总会一切两半，和父亲一起分享苹果的甜蜜。

洛水东流，最疼母亲的那个人已在天堂，想起当年父亲用粗手细心地给母亲削水果吃的温柔，我的心里满是惆怅和酸楚。我惭愧地发现自己虽然已为人母，却仍然不太懂事。潜意识里，我显然只是怕孩子幼小，用刀子不安全而代劳为她削果皮，却没有升华成像父亲当年那样，用为母亲削水果的笨拙来表达对亲人深沉的爱意。

多次请母亲到我们家小住，母亲总是婉谢了我们的好意。当我们去看她的时候，她和年轻时一样忙前忙后地为我们准备美味菜肴，虽然满头银发的母亲切的土豆已不再像当年一切均匀，炸的花生米也常因眼花，火候控制不好而稍显焦煳。但她还是习惯自己下厨为我们准备饭肴，就像我们还是很小的孩子一样离不开她的呵护……

直到这个周日，母亲靠在沙发上一脸幸福和喜悦地吃着我削的苹果的时候，我才从她的目光中感觉到，原来，母亲再独立再坚强，其实也是渴望我们像呵护自己的孩子一样去呵护的。只是我们太粗心，不懂用细微的爱去呵护母亲的心。

我发誓，今后要常给母亲削水果吃，就像当年她坐在我身边替我削苹果那样地细心和温存，让无声的关怀旋转在苹果上，让母亲感受到女儿的体贴和疼爱。

把爱写在手心里

娶了她没多久,他便在生活的琐事中感到了诸多的不便。

他上班走得急,刚下楼就发现忘了带家门和自行车的钥匙,折身回来敲门,任他把门敲得山响,她都没有反应。他在门外能清晰地听到她在屋里缓缓走动的脚步,她却听不到他把邻居都惊动出来的敲门声;她去买东西,听不清价格,就在一边等着,等商贩不忙了再小心翼翼地请他们给她写下来,或者打着手势告诉她价钱。她去买什么东西花的时间都比别人多;那时家里还没手机,虽然有电话,但是她无法接听,有人找他们,电话打到家里,铃声响了一遍又一遍,她静静地坐在椅子上看书,丝毫没有觉察;他拉她散步,看到别的夫妻边走边有说有笑的轻松愉快,他和她说话却得掏出纸和笔来写……

不方便的地方多了,他心里多少就有些不快。心情不好的时候,他是不想去找什么纸笔费半天劲写下来告诉她的。有时急了就大声地对她说,希望这样她能听明白。她却以为他发火了,禁不住泪水涟涟,伤心得吃不下饭。

很长一段时间,他不知道怎么与她沟通才好,毕竟有些时候是不太方便找来纸、笔把话写出来的。但是,有些话不告诉她,让她感觉受了冷落，她的心里便会有阴影。她的笑容是那么灿烂，当初就是她那纯洁无邪的笑容打动了他的心，让他决定做她的爱人，用一生的耐心和爱心呵护很小就不幸失去听力的她。

那晚，他又拉着她的手一起去散步。昏黄的路灯下，晚风扯着她的长裙，撩着她美丽的卷发，也牵动了他无限的惜悯。这么美丽的安琪儿，上帝怎么舍得让她聋了呢？一定是上帝喝醉了！他很想跟她随便聊点什么，习惯性地摸出纸和笔来，想写些温馨的知心话，却发现手中的笔居然不下水了。

他用力地甩了甩，还是不行。他尴尬地对她笑笑，把心里要说的话压了下去。她眨着美丽的大眼睛冲他笑着摊开手心，慢慢地说："你是不是想告诉我什么话呢？写在我的掌心上好吗？"

他迷惑地看着她，心里纳闷儿，没有水了，怎么写？一向冰雪聪明的她今天怎么糊涂了？

她拉过他的手，伸出食指在他的手心一笔一画地慢慢写出了一个字。她写的时候，他盯着她的食指，虽然没有留下墨迹，但他看出来了，她在他掌心上写的是一个"爱"字。

她顽皮地扭着头问："明白了吧？"

他笑着点点头。

他拉过她的左手放在自己的左手掌上，学着她刚才的样子，伸出右手食指在她的手心一笔一画地写了个字，刚写完，她就读了出来——"爱"。

他笑着继续写了起来："嫁给我，你开心吗？"

她露出了他熟悉的笑脸，慢慢地却又清晰地回答："开心！"

他又一笔一画地写："今天我很高兴，因为我找到了另一种与你愉快沟通的方式。"

她笑着用力地点点头。

他继续加快“笔”的速度：“科技发展了，沟通的方式将会更多。我们的心灵离得会更近。”

她含着笑说：“是的。听说大城市的聋人已用上了手机收发短信，而且还会用电脑在网络上跟健听人沟通呢。”

他点点头，接着在她的手心上写着：“以后，我也要让你早点儿用上，找到和我更多的沟通方式。”

她的眼里有波痕滚过，在月光下闪着银光落在他的手背。他的心一紧，急忙写道：“怎么哭了？你别流泪啊，我心疼……”

她抽出手擦了擦眼睛，挽着他的手臂向前走去……

十多年岁月的风吹过，他和她都有了各自的手机和电脑，沟通的方式正如当年的期望多了起来。但她和他都忘不了，那个星光灿烂的夜晚，写在彼此手心里的“爱”字。

或许，正是因为那个已刻入彼此心灵中的“爱”，让他坦然地走出烟火红尘里的各种纷扰，在之后的相处中，用食指当笔，愉悦地与她携手漫步在每一个月朗星稀的美丽夜晚，旁若无人地一路倾诉着一生也说不完的爱意。

跳跃在草尖上的幸福

初次看到这种小花的时候，它正像草一样伏在办公楼下不远的花坛里，小小的花瓣还未舒展开，露着极浅极淡的紫，零星地散布在草丛中，好一片“绿肥红瘦”的景象。而今，只不过一周的时间，那些曾零星地散布在草丛中的无名小花便像一片火烧云，染红了草地。

石径弯弯隐在草丛中，放眼观去：碧空、绿树、“粉云”铺路……当然，这不是天空上的云，而是这些叫不出名字的小花聚成的祥云。司空见惯的厂区景色因眼前的这片开花的三叶草而变得像园林般令人心旷神怡。我忍不住走进花带，弯下腰细细地打量它们。

这究竟是什么花呢？紫红的花蕊像丽人涂抹的眼影，细小的花茎上舒展着朵朵浅紫的花瓣，一簇簇细小的花朵挤挤挨挨地拢在草丛间，像是想呵护住什么似的，三片心形的小叶子宛如三颗小小的心很团结地靠在一起。我掏出手机拍下它的近景，设为桌面，就让它成为初夏送给我的一份礼物吧。

同事看到手机上的图片，告诉我：“这株植物不是花，是一种草，它的名字很好听，叫三叶草。”

三叶草，好美的名字，我惊诧，草也能开花？转念细想，是啊，很多草都能开花的呀。狗尾巴草开的花毛茸茸的,真像一只狗的尾巴;蒲公英开的花像一把小伞,轻轻一吹,就四散开去;白叶网纹草开的是黄色的小花,像桂花似的惹人爱怜;还有一种草开出的花是黑的,我已忘记了叫什么名字,只记得小时候,我和伙伴们常用它画眉……那些开在草尖上的花朵,虽然没有牡丹的雍容华贵,没有莲花的清雅怡人,没有玫瑰的娇艳欲滴,微风拂过,它们像彩色的露珠摇曳在纤弱的草尖上,别有一番令人心动的美丽。

美丽的东西,总能留下一些美丽的回忆。传说,很久很久以前,有一对恋人,他们很相爱,一起住在一片很美的桃林里,但是因为一件小事,男孩和女孩子闹别扭了,彼此不肯让步。爱神到他们住的那片桃林,谎称他们对方会有难,只有在桃林最深处找到四叶草才可以挽救他们……男孩和女孩听后表面满不在乎,可是心里都为对方担忧。那晚下雨了,是暴雨,但是他们仍偷偷为对方到桃林最深处寻找四叶草,虽然最终都没找到,他们却在寻找四叶草的路上知道了对方其实一直很在乎自己,他们又和好如初。爱神笑了……

好美的传说啊,它告诉了我们,珍惜拥有,幸福之神才会光临。只是,世界上到底有没有四叶草呢?可能世界根本不存在这种草,就如现实生活不会有非常完美的人生。

但是,漫漫人生路,谁又能保证一生的完美呢?

有人说,三叶草的三片叶子,一片代表亲情,一片代表友情,第三片代表爱情。从一出生,我们便拥有了亲情,随着成长,我们在学习和工作的道路上,又寻觅到了友情,到一定年龄,又会找到那个深爱我们、愿意牵手到白头的人,于是乎,我们在人生路上已逐渐找到了世间最值得珍惜的三种财富——亲情、友情和爱情,这三种都拥有了,能说人生不富有吗?能说生活不幸福吗?

我认识一个女孩子，很有才华，但也很任性。因为卑微的父母没有能力给大学毕业的她找到一份满意的工作，她跟父母闹翻了。之后，不顾母亲的哀求独自到南方发展，想寻找到属于自己的那份幸福。繁华的大都市，每日拼尽了心力做好当日的工作，下班后她和伙伴们沉醉在灯红酒绿当中，让热闹和欢笑驱散内心隐隐的寂寞。但每晚枕着点点星光在床上翻来覆去睡不着觉时，内心的孤独和思乡的焦虑便如潮水般涌上心头。她发现，感情原来比物质生活更能给人带来安全感和幸福。离开了亲人，她渴望用友情和爱情填充内心的空虚，却又发现在这个充满竞争、人才频繁流动的大城市，很难找到淡如水的真朋友，家乡那些一起长大的同学和她曾嫌弃过“没本事”的青梅竹马的恋人，如今成了她日思夜想的幸福根源。

我不知道该怎么劝她？是回来过像在小城中随处可见的三叶草一样普通却亲切安稳的生活，还是选择漂在那个找不到根的大城市继续寻找幸福？但我从她网络中那一行行思念亲人和旧友的文字间，读出了一颗失落的心。而另一位本没有她出色的女孩子，在企业找了份普通的工作，休息时陪陪家人，或和朋友们一起去旅游，在朋友圈子里找了一位和她一样普通、但非常疼爱她的小伙子结婚，做了幸福的新娘。婚后，他们互敬互爱，在平凡的日子里静静地享受亲情、友情、爱情的美好。如今，已是一个四岁男孩儿母亲的她，仍然目光清澈、满面温婉，幸福之情溢于言表。

生活没有绝对的对与错、幸福与不幸，全在自己的感觉。万物共同拥有一轮太阳，但有的草在阳光下能开出幸福的花儿，有的花却未及绽放最美丽的容颜，便已凋零在自己选择的风口浪尖。“给点阳光便开花”，这是三叶草的写照，也是那位幸福女子的写照。知足的草和心态不高的人一样，总会离幸福和美丽更近些。所以，即使我们都是像三叶草一般平凡的“草根”，只要用心呵护陪伴在我们生活中的这三片“叶子”，阳光最灿烂的时候，也一定能开出美丽的花儿映亮我们人生的夏天。

我已知道，盛开在我们平凡生活当中的那朵花和开在三叶草草尖上的花一样，都有一个美丽的名字，它的名字便是三叶草的花语——“幸福”。

真爱“坠”不悔

她是他的大学同学，说不上漂亮，但充满活力的身影和清澈如山泉的明眸，令他年轻的心池春水荡漾。

他和她相约去图书馆学习、到电教室听课，休息时他骑着单车载她去郊外踏青。和她在一起的日子，每一天，都是快乐的。

一转眼就毕业了，他在父母的帮助下，很快进入一家金融公司，她也在人才招聘会上找了份私企文员的职务。两个年轻人开始憧憬未来的幸福生活。

但是，他的父母不喜欢她，嫌她自幼丧父、母亲多病、家境贫寒，还没有正式工作。

为了不让他和父母关系决裂，她流着泪悄悄地离开了他，到另一座城市打工。

打她的手机，停机；去她家寻找，不在；询问她的好友，不知……她好像人间蒸发了似的。看不到她的身影，他心神恍惚；听不到她的声音，他茶饭不思。

面对父母的焦急和关切，他仰天长叹：“人间多少悲剧，都是源于父母干涉孩子的婚姻，爱情是我自己的事，你们干吗要插手？”父母相视无语。

有一天,执着的他终于打听到了她的行踪。

一个细雨蒙蒙的早晨,当他背着一个简单的行囊出现在她面前时,又惊又喜的她忘情地扑进他被雨水打湿了的臂弯。

他带她回来了,他的父母尽管不高兴,但最终也默许了他们的交往。那个红柿子挂满枝头的金秋,她做了他娇美的新嫁娘。

有了孩子后,爱情不减,幸福更浓。他和她彼此都有自己的事业,回到家,争着干家务。因为他们知道,自己多干一点,对方就可以少一份操劳。

那年冬天,临近春节的时候,她的公司提前三天放假了,而他的单位,仍要上班,上到除夕。她暗喜,这三天,可以把家务全干完……

她手脚麻利地收拾好室内,然后踩着凳子站上三楼的窗台擦玻璃。擦完后,发现最上面那块玻璃有一块不太明显的污垢没有擦净,远远看去,就像落在玻璃上未及清洗的一块痰迹。

她小心翼翼地将身子往窗外挪了挪,然后左手紧紧扣住窗棂,右手指尖夹着抹布,抻长了右臂……够着了,她心里暗喜,右手指尖悄悄使劲,一点点地擦拭着玻璃上那块污痕。

突然身子一沉,她下意识地扣紧门窗的边缘,接下来,她感到自己好像乘上电梯般,飞速下坠……

当她醒来的时候,发现自己躺在医院,他正焦急地呼唤着她的名字。

直到出院,她的腿,仍没有知觉,不得不坐上轮椅。

他把房子卖了,买了个低层的小房子,多出来的六万多元,他都存了起来,作为她的医疗基金。他请了长假,推着她,跑遍了全国知名医院,然而,再高明的医生,都没能唤醒她双腿的知觉。

怕她想不开,他每天陪在她身边,开导她,给她讲笑话,和她一起回忆恋爱中的浪漫故事。他们的爱,感动了他的父母,一直对她很冷淡的公婆,心也软了下来。他的父母天天帮他接送孩子上下学,还和他轮换着照顾她的饮食起居。

他笑:"你看,我父母对你比对我还好呢。有老有小,团结一心,这样的家才是最幸福的。"

儿子一天天地在长高,可是她的腿仍没有"睡醒"。年迈的公婆早已抱不动她的身躯、推不动她的轮椅,但他和儿子,依然天天轮换着推起轮椅陪她到外面散心。

一晃,15年过去了,儿子考上了大学,而他,精力有限,仍是单位的一名普通科员。

岁月的风,吹皱了他的肌肤;人生的雪,染白了他的鬓角,不到50岁的他,相貌已像60岁的老人。而她在他的呵护下,却仍是满头乌发,肌肤光可鉴人。

儿子放寒假带回来几盘光碟,那晚,饭后,他陪她看电影《泰坦尼克号》。看后,她感慨万千:"很感人,真爱永恒……如果不是坠楼那个意外,15年前的春天,我们就已看过这个片子了。"

他伏下身来,吻去她眼角滚落的泪水,在她耳边轻轻地呢喃:"现在看,也不晚。好片子魅力是永恒的……"

是的,那年春天,正是《泰坦尼克号》登陆中国电影院线的时候,也正是他即将晋升为科长的时候。她的坠楼,像电影中沉船的灾难,改变了她和他的人生轨迹,但不变的是他们对彼此那终生不悔的爱。

不完美世界中的完美父爱

每次闲翻德国漫画大师埃·奥·卜劳恩的《父与子》连环画，总能让我在忍俊不禁之余，心里盈满温情和感动。

童心未泯的父亲严厉又不乏温情，和调皮捣蛋的儿子一起，演绎着红尘中关于父子亲情的一个个生动幽默的小故事：儿子又闯祸了，一路狂奔着逃避父亲的打骂，胖墩墩的父亲腆着肚子气喘吁吁地紧追不舍，终于追上了，正准备在儿子屁股上狠抽几巴掌，却意外发现儿子的裤子不知什么时候剐了个长长的大口子。刹那间，父亲的火气烟消云散，折身去找针线包，要为儿子补裤子，边走还边扭头叮嘱儿子：“你在这里等着，我去拿针线给你补裤子……”

据说，漫画中那些幽默的亲情小故事，都来自作者卜劳恩的真实感受，也是他和儿子克里斯蒂安的生活素描。仅看漫画内容，你绝对想象不出，这对天真可爱、幽默纯挚的父子当时正生活在纳粹统治的阴影之下……那时，德国正处于纳粹政府的统治之下，卜劳恩用漫画为儿子营造了一个安全的、充满乐趣的世界，同时，也让饱受战争和纳粹压迫之苦的人们看到了一个明朗清澈的世界，在那个世界里，没有恐惧、没有战乱、没有饥饿，有的只是一对静享美好生活的父子。

电影《澳门风云》中也有一个类似的温情片断：小马哥在魔术师石一坚的帮助下，冲入敌穴营救被 Povd 一伙绑架了的女儿初一。枪林弹雨中，备受惊吓的初一哭着问爸爸那些人怎么这么暴力？小马哥拥抱着女儿，微笑着告诉她不用害怕，眼前的情景是大人们正在拍摄警匪片，都是假的，死不了人的……

父爱，就是如此伟大，明知道下一刻，说不定自己就会不幸倒在血泊中，但只要还活着，哪怕只有一分钟的时间，也要给予孩子一分钟的爱，呵护孩子对世界最初的那份安全、美好的认知。

这样平凡而又伟大的父爱也影响着我的人生。

因为幼时意外失聪，我的人生就显得与众不同。中学时期，老师担心我跟不上重点班的学习进程，建议父母给我换到慢班或转到聋校就读，父亲不想让我觉得自己特殊而自暴自弃，瞒着我向老师承诺，说他会辅导我学习，保证我成绩不会拖班级的后腿，终于用诚心打动了老师，让我有了继续像健听同学那样接受优质教育的机会；也曾淋过世俗中嘲讽听障人的“雨”，父亲开导我，那只是极个别的情况，要相信世上还是好人多，要相信人生晴天总比阴雨多；也曾因为听课困难丧失了继续求学的信心，是父亲鼓励我多看书多做题，以勤补拙，用成绩赢得尊重……父亲，是阴雨天撑在我头上的那把大伞，更是苦难岁月中撑起我精神宫殿的铜墙铁壁。

或许，父爱的伟大和美感就在于此——无论这个世界有多少风雨和电闪雷鸣，父亲都会张开双臂为孩子营造一个温暖、安全的生活空间，让孩子踏实、愉悦地成长，留住心中那份对世界清澈美好的认知。

藏在劳作中的诗意时光

在车间工作的那些年，磨工组有一对恩爱有加的“鸳鸯”。

每天上班，男人骑着自行车，笑眯眯地蹬着车轮，女人侧身坐在车后座上，右手轻轻地搭在男人腰间，满脸满眼都是幸福的笑意。到了班组，换上工装，两人合开的那三台机床刹那间便“轰隆隆”地唱起欢歌。

三台机床和管线、仪表台包绕起来的空间，就是两人愉悦劳作的小天地。女人对仪表，男人上料；女人在机床间磨削，男人到机床前面打磨砂轮；装活儿的料斗盛满了，女人拿来木箱，男人负责倒活儿……有调皮的工友冲他俩挤挤眼，做了个拥抱的手势，男人爽朗地笑起来，女人的脸上飞起一团红霞。

那时，带班班长的媳妇是车间的一位抽检员。一次，班长的媳妇到车间抽活儿，将抽选的几种型号的样品放在不同的纸盒中，准备带回检查站，半路上正好碰到班长。班长伸出粗壮的手臂接过媳妇手里的那几个沉甸甸的样品盒，一直把媳妇送到检查站门口……有位检查员看到了，就和他俩开起玩笑，小媳妇佯装生气地举起粉拳追着捶打他，班长“呵呵”地笑笑，转身又忙他的事去了……

离开车间已多年，每想起当年的工友，脑海中诸如此类的温馨片段就会如过电影般地回放起来，清晰而生动。

一直都觉得，劳作中萌生的情感最有诗意，就像《诗经》中那些经典的爱情故事，总能找到火热的劳动场景——“参差荇菜，左右流之。窈窕淑女，寤寐求之……参差荇菜，左右采之。窈窕淑女，琴瑟友之……”“彼采葛兮，一日不见，如三月兮！彼采萧兮，一日不见，如三秋兮！彼采艾兮，一日不见，如三岁兮！”古代青年男女在劳动中萌发的爱情，就是如此纯净、美好，充满了诗情画意。

先生第一次打动我的地方，也和劳作有关。那是我们相识后的第二个月，他准备周日带我去乡下的大姨家帮忙收麦。那天，我了解到了一个现实版的“投我以木桃，报之以琼瑶”的感恩故事。

大姨并非他的亲姨，不过是他母亲的结拜姐妹。在全国闹饥荒的那三年，大姨经常省些粮食贴补他们家。从此，每年麦收季节，他家就会主动抽空去乡下帮忙，这一帮，就是20多年。成年后的他，每年六月收麦时节，周日也会顶着烈日到麦场苦干一整天……他身上那种城市男孩少有的吃苦耐劳的品质和懂得报恩的美德，给我留下了非常好的印象。

先生是个动手能力很强的人。记得当年我们简装那间18平方米的新房时，地板是他铺的，线路是他埋的，墙壁和门窗都是他刷的，连窗帘和门帘都是他亲自挂上的。婚后，因为他热爱劳动，我们的生活虽说不上富裕，却也幸福温馨。他擀得好面条、炒得好菜肴，换得了窗纱、修得了电脑，甚至我手持针线套被子，他也会站在另一头，和我比着飞针走线……于是，那些一起劳作的时光，像蜜糖一样在爱的阳光下融化，化作心中深深的恩爱、浓浓的幸福。

生性淡泊的他，这辈子是和升官发财等“成功”沾不上边了，但在我心中，热爱劳动却是最能给女人带来幸福和安全感的纯爷们儿的品质。

纵使无权无势，有一份劳动的技能，就有了衣食无忧的生存保证；有一颗热爱劳动的心，便有了家务中“你唱我舞，投你所好”“求之即得，钟鼓以贺”的诗意生活。

第六辑

思念的温暖和苍凉

这个世界，最温暖的事，便是绵绵远远的思念。曾经共同走过了一段人生路，那些相依相伴的幸福，如阳光和花朵，温暖、点缀了我们的生活；最苍凉的事，还是绵绵远远的思念，曾经深爱你的那个人再不能陪伴在你身边。忧伤时，听不到她（他）的慰藉；快乐时，也不能与她（他）一起分享甜蜜；孤单时，想拉住那只熟悉的手，却永远也拉不住了……

花香常伴亲情在

喜欢上赏花是当了母亲之后。儿时的我，是不喜欢顶着阳光挤在人群里观花的。

每年四月，父母都会抽空带我们去公园看花，去之前，他们必定要给我们换上漂亮干净的衣服，自己也收拾打扮一番，一家子体体面面地走进了公园。

一进公园，很快就出现了分歧。哥哥急着看动物，姐姐想去放风筝，我闹着要去游乐场。父母却一致表示："牡丹开了，先去看花！"

"哪有人不喜欢牡丹的？花美、气香，闻闻牡丹对身心有益。"做教师的母亲总爱用在学校教育学生的口气这样说我们。怕惹父母生气，我们只好乖乖地跟着他们挤进看花的人流里。

二哥好动，喜欢爬树，看到低矮的树就想爬，爸爸一不小心，二哥便嗖嗖地三下两下爬到树上去了，趴在树干上得意地冲着我们做鬼脸。爸爸紧张地在树下张着双臂怕他掉下来，妈妈仰着脸大声地训斥他弄脏了刚换上的衣服，叫他赶快下来；姐姐比我大好几岁，喜欢和自己的同学一起逛，只要遇上，一会儿就跟着同学跑没影儿了；我的心思留在公园里的游乐场上，恨不得马上站在秋千上飞翔，去捕捉云彩朵朵，眼前的牡丹一朵也没有看进眼里……那时的我们一个比一个淘气，都很不耐烦父母让我们规规矩矩地站在牡丹丛间对着镜头傻笑，总有各种理由跑散了，让父母一身汗水地跟在我们身后追，赏花的闲情便这样被淘气的我们搞得一塌糊涂。好脾气的父母想把我们聚在花丛中照张相的愿望一直没有实现。

有了孩子后，才体会到母亲当年的心情。看到孩子稚嫩的笑脸，我常联想起春天里盛开的花朵。还有什么能比娇艳的花朵更适合形容孩子们灿如云霞的笑脸？还有什么比富贵吉祥、娇艳夺目的牡丹更能寄托我们对亲人的祝福和对孩子成长的祝愿？

如今，每年仲春时节，我也像母亲那样，给孩子换上漂亮的衣裳，牵着她的手去公园看花。孩子也像极了我们小时候，眼睛盯着的全是与吃和玩有关的东西，在花前难以安静下来一分钟，我紧张地握住相机，渴望拍下她在花前嫣然一笑的娇美作为她成长的纪念和祝愿，她却淘气地奔来跑去，有意无意地躲避我的镜头。待我一身汗水，好不容易拍摄下了她天真无邪的笑脸，却发现背景已偏离了最佳摄影区。

我开始为当年不解母爱的柔情忏悔，跟哥哥说起这事，才发现他也有相似的心情。之后的春季，我们就不约而同地一起赶到妈妈家，拥着妈妈去公园看花。

春风依旧，牡丹含羞，而当年那位美丽少妇如今已是满头银发的老妪。哥哥趁母亲不注意的时候，拍下母亲俯身凝视牡丹花的宁和笑脸，就像当年父母追着我们的身影，拍下我们在牡丹丛边奔跑的欢乐。

发现我们在给她拍照，母亲便提起当年和父亲追着我们给我们照相的趣事。“你们这些孩子呀，怎么就不懂得赏花呢？你们不知道，当年想给你们在牡丹花前拍张好照片有多难……”我和哥姐就相视而笑。也许，只有做了父母，才懂得陪亲人赏花的意义。

“邀勒春风不早开，众芳飘后上楼台。数苞仙艳火中出，一片异香天上来。”春风里母亲慈爱的笑脸艳如牡丹，人间有爱，牡丹花香自长在！又是百花盛开的美丽时节，静静地陪着母亲走在牡丹丛中，享受着亲情的温馨和春天里的喜悦。

思念的温暖和苍凉

正在办公室写稿，有人来找，是基层的一位工人师傅。

“写了篇小诗，想投给副刊，请您帮我打成电子稿吧？”他很谦卑地递给我一纸手写稿。

我点点头，搬来一把椅子请他坐下，然后，飞快地打起他的文稿。

“春风像仙鹤的翅膀/轻轻地轻轻地荡漾/花的芬芳/挡不住儿的泪光/她在天上/孩儿在地上。细雨人间飘扬/思念诉说着忧伤/花儿开了/可还是有些凉/她送来花瓣做的衣裳/孩儿在地上/她在天上。”

诗很短，却有一种很能打动人心的凄美，想起清明将至，多少人亦会如他，为逝去的亲人而泪雨纷飞，不禁地，心头涌出几多感慨。

我很快就打好了，帮他投了稿后，忍不住安慰他：“大哥，别难过了，生活还在继续，您和妻子一起带好孩子，快乐生活。因为你母亲在天上希望你快乐。”

他愣了一下，摆摆手：“妻子病逝了，我的儿子都非常想念她。这篇就是我以儿子的口气，写给妻子的一首诗，清明节快到了，愿她天上有知：我和儿子很想她。”

一番话，说得我心里酸酸的，一时不知怎么安慰他才好。他揉了揉湿润的眼睛，很伤感地说："她一直很喜欢我写的诗，以前，每次写好一首诗，我都会读给她听，喜欢看她充满崇敬的表情。现在，只能在心里读给她听，我想让她知道，这么多年，和她在一起，很幸福。还想让她知道，我每天都在想她……"

"想让她知道，我每天都在想她。"他的话，让我突然想起曾听过的一个感人故事。

一对青梅竹马终结伴侣的小夫妻，婚后不久，男人调到了销售部门，一年四季除了节假日，每天都要天南地北地联系业务，非常辛苦。每次相聚，两人都有久别胜新婚的甜蜜。一次意外的车祸，夺去了男人年轻的生命，女人抱着幼小的孩子久久地坐在男人的墓碑前，一遍遍地述说着自己的思念。但是，她的表达方式很特别，她说："我知道，你又出差了，这次去的地方很远。但是，你放心，我会带好儿子，让他长大了也像你一样优秀。亲爱的，你知道吗？我想你，像每次你出差在外那样想念你。"她将一束鲜花放在他的碑前，墓志铭上刻的八个字，是她寄托思念的心语——"我知道，你又出差了。"

我思念的那个人是在天堂上的爸爸。小时候，清明节曾跟着老师去烈士陵园扫墓，当时年龄小，还以为是踏青郊游。并没有体会到死亡的悲壮和忧伤，更感受不了清明时节雨纷纷的断肠。直到2006年的清明节，我和妈妈再也握不到父亲那温暖的手了，才知道世上有一种思念是怎样地催人泪下。

那天，我捧着一束菊花，泪眼朦胧地长跪在父亲的坟前，对着冰冷的石碑，诉说着我的思念："亲爱的爸爸，我们来看您了，真想再看看您慈祥的面容，想让您再牵着我和妈妈的手，这里那里地走……您放心，我和哥姐会照顾好妈妈的……爸爸，愿您天天快乐，记住我们想念您。"临走，我将花瓣一片片地扯下撒在爸爸的墓前，一阵风吹过，花瓣飘落一地，手中光秃秃的花枝，像我那颗失去父爱而变得空荡的心……

这个世界，最温暖的事，便是绵绵远远的思念。曾经共同走过了一段人生路，那些相依相伴的幸福，如阳光和花朵，温暖、点缀了我们的生活；最苍凉的事，还是绵绵远远的思念，曾经深爱你的那个人再不能陪伴在你身边。忧伤时，听不到她（他）的慰藉；快乐时，也不能与她（他）一起分享甜蜜；孤单时，想拉住那只熟悉的手，却永远也拉不住了……

心有桃花开

阳春三月，该是桃花唱主角的季节吧？

春风过处，桃花飘舞。荒山野岭、街头广场、社区院内，随处可见桃花悄然怒放的身影。一场花事，成了三月特有的景致，缤纷了我的思绪，让我想起那些和桃花有关的往事。

她是我的一位女友，出嫁那天，也是这样一个桃花初绽的三月。那天早上，我和她另外几位好友匆匆赶到她的闺房，准备迎接新郎娶亲的队伍。在她桌上的细颈玻璃瓶里，我看到了几枝开得正艳的桃花。粉红的桃花，连同娇美的新娘，不由地让我想起《诗经》里的一首诗。

“桃之夭夭，灼灼其华。之子于归，宜其室家。”或许，桌上那瓶桃花正是父母对女儿婚姻幸福的祝福——桃树开得茂盛的时节，桃花鲜艳无比。姑娘嫁过门啊，定使家庭和顺又美满……

十多年岁月的风拂过，花开花落中，当年那个携着桃花出嫁的姑娘，如今已人到中年。夫妻琴瑟和鸣、相敬如宾，女儿学习优异、多才多艺。这样宜其室家的女人，自然赢得了公婆一家人的喜爱和尊重。

她是基层车间的一位女工，技校毕业后分到我们公司做装配工。一位在车间实习的青年大学生悄悄地爱上了美丽善良的她。在他眼里，她单纯得有点儿“二”，却又恰是那份不加任何掩饰的单纯，让她成了开在他心中的一朵桃花。

因为想和她在一起，这位名牌大学毕业的小伙子本有去事业单位工作的机会，却主动要求留下来……婚后，她除了努力干好自己那份工作之外，还尽可能多地承担起家务，让他有更多的时间和充沛的精力在事业上干出一番成绩。而他，也没有辜负她的期待，如今已是单位年轻有为的科级干部……桃花灼灼盛开的日子，他带着她和女儿去公园游玩，看着端庄美丽的她和漂亮懂事的女儿在桃林间嬉戏的身影，她又何尝不是他眼中那类宜其室家的好女人？

她是机关科室的一名女职工，高挑苗条，开朗大方。年轻时是公司文体活动的一把好手，跳舞、唱歌、打球、时装秀……几乎样样都拿得出手，据说，当年追求她的小伙子能排成一个加强连，但喜欢桃花的她，也像桃花一样接地气，从不好高骛远。她选择的他，当年也是这个企业的一名普通职工。婚后为了照顾好家人和孩子，她主动放弃了丰富多彩的业余生活，转而精心培养女儿成长成才。如今，她的他，也是事业有成之人，女儿不仅成绩优秀，还会弹古筝，在全国级的儿童才艺比赛当中获过金奖。

那天，她笑着跟我谈起她的先生，说他现在越来越懂得顾家、疼人了，一回家就跟她争着做饭、洗衣，每次出差前，总不忘买好她和女儿爱吃的水果……她的好，她没有说。可旁观者都清楚，这样宜其家室的女人，男人如何不心疼？

“桃之夭夭，有蕡其实。之子于归，宜其家室。桃之夭夭，其叶蓁蓁。之子于归，宜其家人。”桃花不仅美丽，还能结出好吃的果实，繁茂的桃树，浓密的枝叶撑起代代繁荣昌盛的梦想。能娶到宜室宜家的女人，是男人的福气。而那些宜室宜家的女人，也以传统女性特有的温柔、贤良、知性、大方，成了一个家庭的春光，更是幸福生活的源泉，怀着家庭和顺美满、温馨幸福的心愿，奉献着花的缤纷、果实的甘醇。

因为喜欢，这就够了

那天看新闻，得知某地房价出现巨幅下跌，越来越多的业主选择了弃房断供的路。而我有位文友，去年就在那座城市投资购进了一套小户型房产。

怕她受损，我急忙上QQ提醒她："那里房价跳水，你要不要弃房断供啊？"她发过来一个微笑的表情："干吗要弃房呢，我挺喜欢那套小户型的呀，依山傍水的，很静、很美。去年旅游路过那里，正好看到景区附近新楼盘出售，我和爱人都挺喜欢的，就买下来了。想的就是闲时来这里度假小住一段，老了，还可以到那里长住，换换心情。"

我说："但是你现在又不住，放在那里价值不涨反跌，你就这么坐得住啊？"她笑得更灿烂了："涨也好，跌也好，那都不是我能左右的事，重要的是，我到现在仍然很喜欢那个小户型，这就够了……"

这就够了。好潇洒的心态啊！想想也是，钱花出去了，后悔又有什么意思？再说，买的是自己很喜欢的东西，那又有什么好后悔的？倒不如，继续保持购房初衷的快乐，做一个单纯的欢喜人。

曾听过一个民间收藏家的故事，也是如此单纯的欢喜人。那位老人，年轻的时候，收藏了一幅张大千的名画，他一直视为珍宝，珍藏了

20多年，其间，有人欲以他购画之初的十倍高价收购此画，他不舍得，没卖，一直挂于卧室，每日以丝绢小心擦拭浮尘，静心观之，乐此不疲。一日，老人的儿子征得老人同意后，带着那幅画参加了市里的一个民间收藏家交流活动，三位民间鉴宝师反复观看了那幅画后，很遗憾地告诉他："这是赝品，不值几个钱的。"老人的儿子当场惊得面如死灰，恨不得把那幅画丢进垃圾桶里……回来后，老人听儿子说那画是赝品，他不急不恼，折身回卧室，将画挂起，仍每日仔细保养，珍之若宝。

某日，老人应邀去省电视台录制一个民间收藏艺术的节目，老人带去了一把明清紫砂壶和那幅张大千的画。那幅画，引来一位著名鉴宝大师的注意，经其和助手反复鉴定后，断定这是张大千早年的成名作品之一，有着极高的鉴赏和收藏价值……在电视机前收看这个频道的老人的儿子，激动得血压升高，恨不得立马飞到录制现场，将那幅价值连城的画据为己有。

老人回来后，儿子向其索要画，说准备卖个高价，买套四居室的大房子，接老人过去同住。但老人拒绝了，说："我当初买这幅画，就是单纯的喜欢，没想过倒进倒出地赚什么钱。所以，你曾说这是赝品，不值钱，我不悲；现在，有人说这是真品，很值钱，我也不动心……"

这么单纯而坚定的喜欢，着实令人敬佩并感动。

幸福的人生，的确不必那么患得患失。只要自己喜欢，那么就这样简单而坚定地爱着、守着，这就够了。

藏在烦恼背后的幸福

同学来访,一见面就大倒苦水。

“我家孩子都11岁了,还是那么不懂事。吃完饭,一推碗,就去她那屋听音乐、打手机去了。说她几句,还振振有词,‘不是还有你和我爸来干吗?知道不知道我天天上学很辛苦呀,回家也不让我省点力气。’你说气人不气人?难道我们上班赚钱养家就不辛苦了吗?”

我忍不住笑了:“她不懂事,那说明你们家很幸福啊……”

同学不知道,我小时也曾是这类不懂得体谅父母辛苦的小孩子。爸爸曾发愁地问我:“什么时候我们家的小姑娘也会帮爸爸做点家务呢?”我不解地说:“一直都是妈妈和姐姐来做这些,还用我来插手吗?”姐姐在一旁听到了,笑骂道:“你这个不懂事的小丫头!”妈妈笑得把刚喝进嘴中的水都喷了出来:“呵呵,还是老小最幸福。”

是啊,有爸妈和哥姐的宠爱,我的童年就是这般不知忧愁和劳累是何种滋味。

后来,一场意外的事故让我的听力受了损伤,亲睹为了治病而变得拮据的生活,以及父母为我的康复所付出的种种艰辛,我不再向父母要零花钱,争着和姐姐一起做家务。爸爸感慨万千地抚摸着我的头发:

“唉，我们家的小姑娘懂事多了。”

感谢苦难，让我知道了生活那沉重和不易的另一面。因为懂得，所以懂事。可我是多么希望能重新回到那段不懂得、不懂事的无忧无虑的幸福时光……

在外人看来，我女儿也是个吃完饭连桌子也懒得擦的不懂事的小姑娘，但他们不知道，这个不懂事的孩子在6岁那年，也曾懂事得令我心疼。

那年春天，我的父亲和婆婆先后患病住进了医院。我和爱人经常是一大早就跑到医院去给两家老人送饭，然后再去上班，年仅6岁的女儿吃完早饭，会擦好桌子、锁好门，独自背起书包去上学。那时候，我们每天只给女儿两元的零花钱，女儿经常会省下这两元钱，在放学的路上买把青菜或几个土豆带回来……懂事的孩子真叫人看着心疼。后来，生活又恢复了往日的宁静，对付家务，有我和爱人足矣，女儿也乐得自在，什么家务都懒得干了……

前一段时间，我在报纸上看到一个这样的故事：有位10岁的小女孩，两年前，为了母亲临终的嘱托，用稚嫩、瘦弱的肩膀撑起了一个家，每天洗衣、做饭、照顾弟弟和患病的奶奶，还要开荒种地补贴家用，做好繁重家务之余，仍在坚持学习，成绩名列前茅……还没有看完，我的眼眶就湿润了。

多么懂事的孩子啊，还是同龄人绕欢父母膝前的时候，却变得如此成熟勇敢。但是，如果不是她的母亲病逝、父亲在外打工，如果不是后来奶奶也身患重病，她还会像现在这么懂事得令人心疼吗？

一直都觉得，每一个孩子都是上天派来陪伴和帮助父母的天使，天使平时不忙碌，但是一旦苦难和艰辛的时期来临，天使身上那潜在的能量就会被激发出来，成为父母最好的帮手！所以，置身良辰美景中，请别急着责怪自己的天使不懂事，她们的不懂事，恰恰说明你们一家此时此刻，正生活在不被灾难打扰的幸福里。

如　玉

小城不大，但很雅致，越往东走，越能感受到城中弥漫的那种浓厚的文化气息。

沿着钟鼓楼西面的那条小道向南拐去，便是一溜出售工艺品的店铺。几乎每个店铺都是朱漆的雕花门窗，透着一股怀旧的色彩，令人想起生命中那些久远的回忆。

这些店铺，有的卖牡丹瓷，有的卖书画，有的专营翡翠，最尽头那家是个小小的玉店，专卖和田玉。田如玉就是这个小店的老板，像她的名字一般，与玉有缘——独自经营着一家玉店，一开，就是十年。

十年前，田如玉从技校毕业分到我们机动科划线班组，她的到来，让平日里死寂的班组有了活力。柳叶眉、小蛮腰，脖上吊着个玉如意，腕上戴着对玉手镯，一看，就是好打扮的那一类。她一来，就把相貌平常、着装朴素的我和秋儿比了下去。

自从田如玉调进班组，组里那几个来了任务得叫师傅吆喝上半天才懒洋洋地从长凳上挪开屁股去找工具的男青年突然变得勤快起来，有事儿没事儿，都喜欢往田如玉身边凑。他们心甘情愿地抢着帮她固定工件、划各种复杂的定位线，全然忘了自己的活儿已被科长催过数遍的危机……而之前，这种“特权”我和秋儿也享有过，可自从田如玉来了，那些复杂得让我一看就头疼的定位线，就得我自己动手想办法划了。

我愤愤然地冲秋儿说：“看她那张扬显摆的样子，一看，就不是来干活儿的。要不了多久，就得走人。”

秋儿停下手里的活儿，问：“姐，你怎么知道？”

我用纱布使劲地擦拭着沾满机油的手，反问道：“你见过哪个划线钳工的手像她那样白皙如玉的吗？干粗活儿，腕上还晃着一对玉镯子，掂个锤子也得戴上手套，就不是干活儿的料……”

秋儿扑哧一笑，低下头继续划她的工件，正站在不远处看工艺图的田如玉闻声往这边看了看。不知她听到我刚说的闲话没有，我心虚地想避开她的目光，却发现，她正妩媚地冲着我笑。我冷冷地哼了一声，低头继续擦着手，恨不得马上把沾满绿色划线液和褐色机油的手擦拭得像对面的那双玉手……

果然被我说中了，来这里不到半年，田如玉就调走了，有人说，是调到事业单位办公室了；也有人说，辞职去经商了……按说，我和秋儿应该高兴，可不知为什么，每次我和秋儿看着田如玉用过的操作台，心里都像少了点儿什么似的，有些伤感。

再见田如玉，是秋儿拉我去逛玉店。

那天，秋儿心血来潮，想买一个玉佩，硬让我陪她跑遍了小城大大小小的玉店，最后转到的就是这家。

“姐，你看，这个一色白的好还是那个白中夹带了点黄皮的好？”秋儿问我。

我看了看标价，心想，肯定是贵的好了，就说，要一色白的吧。

“这个俏点黄皮就挺好，价钱也不贵，而且，你们若买，我愿以成本价卖给你们。每枚50元，怎么样？”

好熟的声音,我和秋儿不约而同地抬起头,一张年轻妩媚的笑脸正对着我们。

没错,是她,田如玉……

我和秋儿有些尴尬,转身想走,她叫住了我们:“好久没见两位姐姐了,非常想念……”

那天,我脑子晕头转向的,胡乱扯了几句,就没话说了。末了,田如玉很真诚地告诉秋儿:“真正爱玉的人,买的是新巧,价低不一定就不好,而有钱却不懂玉的人,买的是个炫耀,价高的玉一色直白,其实并不够美观。买玉,就挑个有特色的、自己喜欢的,才是最好。”

那天,秋儿买下了那枚带黄皮的玉坠。回头秋儿不放心地对比了几家玉店,很欣慰地对我说:“姐,这个玉坠我买值了,再也找不到哪家玉店比这更划算的了……”

我有些后悔,其实,自己也挺喜欢那一类皮色俏得好看的玉坠,可那天,拉不下脸来和田如玉言和,硬是装着不感冒……

什么时候玉价开始飞涨的呢?这两年,和田玉简直是打着滚往上翻价。前一段,临近女儿9岁生日,我想给女儿买个值钱的玉佩,又不懂如何挑,左思右想,还是硬着头皮去找田如玉。十年不见,也不知是否仍在那里……

田如玉的店,还在那里,和十年前相比,她的变化并不大,依然那么年轻、那么优雅妩媚,而单调、繁重的车间劳作差不多已耗尽了我的容颜,还好,她很快就认出了我,惊喜地迎上来拉住我的手。

她的店铺外面变化不大,但里面风格变了很多。十年前我们在这里见过的那些大众消费的小佩件已很少,店里多是高档的大型玉器。门店深幽清雅、来宾稀少,偶尔来上一两位,一看,就知道是非常阔绰的那一类。想想自己口袋里的那点儿钱,恐怕还不够买最小的一块料籽,我怎么也开不了口了。

“姐姐,这是我当年专门给你留的一枚玉坠,你要是想买,我还以当年的那个成本价卖给你。50元,一分不会多,一分也不能少。”她笑眯眯地从身后的抽屉里摸出一只精巧的首饰盒。打开一看,我吃了一惊,这正是当年我想买,却放不开面子买下来的那枚带糖色的玉坠……

那天,我们聊了很久,我发现,这位名叫如玉的女子,果然心纯如玉:当年我顺手帮她做过的那些小事,我早已忘记,她却仍铭记在心,而我当年的冷漠,她却只字不提。

临走,我没有要那块玉,倒不是我连50元都付不起,只是,我想,再也不能让世俗的眼光遮盖了红尘中闪烁的光芒,还是放在她那里吧,爱玉的她真的比我更懂美的价值。

浴火的凤凰

她一走进这个客房，我就吃惊地盯住了她的脸——这个带着阳光般灿烂笑容的女人，白皙的脸上却布满了烧伤的疤痕。当她友好地向我伸出手的时候，我发现她的手指卷曲并且不全……犹豫了一下，我还是紧紧地握住了那双手。

她是我这次参加省残协会议的同室。一个开朗健谈的女人。

她的名字很好听，叫梅丽。这个有着如此美丽名字的女人，身后却有一段不堪回首的往事。

18岁那年，美丽的梅丽到广东汕头打工，回来的路上，客车翻了，还没等她醒悟过来，车已爆炸，刹那间，车上的哭声和惨叫声此起彼伏。冲天的火焰炙烤着梅丽的衣裳，梅丽忍着痛跳出车厢就晕了过去……

待她再醒来的时候，已躺在医院的病床上了。烧伤面积达88%，让她痛不欲生。她不敢看镜子里那张包得只剩下眼睛的脸。她不能忍受全身那如火炙烤着的剧痛，那个时候，她甚至有点羡慕在车祸中痛快地死去的那些人……

纱布揭开了，梅丽颤抖着双手捧起镜子，吃惊地发现自己的右手五个指头只剩下末节，左手也少了两根手指，幸存下来的手指也严重弯曲着，四肢乌紫的皮肤让她不敢相信这就是曾经如花似玉的自己。

她静静地向我讲着她的故事，我听得有些毛骨悚然，而她却依然平平淡淡的，就好像在讲一个与她不相关的人的故事一般。

她说，曾经上街时受不了别人异样的目光、指指点点和窃窃私语，她感到很绝望、很压抑，来自心灵的痛苦远比肉体上的痛苦更深重。这位原本性格开朗的姑娘终日以泪洗面，在床上一躺就是三年。

失意和寂寞中，她开始找信任的人诉说烦恼来排遣内心的压力。慢慢地，她发现这是一个释放不良情绪、调节心理的好办法，想到还有别的残疾人可能也正处在她曾经的绝望中，善良的她产生了帮助残疾人走出心灵困境的念头。她在社区和残联的支持下开通了“梅丽热线”。

“梅丽热线”开通之后，收到了很多求助的来电，她倾注了所有的热情去开导残疾人还有某些想不开的健全人……听着来电中别人感谢她的话语，她感到了被人信任和需要的快乐。这个“梅丽热线”使她重新找到了生活的寄托，也给她带来了“走出去闯闯”的勇气。

“残疾，不一定会让你站不起来，却可能让你失去行走的勇气；疾病，不一定要你的命，却有可能会把你吓死……有勇气面对一切，才有走出困境的希望，走出去了，你会发现，前面又是一片明朗的天！”梅丽在开导别人的时候，自己的内心也越来越亮堂……

在宾馆，穿着时尚的梅丽大大方方地递给我一张名片，她已办起了梅丽婚介公司，她和先生一起承办着婚庆、主持等相关服务的业务，并且经营得相当出色。她用右手拇指、食指末端夹着笔写出的字居然比健全人写得还漂亮。她的勇敢和坚强为她赢得了爱情……

她笑着讲起她的爱人实在、不懂浪漫，讲她那天真可爱的小女儿的趣事……她那凹凸不平的脸上透着一种从容和淡定，这使她的笑容显得格外阳光，很难让人将她与她所讲的那个“曾沉浸在残疾的痛苦中不能自拔的梅丽”联系起来。

她说她很庆幸自己忍受了面目和全身被严重烧伤的那些常人难以想象的痛苦，从最初不愿出门、终日以泪洗面的低谷走出来之后，她发现——活着，就有希望；活着，比什么都好！

谈起她的工作和生活，她笑得很甜：“当上老板了，成了省残疾人代表了，连我自己也想不到啊……”是啊，靠着勤劳和智慧，还有国家关爱残疾人的民生政策，梅丽的生活是越来越好了。

也许，真正的强者也都不是天生就有一副威武的面孔；也许，只有从软弱中走出来的坚强才更有韧性。正如她，凤凰浴火，超越了最初的怯懦，才会如此自由潇洒地在蓝天上飞翔，并且飞得很高很高……

舞　者

一

认识她，是在牡丹广场教跳肚皮舞的一个公益性舞蹈沙龙中。

那晚，我和十几名学员跟着肚皮舞教练学完《印度新娘》后，练功服已被汗水沾湿，紧紧地贴在身上。我掏出纸巾擦汗的时候，有位老学员走过来跟我聊起天来。

交谈中，我发现，她的听力也不好，同病相怜的感觉让我们的心一下子靠得很近。回家后，我们互加了对方的QQ号。

她就是辉，一位名字很阳刚，性情却非常柔媚的中年妇女。

辉算不上漂亮，但很耐看。水汪汪的大眼睛，娇小的身材，肤色很白，一头乌黑的秀发随意地在脑后扎了个蓬松的“马尾巴”，远远看去，青春靓丽。但是，当光线强烈的时候，辉眼角边的鱼尾纹就会悄无声息地透露她的真实年龄……不错，她已人到中年，比我还大两岁。

大我两岁的辉，学跳肚皮舞也比我早两个月。每当我动作做不到位的时候，辉就会像教练一样帮我校正舞姿。肚皮舞基本功中的大S和骆驼等姿势，对我这样没有舞蹈基础的人来说，绝对属于高难度的动作，但辉却能做得非常准确，身体柔软得像没有骨头似的。教练经常夸她，辉听不到，总是等众人的目光齐刷刷地射向她，还有人对她比出“剪刀手”或竖起大拇指的时候，她才明白怎么回事。

辉和我一样，听不到音乐，跳舞不是跟着音乐跳，而是跟着前面的舞友跳。所以我俩即使去得很早，也从不敢站在前排，更别说独舞了。我跳舞的目的是减肥，跳成啥样算啥样，辉跳舞的境界就高出不少，她说：“我喜欢舞蹈这门艺术……”

辉从小就喜欢舞蹈，在邰丽华还没因《千手观音》一举成名之前，她就想当一名聋人舞蹈家。可惜由于多种原因，这个梦想一直没能实现，现在年龄大了，这些也就看淡了，跳舞只图个精神上的寄托，喜欢跳肚皮舞，是因为这种舞蹈比其他广场舞更能展现女性妩媚性感的一面。辉说，如果有一天，能上台过过“舞蹈演员”的瘾，不论有多少掌声，她都会很满足的。

二

辉听惯了的声音，不是掌声，而是“轰隆隆”的机床声。辉是个标准的蓝领，在新区一家私企单位开铣床。

辉曾让我看过两个她珍藏多年的红本本，那是十年前，在一拖某分厂当操作工时，单位颁发的先进证书。先后两次当选个人先进的辉，在那场轰轰烈烈的国企工人下岗风浪中，也成了企业改制的牺牲品，拿到一万多元工龄买断费后，辉成了没有单位的自由人。

我问辉，怨不怨单位？她笑笑：“怨又怎么样？不怨又怎么样？改革要减员，我听力弱，竞争力差些，减掉就减掉吧，只要人不懒，到哪儿都有饭吃。”

辉有饭吃，这不假，但没多久我就发现，她这碗饭吃起来也真不容易！

那晚跳舞，辉比平时晚了半个小时才来。来的时候，还戴着副茶色的太阳镜。我笑她："晚上还戴太阳镜臭美。"辉不好意思地摆摆手，摘下眼镜叫我看……天哪，她右眼皮上方有道已渗出血的划痕！

"怎么了？"我吃惊地问。

"开机床，飞起的碎铁屑划破的。"辉重新戴好眼镜。

"给单位说了吗？给你开两天工伤假休息一下。实在不行，请两天事假吧。"

"公假可不敢说，那是私人单位啊，我听力不好，老板能留用我工作就不错了。事假也不敢请，工资才1500，再扣，就更没钱了。"

她的一番话，说得我心里酸酸的。

"不说了，不说了，快跳舞吧。"她笑着催我。我俩就一左一右地站在后排，跟着前面的队员跳了起来……

转眼到了春天，我上网看到河洛文苑版主洛神在征集文苑七周年庆的节目，想起辉那个想上台表演的梦想，我向舞蹈教练刘老师提议，由她带着我和辉一起参加文苑周年庆联欢会。刘老师爽快地答应了。辉知道后，喜上眉梢。

表演进行得很顺利，文苑网友"千雨荷""春雨""风行疾走"等网友为我们拍了很多表演照，我一一拷贝下来，从QQ上传给辉。辉从网上发过一个感动的表情，打出一行话："谢谢你，谢谢摄影师们，看把我拍得多漂亮啊。我终于有了舞蹈表演照。"

三

那晚，我们又去广场跳舞，老师有事没来，看看时间尚早，辉很热情地邀请我去她家做客。

听到我们进门的声音，辉的母亲走了过来……不，应该说，是摇着轮椅过来的。我心里一惊。

辉推着母亲进了卧室，我跟着走进屋内，在沙发上坐了下来。屋里光线好，我这才发现，辉的母亲双眼都是白茫茫的。辉的父亲戴着老花镜在看报纸，见我进来，点了点头，又低头看起报纸。辉的女儿正在另一间屋里写作业，怕影响孩子学习，我和辉打着手势聊了起来。

“你母亲眼睛不好？”

“是呀。去年做过一次手术，效果不好，看东西仅能看到轮廓。”

她母亲听了听这边没声音，就摇转轮椅，侧耳倾听电视里的说话声。

我不经常用手语，复杂的词汇打不出来，辉找来纸和笔，开始和我笔聊。

笔聊中，我得知，她母亲身体一直不好，几年前，腿不知什么原因痛得走不成路，再后来，眼睛也出了毛病。茶几上那凌乱散放着的几个白色小药瓶就是母亲常备的药品，高昂的医药费，让这个原本已很清贫的家庭雪上加霜。

正说着，一位比辉稍大些中年女人走进屋来。辉向我介绍道：“这是我姐。”女人“哇哇呀呀”地跟我打了个招呼，在沙发旁的板凳上坐了下来。

辉的姐姐也是听障人，听力比辉还差，所以她基本上不会说话，上的是本地的聋哑学校，初中一毕业就接母亲的班进一拖公司当了名工人。辉的姐姐很“健谈”，手语加笔谈，我了解了更多辉的生活。

辉和姐姐一生下来听力都不好，辉聪明，靠着残存的那点听力，居然也学会了说话，辉和姐姐参加工作后，都找到了健听人做伴侣，可惜，孩子未满三岁，辉和前夫的婚姻就出现裂痕。离婚后，辉带着女儿搬回娘家，和父亲一起照顾体弱多病的母亲。

一大早起床准备一家的早饭，然后侍候母亲洗漱，吃完饭送孩子上学，自己再匆匆赶到新区工厂上班，下班后再赶回家做饭，晚上还要给母亲熬药、按摩，检查孩子作业……这就是辉持续了很多年的生活状况。辉像个上足发条的陀螺，在生活的逆风中拼命地转着，越转越瘦，瘦弱的仿佛风刮得大一些，就能把她吹跑了似的。已出嫁的姐姐看着心疼，主动提出每晚都回娘家帮忙，让辉晚上有个自由支配的时间，放松一下。辉选择的放松方式就是跳舞。

辉的姐姐夸辉手巧，会裁剪、擅针织。怕我不信，她翻出压在箱底的几件辉亲手织出的披风和外套。辉自豪地把针织衫披在身上，果然，既合身，又漂亮。

看着辉被那件勾花针织衫衬得年轻妩媚的笑脸，我心里的感动越发地浓厚起来。

我问辉："你这么累，一定觉得很苦吧？"

"以前也觉得苦，现在不觉得了。父母双全，姐姐疼爱，女儿也好学、懂事，说她长大了要当列车员赚高工资让我过上好日子。晚上还可以去跳时尚的肚皮舞，过得很充实、很快乐……"

我的眼睛湿润了……残疾、贫困、离婚、下岗、老人行动不便，这些常人眼中的倒霉事儿，辉都摊上了，但她并没有因这些愁苦而失去热爱生活的激情。她懂得自食其力，用劳动赚取衣食所需，还学会了烹调、针织和裁剪，把清苦的日子过得有滋有味。她有亲人在逆风中相依为命，有孩子在贫寒中懂得奋进，她还从跳舞这个爱好中找到了调剂生活的方式和乐趣……真不知世上还有什么艰辛困苦能打败这样的女性？

不错，辉不是舞蹈家，却是一位生命的舞者。她的人生本是一首低沉、忧伤的乐曲，她却以乐观、积极的心态，顶着生活的逆风，舞出昂扬的精神和令人赏心悦目的姿态，感动了多少像我一样走进她生活中的人。

从辉家出来的时候，已是夜里10点多了，辉怕不安全，一直把我送到平时跳舞的广场路口，这才挥手向我告别。我加快步子向家走去，在经过每晚跳舞的那片空地时，我仿佛又看到了辉伴着听不清楚的韵律，跟着大伙儿翩翩起舞的身影。

那年乡村看社戏

“暮色里，旧歌戏。乡间草台唱不已。摇蓬船，听几曲，胡琴咿呀渔光寂。远处村庄桨声细……”每想起这首歌，就又想起小时候跟着父亲回老家过春节的那段往事。

老家是父亲儿时熟悉的家园，于我来说，却是陌生而新鲜的庄园。下了火车，看不到城市街头熟悉的公交车和中巴，有的是一望无际的土地。乡村的运输业远不如城市的发达，父亲拉着我的手，在被寒风冻得干硬的土地走了半个多小时，才找到一辆载客的三轮摩托车，我们坐上帆布包绕的后座，在坑坑洼洼的乡村土地上颠簸了一个多小时，终于找到了大伯家的院子。

还是头一次坐上那种被柴火烧得暖烘烘的土炕，我好奇地学着堂哥、堂姐的样子，盘腿坐在炕上的小桌边，伯娘捧来瓜子、花生、核桃和自炸的面食，热情地招呼我们吃。暖暖的亲情，就像炕下烧得旺旺的柴火。

正月里乡村的黄土地，像村头那条上了冻的小河一样空旷而贫瘠。忙碌了一整年的农人，终于有了彻底放松身心的时机，在扫房子、蒸年馍、贴对联、包饺子等新年的节奏里忙碌了十天半月后，就着正月里炸响的鞭炮声，开始尽情地享受过年的闲逸和欢欣。

20世纪80年代初期的乡村，多数人家还没装电视。在初一到十五这段一年里难得的农闲期间，女人们喜欢串门、走亲戚、拉家常，男人们则爱凑在一起侃大山吹牛皮、打麻将下象棋，老人们也不甘整日里窝在阴寒的小平房里让心情发霉，他们会找个天晴的日子，搬了小凳子在自家院里背风的地方边晒太阳边自言自语……时间一下变得悠长，像走累了的行人，在女人们的话题中、男人们的麻将里、老人们的自言自语中拉出长长的影子。

正月里的风还残留着腊月寒风的犀利，但阳光却已映上了春回大地的暖意。对乡民们来说，过年最愉快的享受就是听听社戏。乡村的社戏无疑是精神生活的饕餮大餐，在那个年代闭塞的小乡村里传播着艺术世界中的真善美和年的喜气。

那年初五，村长请来一个戏剧团为乡民们演社戏。说是舞台，其实只不过是在村里一块空地上搭建的草台。当堂姐拉着我赶到那片空地时，草台下已围了很多很多的人，我们人小，站在大人身后，台上什么也看不到，能看到的都是前面观众的腿和后背。堂姐像条小鱼，拉着我的手灵活地在人海里穿梭，终于把我带到台下最前面的位置，我俩仰着小脸好奇地看起戏来。

我从小跟着爱好艺术的妈妈在剧院中看过数场戏，但像这样在露天的草台下看戏，还是头一回。仰头间，但见演员们唱念做打，风韵十足，侧耳中，鼓胡笛筝，悦耳动听。只是那时还小，台上唱的是什么意思，我和堂姐听不懂，也不太感兴趣，我俩感兴趣的是演员们脸上涂抹的油彩和手上拿的花枪。特别是几个脸涂油彩的老生，手持花枪抛向花旦，那双眉入鬓的貌美花旦轻甩水袖，左踢右蹬，威风凛凛又姿态优美地将花枪一一挑起，“射”向老生……那组美轮美奂的镜头，至今仍萦绕在我的脑海中。接下是老生出场，那唱腔拖得悠长，“哎哎”“啊啊”的拖腔，让我想起母亲哄我入睡的催眠曲，昏昏欲睡中，扭头看到堂姐还在认真地仰着脖子看台上，我问堂姐，这演的都是啥意思？她抿着嘴偷偷笑了半天，悄悄地告诉我：“管他啥意思呢？咱看的是花旦长得美不美，小生的武艺高不高。”

戏后，堂姐拉着我到后台看演员卸妆，正巧看到让我俩心生崇拜的那位花旦正在工作人员的帮助下小心翼翼地摘着头上的银钗，发现我俩死盯着她看，就扭头冲我俩笑笑，堂姐不好意思地回她一笑，然后拉着我的手飞也似的跑了……

晚上，堂姐找来她画画用的水彩，照着白天那位花旦的扮相给我俩化了妆，她还找来枕巾和纱巾塞入我俩袖口装水袖。当两个脸上涂得花花绿绿的“小旦”轻挥“水袖”出现在大人面前时，满屋子哄笑声，几乎响过大年夜的鞭炮……

32年的时光过去了，如今，当年的小姑娘早已为人母，却没有机会再顶着新春的风，欣赏一次在草台上演的那种接地气的戏曲。

“时光老去远了年少的我，盛妆唱的那一曲。戏台上老旦已记不起，当年回眸的可是你……生旦来又去，净丑映涟漪，便将草台收入纸伞中，带回梦里续一曲……”想老家的时候，就轻哼一曲，重温当年那场乡村社戏。

碧管丹锋爱意浓

朋友指着摊在桌上的一堆浅咖啡色的“毛笔头”向我炫“宝”：“你知道这是什么植物吗？”

我脱口而出：“紫玉兰花的花蕾，中医药名叫辛夷，是治鼻病的一味主药。”朋友诧异：“原来你都知道呀？！”

我笑了：“你忘了？我大专时读的就是中医专业呀……”

在河南，紫玉兰是比较常见的一种会开花的观赏型植物。每年春天，在城市公园的山坡，抑或在城市广场小径边，都有紫玉兰挺拔的身影。那一树树的花开，在春风中静静地散发着香气，硕大的紫色花瓣“坐”在高高的枝头，观者须仰头方可欣赏，令我常联想起宋朝周敦颐《爱莲说》中赞美莲花的名句“香远益清，亭亭净植，可远观而不可亵玩焉”。

爱花的人喜叫它玉兰，连“紫”都省了，就像亲切地呼唤自己孩子的小名。但爱药的人，更喜欢叫它辛夷。李时珍曾在《本草纲目》如此介绍辛夷：“夷者荑也。其苞初生如荑而味辛也，入肺、胃经，治头痛、鼻渊、鼻塞不通等症……”《中国药典》也提到辛夷炮制的步骤：早春花蕾未放时采摘，剪去枝梗，干燥即可。干燥的花蕾，像圆锥，基部带有木质短枝，远远看去，像极了毛笔头。难怪在民间，紫玉兰常被称为“木笔”。而那笔状的造型，在文学家眼中，就是渲染春色的一管管绘就水墨画的毛笔。

宋代诗人张朴曾著诗吟诵紫玉兰——“亭亭花一树，乍发小东墙。碧管描春色，丹锋点化工。凝窗时染翰，弄影日书空。莫问龙蛇事，临池兴不穷。”在张朴眼里，这种植物就是一管管描绘曼妙春光的墨笔，丹锋一点，春意盎然。

儿时体弱，经常患上感冒。病来涕泗交流，病走仍是鼻塞不通，不闻香臭。父亲便带我去看中医，在中医大夫开的那一剂剂中药材中，就有好些这样的“毛笔头”。

“辛夷花、杭白菊、苍耳子各10克，加入清水100毫升，浓煎取汁，置于滴鼻瓶中滴鼻，每日每侧2—3滴，每日2次，连续1—2个月……”父亲虔诚地将药方折起来揣进内衣口袋，拉我过来向大夫致谢才匆匆带我离开。回到家，父亲小心翼翼地将一剂中药置入砂锅里煎煮成黏稠的药汁，灌进小巧的塑料滴鼻瓶中，每天遵照医嘱为我滴鼻宣肺通窍。药效的神奇加上父亲的精心照料感动了天地，我那被浊涕堵塞多日的双鼻渐渐又分得出香臭来了。

读高中时，我嗜食辛辣，加上功课繁重，有一段时间，心火加胃火，让我左侧牙龈腐烂肿痛，撑得左腮帮鼓鼓囊囊的，像塞着一大块馒头。因为无法咀嚼食物，我那些天只能顿顿喝稀粥。父亲就找来一些干燥的辛夷花，与蛇床子共碾为末状，加些细盐掺为一体，用吸管小心地吹敷在我那浮肿的牙龈上，反复数次，肿痛消减。

成家后，我像父母当年呵护我一样，呵护我的女儿。我会在她感冒鼻塞不闻香臭的时候，将辛夷、皂角、石菖蒲共研为细末，用药棉裹住药末儿塞入她鼻中；我会在她着凉鼻塞头痛的时候，用辛夷花与鸡蛋加水同煮，让女儿饮汤吃蛋，宣肺通窍……

那一个个“毛笔头”，带着爱意和特别的辛香气息，点缀了我们平凡却充满温馨的生活。

合欢不羡富贵花

“吐尖绒缕湿胭脂。淡红滋。艳金丝。画出春风，人面小桃枝。看做香奁元未尽，挥一首，断肠诗。仙家说有瑞云枝。瑞云枝。似琼儿。向道相思，无路莫相思。枉绣合欢花样子，何日是，合欢时……”

初知合欢，是读纳兰性德的诗词，一句“仙家说有瑞云枝”，让我想入非非地觉得合欢花必是“此花只应天上有，人间难得觅芳容”这类珍稀品种的植物，即使有幸见其芳容，那也定是可望而不可即的尤物。

及至那年学中医，老师说合欢的俗名叫马樱，我这才知道，原来小时候大人们唤作绒花和马樱的树，还有这么吉祥诗意的名字呢，那开满毛茸茸的红色扇形花朵，原来就是纳兰性德诗词中的合欢花！这真是“众里寻他千百度。蓦然回首，那人却在灯火阑珊处”。意外的惊喜，让我对这种“叶似含羞草，花如锦绣团。见之烦恼无，闻之沁心脾”的合欢花有了更多的好感。

在我们这里，合欢是一种很常见的树，不仅在公园中常有这种落叶乔木的挺拔身影，寻常的马路两边，时不时也能找到一两棵这样的树，仲夏前后，悄然开出红艳艳的扇形的花，散发着淡雅的香气，令人心旷神怡。

老人说,这种高高地长在树上的美丽花朵,像人类一样,日出而作、日落而息:每到花期,太阳一出来,它便慢慢地舒展开花朵,像一把把拉开的小红扇,甚至连叶子也会两两相对、昼开夜合,难怪在中药书上,它的名字也叫"夜合欢"。关于这种日开暮合的特点,清朝诗人乔茂才有首诗写得特别形象——"朝看无情暮有情,送行不合合留行。长亭诗句河桥酒,一树红绒落马缨。"

在古诗词里,合欢花是幸福婚姻、夫妻恩爱的象征;在风景艺术当中,合欢树是一幅绿叶配红花的美丽画卷。但您可知道,合欢树的皮,连同它开的花,都是有名的养心安神类中药材。

《金匮要略》中的有个张仲景的名方——甘麦大枣汤,是养心安神、和中缓急、补脾益气的经典名方。有段时间,我用脑过度,夜间一度失眠,白天头晕眼花。我试着在书上找来一个甘麦大枣汤的"拓展方",在甘草、小麦和大枣三味药里添加了酸枣仁和合欢花,煎汤代茶饮,效果非常明显。都说"千金难买一宿眠",想想几味很常见的中药材加上了这种家乡路边很常见的普通观赏类花朵,就能渐渐摆脱失眠的烦恼,我暗自赞叹中医的博大深广。

老家有个风俗:新婚小夫妻同房前,男女双方各喝一杯合欢茶,据说喝了以后夫妻会恩恩爱爱、白头偕老。我结婚那年,老人也这么对我说,当时只道是迷信,并不以为然,后来才懂这是有一定医学依据的,因为不论合欢皮还是合欢花,都有疏肝解郁、安神定志的功效,合欢皮除了能解郁安神,还是活血消痈的良药。

医书上有个治疗腰腿疼痛的方子:将合欢皮四两,牛膝一两(去苗),红蓝花一两,石盐一两,杏仁半两(汤浸去皮,麸炒微黄),桂心一两一起捣为末,加蜜共捣百余杵,揉丸如梧桐子大。每天一大早,以温酒下三十丸,晚饭前再服一次。这个中老年常用治腰腿痛的方子就是利用了合欢皮能活血止痛的特点。

中医药学上有载：合欢有“安五脏，和心志，悦颜色”之功能，因此在强身、镇静、安神、美容方面效果极佳，夏季将合欢花泡茶或煮粥，还能清热解暑、养颜祛斑。

我就自制过清暑益气的冰糖合欢茶，很受家人喜爱：取少量冰糖，冲入白开水，再取4—6克合欢花加入，放凉后即可饮用。还有一种能润肠通便的合欢饮，也简单易学：取少量蜂蜜，冲入白开水，再取4—6克合欢花加入，放凉后即可饮用。

知道合欢花能医眼疾，是前两年的事。老公公喜欢看报，也喜欢剪报，每逢在报纸上读到自己感兴趣的知识或新闻，就剪贴在一个笔记本上保存。有一段时间，老人家觉得夜间视物有些模糊，晚上出门散步不太方便，又不甘心每晚闷在家里看电视，就戴上花镜拿出剪辑本翻阅明目去翳的偏方。那天，他找到的是这么一则偏方：“黄酒500克，合欢花、一朵云各50克，瓶口密封，放于阴凉处两周后可以饮用。每次饮用不超过15毫升，饮用前将酒温热再饮……”老人家便照方配药，然后腾出夏天自酿葡萄酒的玻璃容器，如法炮制。一个月后，老人家已感到明显的效果，晚上也能跟我们一起出来散步了。

合欢花、一朵云，好浪漫的中药名呀，两味诗意盎然的中药材泡进黄酒，居然会有明目化翳的功效，让人对中医药学更添了一份好感。

那日闺蜜向我分享了一个养颜美容的食疗方：取干合欢花30克、粳米100克、红糖适量，然后往里加水500毫升，熬至粥稠即可，睡前一小时温服……她说，长喝这种粥，睡眠质量明显提高，黑眼圈、鱼尾纹不知不觉间消减了不少。要是有个小院子能用来养花种树，她是不会考虑那些昂贵的花草树木的，只想种下这么一株平凡、美丽的合欢。

“拖地”诗人

寒冷的冬日，很容易让人的心情不够开朗。

那天晚上，我的心情又有一些说不明道不出的忧郁。女儿闹着到牡丹广场踢毽球，我被纠缠不过就去了。

踢了一段时间，出了点汗，便四处张望着歇息。一直在旁边看我们踢的一位学者样的男人在我们一旁用毛笔蘸着饮料瓶中的水写着一首诗。

这里中老年书法家来广场“义务拖地”的大有人在。我没有在意。直到那位书法家跟我那蹦来蹦去的小淘气说话时，我才想看看他在地上写了些什么。

“一道画彩弧，空中飞白羽。华灯洗夜色，舞足笑母女。”我吃了一惊，这分明是写我和女儿踢毽球的小诗啊。现场题诗，而且写得不俗，加上那苍劲的笔迹，显然不是一个简单的“义务拖地”人。

诗人问我叫什么，我就坦然地告诉了他。那位诗人在其上题下诗名《看李红都母女踢毽》。

孩子乐得拍手笑，我也觉得有意思。我成了诗中的主角啊。

问其身份，诗人笑而不答，只是说他叫崔建设。对话中，他已发现我是一个听力残疾人。得知我也喜欢诗词，他在地上“拖”出了一首词：“红叶妆玉树，都市天赐如水月。如水月，娇辉婉如雪。花开且看菊丛中，羞未绝。月在无意今相约。”

我和一边的观者都称好。那位诗人笑着对大家说：“好好看看每一句的第一个字，连在一起组成一句话。共勉吧！”诗人如仙风般飘然而去。我细读每句的第一个字，才发现那是一句话——红都如娇花羞月。

这个诗人不简单啊！当然，我知道那只是恭维，我可没有他笔下写的那么好。但是这个偶遇奇事和出口成诗的奇人，倒也让人明白了什么是“大手笔”。我的郁闷被这偶“拾”到的好诗词一扫而光。

过了一周。周末的晚上我又和女儿到牡丹广场踢毽，再次碰见了那位崔诗人在“义务拖地”。显然他也认出了我。谈到我克服听力障碍自学读完大专文凭，后来又考取成教本科，并致力于写作的执着时，诗人回肠荡气地在地上“拖”下了一首诗：“精神高于摩天楼，仕志不移盖世秋。古来英雄巾帼女，浩天凌云竞风流。”引来围观者一片叫好声！

又过几许，崔诗人望着不远处的牡丹园思索片刻，在地上“拖”出一首《冬咏牡丹》——“萦情牵回眸，西风凋玉株。叶落不胜寒，花魂屹然著。”

周围一片掌声。我笑道：“崔先生太有才了！应该去投稿。”这位诗人笑着在地上“拖”了一首答谢诗：“爱文才疏浅，投稿万不敢。今得尔等夸，喜中掺不安。盛世出英才，不分尔女男。天道酬勤人，成功伴身边。”

好一位出口成诗的奇才！都说百姓当中藏龙卧虎无数。今眼见为实，我已在满地的水迹笔痕当中得证了……

衣襟带花，岁月留香

初识她，我还在读高中。那晚，我在家中收看企业闭路电视台的新闻节目。屏幕中，她穿着一件红色小西装，高挽发髻端坐在演播台前主持节目。柳眉杏目，顾盼生辉，说话间，有小小的酒窝在腮边时隐时现……早已记不清节目的内容是什么了，但那张清秀甜美的脸庞从此牢牢地留在我的脑海里。

十多年后，因为喜欢舞文弄墨，我也有幸迈进企业宣传部的大门。曾远在屏幕中的她，成了离我近在咫尺的同事，每天在同一部门中工作，进出间，低头抬头都能见到那张含着笑意的、端庄俊秀的脸。

岁月的风，不曾放过任何一张俊美如花的容颜。像许多年近五十的女性一样，她的眼角和额头也刻上了或深或浅的皱纹，但那清澈如水的明眸，仍像我记忆中的那么美，带着一种说不出的韵味，在视觉的空间里弥漫着淡雅的馨香。

见过很多像她一般年龄的女子，发福的腰身粗如水桶，即便有人沾了"瘦基因"的光，给人的印象却往往如"搓板"，少了女性的曲线之美。她也瘦，却瘦得有韵味，长腿细腰，虽不能与二八少女媲美，但与她这个年龄的女人相比，却绝对算得上是尤物。

自知身材好，她也喜欢在着装上往年轻时尚的风格上靠拢，别的中年女子不敢穿的小马夹、马蹄袖上衣、蓬松裙、窄旗袍，她都时不时地换穿在身上，搭配起或长或短的手包，或披散或高绾着一头秀发，再配以舒适的平底或坡跟鞋，抑或拇指细的高跟鞋，移足成景，步步生莲。

按说，像她这样年龄的女子，是不敢穿图案带花的衣裙，即使不被人笑"装嫩"或俗气，自己心里也多少有些搭配上的错位感，可她的衣裙上却常出现花的图形。即使选购一件穿在西装里的白色蕾丝打底衫，她也要选那类有暗花图形的款式。那些衣襟上的花儿，非但没将她的气质拖俗，反倒让她更显"文艺范儿"，走到哪儿，回头率都挺高的。

见她每周两三套服装换着穿，一个月很少穿重样的衣服，我忍不住问："你每周都买新衣服吗？"她摇摇头："我现在很少逛街，衣服多半都是年轻时买下的，因为身材没怎么变，所以都穿得上。近年来买的服饰主要是为了把旧衣服搭配出新意来。"原来，新旧搭配，也能生出如此时尚优雅的效果！那些闪烁在服饰间的美丽和智慧，带着岁月中沉积的香气，更添了她的魅力。

有一段时间，我在为自己鬓角悄然生出的十多根白发烦恼。某日，她披一头蓬松的秀发与我擦肩而过，我拉住她讨教留住青春的妙方。

她听了，呵呵地笑道："我这是染的……"她的表情从容坦然，看不出青春易逝、美人迟暮的感伤。说完，一捋秀发，就进演播室录节目去了。

作为我们企业的第一代电视人，她在镁光灯下已工作了近30年的时间。去年年初，她从演播一线退下，到部门管理科做了一名普通的科员。告别了心爱的演播岗位，每天做着打扫办公室卫生、收发信件、打印文件等杂务，想必她内心会有一些失落。但她仍然是那个眼含笑意、衣襟带花的俏佳人，举手投足间，依然优雅自信。

曾看过一台电视选美活动。参选的女性个个年轻靓丽、青春逼人，或许她去参加这样的选美，是拿不到什么奖项的。但我却觉得，如果能按年龄分段选美，她定会获胜而归。因为她的气质与《北京人在纽约》中那位风情万种又独立自尊的女主角阿春有几分神似，在她们这样的年龄段里，她绝对是无可挑剔的。

业余时间，她也活得多姿多彩、魅力四射。她和十几名要好的老姐妹组建了一个女子合唱团丰富业余生活，她们定期去听专家教授的声音课，每周日打扮得漂漂亮亮地结伴到公园排练合唱节目或欣赏风景，在那群资深美女当中，眼含喜悦、唇角飞扬、衣襟带花的那一个，不用我说，你也能猜出是她。

人生的特殊奖赏

初次见到他，是在广州中山图书馆一楼会议厅的大门口。那天早上，我们30名来自全国各省的选手提前赶到那里，准备参加全国首届听障人演讲比赛决赛。看看表，还有半个小时的时间，有人掏出镜子补妆，有人则抓紧时间排练。

我也开始抑扬顿挫地做最后一遍演练，“各位领导，各位评委，亲爱的朋友们，大家好……”周围的人都在忙自己的事，并没有谁把目光移到我身上。突然，有个少年走近我，静静地倾听我的演讲，还在我讲完后，冲我竖起了大拇指。

少年很瘦弱，一米五几的个头，身材让我想起豆芽菜，他穿着一件像校服似的衬衣，静静地看着我。目光相触间，我注意到少年胸前挂着个和我胸前一模一样的参赛胸卡，想必他也是来此参加演讲比赛决赛的听障人。果然，当他转身离开的时候，我看到架在他耳朵上的那两只耳背式助听器……

来前就听说，这次决赛，最大的选手五十多岁，最小的才十几岁，正上中学，我估计他就是那传闻中的中学生选手了。但我想错了，通过他上台演讲时速录师打在会场两侧电子屏幕上同步字幕的文字，以及赛后他在微信群里与诸位参赛选手的交流，我才知道，他居然已是33岁的成年男人……

他原本并非残疾人，而是一个曾身患绝症的病人，是放化疗对听神经造成的损伤，才让他刚走进大学校园，就成了双耳失聪的听障人士。

11岁那年，他突感鼻咽不适、头痛难忍，起初家人以为他感冒了，没放在心上，后来，随着他"感冒"症状的不断加重，父母开始怀疑……带他去大医院做了检查，才发现小小年龄的他，居然患上了令成年人也闻声色变的鼻咽癌！

小小少年，已有烦恼，并且烦恼还真不少！鼻塞咽涩，头痛欲裂，呼吸费劲，种种痛苦压得他最初连想死的心都有了。是父母和老师、同学们的关怀唤醒了他求生的强烈欲望，"死马当作活马医吧，万一治好了呢？那不就一切都好了吗？"

从此，生性倔强的他，开始了与恶性肿瘤作斗争的"万里长征"。每次走进被病友视作"刑场"的放疗室，他都会微笑着冲身后的父母招招手，好像他只不过是去做一次普通的检查似的；癌细胞转移到腹腔，他被推上手术台动手术，他亦是微笑着向父母点点头，示意父母宽心，仿佛他只是准备接受一次抽血化验；捧起别人看来苦涩难当的中药汤，他眉头不皱，一口气喝光，然后冲担忧地看着他的母亲调皮地笑笑，说："妈，我感觉好多了……"

他也晕迷过，并且不止一次。20年间，他的父母多次收到医生给他下的病危通知，但他似有神助，每一次病危中的晕迷不醒，他都能在父母近乎绝望的泪水中重新睁开眼睛，让父母悲喜交加地抱着他号啕大哭。他成了医生和病友眼中带有传奇色彩的正能量，时常被主治医生拿来当作励志典型，鼓舞其他正在经受放化疗煎熬的鼻咽癌患者。

是什么时候变聋的呢？他已记不清楚。只记得考上大学后，因为放化疗带来的种种后遗症,他不仅记忆力开始衰减,左下肢肌肉出现萎缩,甚至耳朵也渐渐变“笨”了,他明显感到,听老师讲课越来越吃劲。

听不清老师的讲课内容,学习成绩自然会受影响,但他很快就找到了对策——买来教辅材料,废寝忘食地自学起来,并通过大量做题,提高对知识的理解和吸收能力。大学四年,他成绩突出,获奖无数,很难让人将他与一位失去听力的癌症患者联系起来。

毕业后,他应聘到家乡某司法单位当了名宣传干事,这可是个令很多人羡慕的工作岗位。甚至,在历经了漫长岁月与癌症作斗争的艰难险阻之后,这个瘦小却又分外强悍的男人终于战胜了邪恶的癌症病魔,争回了久违的健康!

天之骄子、国企干部,妻子贤惠、稚子可爱。在不知情者的眼中,他是幸运、幸福的男人,但他们不知道,为了争取到这些幸福,他足足与命运抗争了20年!就在这场20年的漫长战争中,他的身体永远定格在15岁那年的高度,双耳永远架上了大功率的助听器。但谁又能说,他不是这场战争中的赢家?

他所在省市的残联领导被他的经历感动了,让他就自己的抗争历程写了篇演讲稿参加全国听障人演讲比赛,他的演讲,从诸多参赛选手当中脱颖而出,最终,他作为他们省唯一取得决赛资格的选手,到广州参加这次全国性的听障人演讲决赛。

因为听力和声带在放化疗过程都受到不同程度的损伤,那天,站在演讲台上,他的声音既不洪亮,吐字也不够清晰,或许是因此,他才与一等奖的桂冠失之交臂的吧?但那又有什么关系?对他来说,无论他是否能在决赛中取得名次,在评委和观众心中,他都已经赢得了比赛,赢得了命运,赢得了人生!

在选手们赛后自由交流的活动中,他坦诚地告诉大家:“其实,我们都是很平凡的人，是命运逼着我们选择了不凡。因为不甘心屈从阴霾的命运，我们都在以各自的方式同命运抗争。也恰是那些拼尽全力的抗争，才让我们有了改写命运、成为传奇的可能。”

他的话，引起了我的共鸣，不错，我们这30名选手，无一例外地经历过足以摧毁脆弱心灵的人生困境，体味过辗转流泪到天明的悲愁苦痛。要么被困境逼疯，要么战胜困境成就一段传奇，我们都不约而同地选择了后者。而也恰是这种选择，才成就了彼此带有不同传奇特色的精彩人生。

或许，人生就是这样“东边日出西边雨，道是无晴却有晴”。对每一位勇于搏击逆境的人，生活都会给予别出心裁的奖赏，这个奖赏，或者是“宝剑锋从磨砺出”的光洁，或者是“梅花香自苦寒来”的芬芳。

第七辑

压不垮你的，必令你强大

她母亲没看错，如今，已读大二的她，体态匀称、皮肤光洁，学习也经常受到老师的夸奖，还坚持在双休日打工，更重要的是，她目光明亮清澈、充满朝气和自信，再也找不到自卑的影子。提及青春期那段往事，她笑着说："我想，这就是成长。有些伤，若不能把你压垮，必定令你强大。"

梦里携手度重阳

儿时的记忆里，父母是不大牵手的。我只看到过爸爸过马路时才会紧抓住妈妈手。如果我们在身边，妈妈就会不好意思地飞快地抽开手。所以，我一直认为妈妈是不喜欢牵手的。

后来，我才发现并非如此。十多年前，我和退休了的父母一起郊游，妈妈走着走着便赶不上爸爸的脚步，她生气地坐在石凳子上不肯走。我笑妈妈娇气，妈妈却振振有词："人家两口子都是并着肩一起走，你看你爸走着走着就把我落远了。"妈妈说这话的时候就像一个赌气的小姑娘，让我忍俊不禁。我忙唤爸爸回来。直到爸爸返回来拉起她，妈妈才转怒为喜，爸爸便拉着妈妈慢慢地往前走，我看到妈妈脸上掩饰不住的快乐，就像一个撒娇得逞了的大孩子似的。那个时候，我才从妈妈赌气时吐露的心里话中感觉到了，原来，妈妈心里是喜欢让爸爸牵着手的。

大约是从父母都退休了的那年起吧，每年，父母都要在重阳节这一天结伴到龙门山上拜佛，顺便游览山色。这一天，不爱照相的他们会特意带上相机，并借来哥哥的三脚架，把"执子之手，与子偕老"的美丽和浪漫留在一张张照片中。看着满头银发的老爸拉着皱纹里满是幸福笑意的老妈。我的心底便涌上一丝柔软的情愫。

那些年来，每逢重阳，一大早妈妈就会煎几张鸡蛋饼，洗几个苹果准备路上吃，然后对着镜子一遍遍地梳着花白的头发，细细地整理着身上的衣服，爸爸便坐在一旁抽着烟耐心地等着她。那目光如水般的温柔，仿佛正在记忆的河流里寻觅当年相恋时的影子。

那年初秋，爸爸身体不适住进了医院，我们一直想办法瞒着他病情，但是他还是从我们的神情中意识到了。爸爸是位坚强勇敢的老人，他并没有被疾病吓倒，相反，他不但乐观又积极地配合着治疗，还会讲笑话缓解我们的焦虑。每当我们扶着他在院里散步，他便紧紧地抓住我们的手，那种依依不舍的亲情令我每想起来便泪水滂沱……重阳节前夕，爸爸感觉好了些，就决定出院。妈妈问爸爸还去不去龙门了？妈妈想拜拜佛，求菩萨保佑爸爸。爸爸咳嗽了一阵点点头。

重阳那天，爸爸感觉胸很闷，身上也没有力气。他喘着气艰难地告诉妈妈，不能陪她去龙门拜佛了……妈妈眼里满是泪水。我知道，那不是委屈，是眼看着爸爸疼痛却束手无策的悲伤啊。那天，因为陪爸爸，妈妈没去龙门。第二年的重阳，爸爸的身体更加虚弱，离开氧气瓶就喘个不停。妈妈也没有心思去拜佛了。本来这在我们眼里都是情理中的事，却成了妈妈的心病。

爸爸走后，妈妈黯然地说："如果那两个重阳节我能忍住悲伤，自己去龙门为你爸祈福，说不定你爸就好了……"话没说完，已泣不成声。我抱着妈妈的肩膀，安慰着她："不是的，不是这样的。你别自责，要怪，就怪老天没保佑我爸这么好的人！"

数年前的一个重阳，正逢我倒休，我陪着妈妈去了龙门。她拉着我的手，对我絮絮叨叨地说着当年和爸爸一起走过的路，看过的景，讲着爸爸拉着她的手，走过弯弯的石径……时不时地，便停住脚步对我说：

“你爸以前就在这个石凳上歇过脚……这路陡，你爸拉着我上去的……”我想她一定是沉浸在当年和父亲牵手的美丽回忆中了吧？

后来的重阳节，因为我们上班不便请假，又担心她一个人去不安全，我们都劝她别去，等我们休息了，再陪她去。她表面顺从着答应了我们，却固执地一个人去了龙门。回来后，她兴奋地告诉我：“你爸当年和我一起走过的山路，我都走了一遍，佛也拜了……”

她在笑，很满足的样子，而我的泪啊，已不知不觉地模糊了视线……

知苦者，解苦心

他可能是我所认识的人当中最为不幸的人了。但他却不愿把自己放进“不幸”的队列里，他说，感恩那些苦难，正是那些苦难，才让他有了比一般人更开悟的心灵、更深刻的思想……

16岁那年，他上初二。有一天，因和老师发生口角，被老师扇了一巴掌，正值血气方刚的逆反期，冲动中，他捡起一块砖，便向老师拍去……结局是老师受伤，他被校长勒令退学。

在那个封闭的、只有20多户人家的小山村，失去了在村中学读书的权利，就意味着要直接走入社会。没有文凭，没有技能，也没有创业的资本，渐渐地，他混成了村里人眼中的痞子，整日混迹街头，打过人，也被人打过。整整十年，他的生活像极了电影里的古惑仔——挥过片刀，抡过钢管，被警察追着一路狂奔，甚至还因为伤害了别人而进过监狱……直到25岁那年深秋的一个夜晚，他被仇家砍翻在地，大半个身子失去了知觉，从此切身感受到了失去行走自由的无奈。

接下来的八年，他每天就在不得不在坐着轮椅才能出门的无奈中浑浑噩噩地活着。直到那天……那天，朋友来看望他，送给他一本《汪国真诗集》。看完后，他有些发愣，原来这样分行的语言就是诗啊，他感觉自己也能写出类似的句子。此后,他开始试着将自己的情感用分行的语句写在一个本子上,他发现,就在这样倾诉般地写作过程中,他那颗原本桀骜不驯的心,前所未有的安静,静下来的心,开始反思自己这么多年的历程。他甚至幸庆——如果不是那次被仇家砍翻致残,中止了他惹是生非的痞子生涯,他可能早成一抔黄土了……

正像一首诗说的那样,"只有经历了地狱般的磨炼,才能练就创造天堂的力量;只有流过血的手指,才能弹出世间的绝唱。"苦难的经历以及对生命深层次的思考,让他的诗歌有一种特别能打动读者心灵的力量,因了笔下的那些分行的,带有他心灵和情感温度的句子,一位在国内很有名气的作家被感动了,成了他的良师益友。

在作家的引导下,他试着将自己的诗歌投向全国各地的刊物。随着作品陆陆续续地发表,县里的一些文学聚会开始邀请他参加,听着别人毕恭毕敬地称他是"青年诗人",甚至还有人喊他"老师",他诚惶诚恐之余,感到有点滑稽:曾经的痞子、被人不屑过的截瘫残疾人,如今竟会成为文学圈中座上宾……命运可真是反复无常的怪物啊。

感谢写作,让他看到了自己的价值。33岁那年,他买了一台电脑,封闭的世界从此被打开了,他发现,互联网是如此强大的工具,让他足不出户,便能与各地的文友交流,了解世界的精彩。

那一段,是他写作和发稿的巅顶时期,很多文学刊物的编辑主动向他约稿,还到他的博客中选稿。这一切,都让他找到了活下去并且活得精彩的动力。但他很快发现,在这个物价飞涨,稿费却十年不涨的时代,靠纯文学创作来吃饭实在太难了。经济尚不能自立,如何让灵魂独立?他开始寻找出路。

一个偶然的机会,他发现当心理咨询师很适合自己。经历了那么多的苦难,他早已学会了开脱,懂得超越苦难,寻找心灵的宁静和快乐。

在心理咨询培训班上，他是老师眼中活得最艰难、却最有天赋和才气的学生，每次课堂上老师组织同学们讨论某个问题，他的解答，往往能赢来满堂的喝彩。毕业后，他就申办了营业执照，在网上开设了心理咨询诊所。

那晚，我上网和他聊天，谈到我这么多年来，始终没能走出因失聪带来的心灵阴影。我说："我从小就很好学，很喜欢读书，如果不是因为失聪，我的学历就不会仅是本科，最起码也是研究生学历了；如果不是因为失聪，我的事业一定比现在做得大，也更顺利……"他说："你为什么不这么想：如果不是失聪，你在大学中可能会陷入恋爱荒学的温柔陷阱，失去了奋斗的动力，别说考研，本科也不一定能顺利读完；如果不是失聪，你可能就没有现在的定力，认准写作一个方向，才拥有现在这些令你欣慰的收获。"

我不悦地说："你怎么就不能往好处多想想？"

他说："现实既已如此，你愿往好处想，获得坏心情呢？还是愿意往坏处想，获得好心情呢？"

那一刻，我心头似乎打开了一扇天窗，那些久郁于胸的苦闷得以疏泄……

"到底是做心理咨询的，三言两语，便能让人打开郁结，这水平，够专业。"我对他的能力由最初的怀疑转变为暗自敬佩。

他给我讲了当上心理咨询师后的生活，他说，最大的收获不是钱，而是看到对方理顺了思绪，打开了心结后的快乐。

我问："难道你真的没有烦愁吗？"

他打过来一段话："当然也有，比如现在，不能行走，生活起居需要老父母照料。但换个角度思考，父母都健在，并且天天都陪伴着自己，这不也是一种喜悦吗？"

他的生活，在别人眼中，是几近于悲惨的那一类，但他却掌握了让伤口自愈的能力，学会了超脱这世上的一切苦难，甚至渐渐地生出能引导他人走出困惑的智慧和力量。所谓“知苦者，解苦心”，大概就是如此吧。

“秋风里，快乐的人看到了收获，悲观的人看到的却只有萧瑟……”他的QQ上挂着这样一句充满诗意的个性签名，或许，这签名本身就是一首没有标题的诗歌，是从他久经磨砺的心中升腾出的哲理诗句，我想，被感动、被感染了的，肯定不止我一个。

聆听雪声

抖落一身雪花回到家里，屋里的暖气瞬间便让我睫毛上挂着的冰霜融化成珠。用手背随意一抹，眼睛立刻便有了滋润的舒适感，视线也变得更加清晰。

倚窗向外望去，世界成了黑白二色唱主角的老照片，白的是雪，黑的是雪融化在尘土上产生的泥泞。黑白分明的色彩，并没有影响雪中风景的美，反倒更添了一份真实生活的亲切。

就在两个小时前，我收到好友凌姐的短信："亲，你在哪儿？我在泡温泉。太梦幻了，风雪温泉夜，看风过树摇，听雪落窣窣……"当时，我正在读她中午发给我的《创作谈》，那是她前几天给文学爱好者上课的讲义。

笔耕已十年的她，在国内文学刊物上早已有了不小的名气，国内一线报纸杂志上，频频出现她的名字，还出版了三本散文随笔集。那一段时期，她的文字，像极了飘落在房顶和树梢上的雪，因离地面的泥土较远，而呈现出不沾烟火般空灵、冷艳的美感。那种美，时常让我想起雪小禅的一本书名——《繁花不惊，银碗盛雪》，在她笔下，字如银碗中的雪，是煮茶的尤物，不沾纤尘，小资味十足。

什么时候她的文字开始带上雪落泥土的沧桑、厚重了呢？我已记不清，只记得，半年前，在我俩结伴去采风的路上，她就告诉过我，身边有位老人遭遇到了一场灾难，让她看到了生活辛酸艰难的那一面。

那一段日子，风很大，天气异常寒冷，室外虽未下雪，可她的心里，却时不时地有雪花飘落的声音。

她的邻家老人，靠做小生意起家，本指望靠投资赚点养老钱让日子过得轻松点儿，没想到钱被连本卷走，老人有种快过不下去的感觉。老人的处境，像极了旷野里的泥土，被突如其来的冰霜雪雨搅成了泥泞，脚陷其中，寸步难行……

她被深深地触动了。从此，从她笔下飘落的雪花，不再只飘向树枝和高楼大厦，成为装扮它们的素裹银装，她亦不再银碗里盛雪，闲赏雪来静煮茶，而开始关注身边百姓的疾苦，提笔去写那些艰辛生活中的乐观，以及苦难中闪烁的人性光芒。她的文字，像扑进孕育万物的大地怀抱中的雪花一样，染上了泥土的气息，却赢来了更高层次的读者，滋润了更多人的心灵。

泥土的气息固不可少，但偶尔的诗意也很必要。就像此时，她独自开车去泡温泉，看风过树摇，听雪落窣窣，感受一番风雪温泉夜的诗意盎然，说不定，又有一篇“银碗盛雪”式的美文诞生，与她那类带有泥土气息的文字一起，成为银色世界里那张黑白分明的老照片，既有不染纤尘的空灵，又不乏接地气的悲悯。如此，更好。

雪，仍在下，飘舞的雪花，像一串串音符，不经意间便奏响心曲。每一声，都是这世上最美的声音。

· 军旅歌声里的童年

“毛主席的战士最听党的话，哪里需要就到哪里去，哪里艰苦哪儿安家……”高中毕业后，大哥唱着这首歌，投入当年知识青年上山下乡的革命洪流中。那年，大哥 17 岁，我 3 岁。

妈妈是音乐教师，家里常响起妈妈悠扬的手风琴声和动听的歌声。每当妈妈哼起大哥常唱的那首歌，爸爸就会停下手里正干的事情，点一支烟在歌声中陷入沉思。姐姐拉过我悄悄地说：“爸妈又想哥了。”

我托着腮帮听妈妈的歌，虽然妈妈唱得也很好听，但总觉得没有大哥唱得那么激昂。有时，唱着唱着，妈妈的泪水就流了出来……那时我太小，只感到歌声的美妙，却体会不出妈妈思儿的忧伤。

有一天，妈妈兴奋地告诉我，部队到大哥那个公社招新兵，从小跟妈妈学会拉手风琴和吹笛子的哥哥因为文艺上有特长，有幸当上了文艺兵。这对父母来说是个天大的喜事。爸爸妈妈抱着我提着一小布兜鸡蛋赶到部队去看哥。

大哥穿着一身新军装，高兴地抱起我，兴奋地向爸妈讲着入伍后的自豪和快乐。他们说什么我听不进去，我只眼红大哥军帽上的红五星，伸手便想摘下来带走。大哥噘着嘴佯装生气地拨开我的手，我“哇”的一声哭了起来。

哥忙哄我："妹妹别哭，哥给你唱首歌吧，'日落西山红霞飞，战士打靶把营归、把营归。胸前的红花映彩霞，愉快的歌声满天飞……'"多么激昂动听的军歌啊！我停住了哭泣，静静地聆听着。

后来的几天，我们看了部队的演出。大哥拉着手风琴和战友表演了合唱《保卫黄河》《我是一个兵》和《游击队之歌》，那激昂奔放、铿锵有力的歌声深深地震撼了我幼小的心灵，让我深切地感受到了军歌鼓舞人心的力量。

回家后，妈妈的笑容多了，常常边干家务边哼唱哥哥那天独唱的军歌："欢迎的晚会上，拉起了手风琴，同志们手挽手，激动了我的心……"优美的旋律和妈妈眉梢间挂着的喜悦，让军歌如阳光般映进了我的心灵。

哥哥复员后，我跟着他学会了很多新的军旅歌曲。每当我挺着胸脯唱军歌的时候，都有种激情洋溢、热血澎湃的感觉。军旅歌曲给我的童年带来了豪情和快乐，塑造了我乐观、勇敢、坚毅的个性。

小学毕业后，我因为意外事故造成失聪，耳边的音乐戛然而止。从此，我只能靠回忆去重温那些曾带给我激情和快乐的军歌。每当我感到疲惫和软弱的时候，在心里哼唱起那些振奋人心的军歌，一种激情和力量便从我心底涌出，让我鼓起了直面人生的勇气。

长大后的我，越来越真切地感受到：人活着，是需要一种精神来支撑的。对我来说，这个精神的源头就是童年里那些让我激情澎湃过的军旅歌声。是那些歌声给了我力量，让我没有被在生命长河里遇到的困难吓倒，鼓舞着我以战士般昂扬的斗志勇敢抗争，带着不屈和坚毅的精神顽强拼搏，追寻理想的光芒，捍卫生命的尊严。

匠心芬芳

在我幼时的记忆里，第一个有关匠人的名词是磨刀匠。

“磨剪子嘞——戗——菜刀——”小时候，几乎每个周日，都能听到楼下磨刀匠洪亮的吆喝声。拖着长腔的男中音，像戏曲中老生浑厚的唱腔，引得调皮的小孩儿纷纷跟着学——“磨剪子嘞——戗——菜刀——”

那时，似乎没有像如今大人一听到孩子学楼下小贩的叫卖声，就拉长脸甩出一句“没出息”的现象。相反，我能感到大人们对磨刀匠的敬意。每隔半年数月的，父亲听到楼下那熟悉的吆喝声，就会拿起菜刀急步下楼。父亲说：“那老伯磨出的菜刀，就是比我自己磨得好使……”身为工程师的父亲，以自身言行的恭敬，让我对一位衣着普通、双手粗糙的匠人敬意油然而生。

再大些，又认识了伞匠、鞋匠、弹花匠、缝衣匠……这些与百姓生活密不可分的匠人，也各自凭着一门精湛的手艺，赢得百姓的追捧和敬重。邻里街坊闲聊时，最常说的就是哪个鞋匠修出的鞋耐穿，哪位伞匠修好的伞结实，哪个缝衣匠做的衣服样式新颖……那时还没“广告”这个概念，百姓的口碑，无疑是那个年代的优秀匠人最好的宣传。

参加工作后，我认识了很多工业领域的匠人。他们有的是磨工生产线上的先进，有的是车床边领跑的干将，有的是操纵天车的空姐，有的是严把质量关的检查员……但这些不同行业的工匠，都有一个相同的品质——爱岗敬业、追求极致。

依靠听机床声音，便能准确判断故障的磨工技师，能同时操作12台磨床，并且质量合格率达100%，被大伙称为“走在质量前面的人”；敢操纵传统车床、挑战国产数控车床的首席员工，以多年来练就的硬本领，产品加工精度令机器人对手也甘拜下风；遇到困难，不推卸、不抱怨，动手动脑化解难题的车工劳模，通过使用合理参数、正确分配夹紧力和切削力，居然能把众人眼中赚不到工时的“孬活儿”，干成不仅能赚到工时，加工精度也得到保障的“好活儿”；不用任何仪表，仅凭手摸就能准确报出产品粗糙度的检查技师，因了一手检测轴承的好手艺，以工人的身份，走进了专家的队列……

我曾亲睹过他们工作时的专注，那满脸凝重的静气，满眼心无旁骛的虔诚，让我想起干将和莫邪专心铸剑的传说，“采五山之铁精，六合之金英”，倾其一生心血，铸造出天下无双的雌雄宝剑。这些把全部心思都放在提升产品品质上的机械制造业的工匠，工作中宁愿少拿点钱，也要保证经自己之手创造的劳动价值的纯度，那种心思的纯正，让周边的空气也弥漫着简净的气息，令人沐浴其间，心思纯净，备受鼓舞。

或许，正是因为专注，所以他们才更专业；正是因为敬业，所以他们才更沉静。在那些静气流淌的专注中，散发着一种历久弥新的清香，那正是匠心的芬芳。

压不垮你的，必令你强大

刚上初中那阵，她因为皮肤的原因，被班里几个淘气的同学叫作“黑煤球”。

在已经开始懂得臭美、超级敏感、超级自尊的年龄，没有哪个女生能把这个外号当作蜘蛛网一样轻轻抹去。她因此自卑极了。

其实，她皮肤黑不是天生的，只不过，她从小学三年级起开始迷上游泳，暑假常常顶着烈日往外跑，成天泡在泳池里。虽经她母亲多次告诫，她也不听，结果硬生生晒黑了。

后来，她母亲给她用黄瓜片贴额、丝瓜汁抹脸，洗面奶和美白露统统上场……但不知是她母亲做得不到位，还是她晒得太厉害，给她折腾了三四个月也没用。后来，她听说BB霜有立竿见影的美白效果，尤其是韩国产的，于是花掉好几个月的零花钱，忍痛买了一支。结果，白倒是白了，但仔细一看，还是能看出破绽。每晚卸去粉妆，她依然是镜子里那个自卑的黑姑娘。

到了初二，情况更糟糕。她的脸不知为什么开始出现红血丝。每逢天气突变，或情绪激动，脸上的红血丝就扩散、加重，变成了“高原红”，于是“黑煤球”没人喊了，有人开始喊她“藏族移民”。她气极，哭着去追打那些熊孩子，他们却笑得更厉害了……

过后，她打起精神，开始治疗烦死人的红血丝。她专门到皮肤专科去挂诊请教医生，学习正确使用护肤品的保养方法。在夏天，她耐着性子，养成了仔仔细细先抹一层防晒乳再出门的习惯，只为隔离紫外线。冬天出门，则开始不厌其烦地戴上口罩，只为避免冷空气对皮肤的刺激，听说皮肤的光泽和弹性还跟睡眠和体质有关，她甚至还开始早睡早起、跑步锻炼。

到了初三，她的皮肤和体质倒是越来越好了，但因头两年放在这方面的注意力过多，学习成绩下滑，甚至亮起了“红灯”。这使她再一次成为被人嘲笑的对象……

不巧的是，偏偏她那个班的班长，也是个女生，不仅学习好、能力强，人也长得漂亮，皮肤尤其白，白得让人嫉妒，让她自愧不如。有一天，她狠下心，把她原本贴满房间的周杰伦的各种照片、海报都撕了下来，换上了健身、美容和学习兼顾的计划。她母亲见了，很是奇怪。于是她难过地说起了班长的事。同时，忍不住痛骂起班里那几个爱取笑她的坏小子来……

但她母亲却从此放了心，因为她从一个旁观者的角度，看到了她很明确的奋斗目标——改掉懒散的生活习惯，树立积极的人生价值观。

她母亲没看错，如今，已读大二的她，体态匀称、皮肤光洁，学习也经常受到老师的夸奖，还坚持在双休日打工，更重要的是，她目光明亮清澈、充满朝气和自信，再也找不到自卑的影子。

提及青春期那段往事，她笑着说：“我想，这就是成长。有些伤，若不能把你压垮，必定令你强大。”

人生如漂流

酷暑难耐，骄阳似火，我和20多名文友换上凉鞋，穿上漂流服坐进橡皮筏，兴致勃勃地到恐龙谷过了一把激情漂流的瘾。

回来后，组织者希望每人就此次漂流写篇游记，三天内交稿。不到两天，就收上十多篇“作业”，有人写自己翻船落水的窘态，有人写自己漂流途中看见前面船上的小孩落水，勇敢地跳入齐胸深的水中营救落水儿童，还有人写自己始终不得漂流要领，上一艘船就翻一艘，连翻了四艘船的糗事……总之都是各自在漂流当中不与他人雷同的激情故事。

到了第三天，大家都交了作业，唯独我那位素以“快手”著称的朋友迟迟未动笔。有人问其故，她实话实说地告诉大家，因为她此行一路太顺了，顺到平庸无趣，觉得没什么好写的故事……

原来，她那只船的掌舵人是位军人出身的老作家，老作家之前已有多次参加漂流活动的经验，并且在漂流前，已做足了准备工作：峡谷落差多大，距离多长，河道多宽，中间哪里水流急……像一位经验丰富的老船长，时刻提醒船上的四位文友回避风险。刚上船，老作家就提醒他们“重心高，人易掉水，要坐船底”；有坡度时，老作家又提醒他们“抓紧拉手，身子前倾”；水面平稳可以坐在船边上吹吹风时，老作家又提醒他们“不要全坐一边，容易翻船”；当河道狭窄且两岸岩石突出时，老作家又提醒他们“胳膊、手、头都要尽量往船中靠”……结果是，水路十八弯，别人的漂流之旅有惊有险，尖叫和欢笑声此起彼伏，而他们始终稳坐舱内，平顺无奇地漂完了全程，并没感受到漂流的激情和快乐……

她的话，让我想起人生。人生不也正像一场漂流吗？在起步之初，人人都想一帆风顺地漂完全程，殊不知，过于平顺的经历，往往会归于平庸无趣，让人体会不出战胜艰难险阻的乐趣。

我认识两位工友，20年多前他们都曾是车间的操作工。其中一位工友家住城市，有亲友照应，家人心疼他在一线工作辛苦，就想办法托人给他调换到一个稳定并且轻松舒适的辅助岗位。另一位工友家住农村，在这个城市找不到一亲半友的依靠。公司抓质量，对操作工的要求一天比一天严格，也曾品尝过出了废品被扣款的尴尬，也曾遇到过技术不好险些内部下岗的危机，这一切都让那位家住农村的工友意识到——没有伞的孩子更需要奔跑！他开始沉下心来刻苦学习理论知识和操作技能，发誓要在一线岗位干出成绩……如今，前一位工友已在那份轻松稳定的工作中磨平了奋斗的锐气，而后一位工友，却早已因在一线生产岗位取得过众多不凡的成绩，在车间坐上了主管的位置。

两位工友的人生，不也挺像两种不同际遇的漂流吗？前一位工友坐在一艘装备良好、掌舵人经验丰富的船上，只须稳坐舱底、扶紧拉手即可平平顺顺地漂完全程。而后一位工友却坐在一艘只能自己掌舵，并且装备简陋、随时会在大风大浪的冲击下颠翻的船只上，为了避免翻船掉进激流被水冲走的危险，必须逼着自己锻炼出能回避暗岩险礁的本领。但也恰恰因为这种起步之初无援助、无照应的“漂流”，让他在与风浪拼搏的过程中发现了一个更加优秀的自己，体会到“不经一番寒彻骨，怎得梅花扑鼻香”的惊喜……

原来,看似不公平的命运,其实蕴藏着公平的真诚——没有经历过寒流的身体,哪会感知阳光的暖意;没有体验过山穷水尽疑无路的凄迷,哪能体会出柳暗花明又一村的喜悦?

· 灵台故址中的凝望

到了，终于到了！车载着我们驶进洛阳偃师县佃庄镇朱圪垱村的时候，我和朋友兴奋地摇下车窗，向外张望，做好了下车拍摄的准备。

当我们在导游的引领下，走进那片荒芜的农田，踏着干枯的玉米秆的碎片，终于站在这座历经东汉、曹魏和西晋风霜雨露的古代天文台面前的时候，我真不敢相信自己的眼睛——这哪里算得上古代历史文化遗址，分明就是一个形象颓败、杂草灌木丛生的圆形土丘！

秋风吹动着土丘边那片枯黄的树叶，一种沧桑悲凉感油然而生。

我和朋友相视，彼此的眼里都是掩饰不住的失望——这是灵台吗？这就是那个让我们兴奋了数日，并连着两天讨论过的那个见证了东汉时期中国在世界天文学界取得非凡成就的灵台吗？

尽管心里有太多的疑云，但这片土地东面那块全国重点文物保护单位标志碑上的文字，以及我们找到的几位村民的“证词”，让我们不得不接受这个事实——不错，这个荒丘，就是东汉时期伟大的天文学家张衡先生观测天象、感知大地脉搏的工作遗址！或许，真实的生活原本就是这样：理想越丰满，现实越骨感。

端起相机，我们绕着灵台边看边拍，渴望发现古代历史文化留下的蛛丝马迹。然而，这片兀立千年的土丘，早已将所有的辉煌都隐匿在泥土和蒿榛丛莽中，我们只能靠前人的记载和自己的想象，来丰满这片寂寞的荒丘。

相传，这片荒丘，在东汉时期的地位很高，门前设有铜铸的天禄和蟾蜍喷水的雕像，内外御道配有洒水车，供清扫用，每当吉日，皇帝便"登灵台以望云物"……

作为东汉时期全中国最大的国家天文台，灵台前后见证了东汉至北魏时期250多年的战争与和平——东汉初年，灵台始建，成为全国最大的天文台，后来，董卓火烧洛阳，灵台被荒废。曹魏重建洛阳后，灵台又被重新修筑，继续承担观测天象的职责。西晋建立后，沿袭曹魏旧制，灵台仍是重地。到了北魏，汝南王元悦在台基上建了一座砖塔，自此，灵台的功能便再未恢复。

在东汉文化鼎盛的那段历史时期，张衡绝对算得上重磅级的人物。这位东汉太学培养出来的高才生，曾两度出任太史令，主管灵台工作。他将自己毕生的精力都花费在这里，在灵台上"研核阴阳，妙尽璇玑之正，作浑天仪，著《灵宪》《算罔论》"。沉默的灵台见证了张衡一生最杰出的成就——漏水转浑天仪、候风地动仪、指南车、可飞行数里的木鸟……这些发明，哪一个不是我们中国人在世界天文学领域引以为豪的资本？

我的目光，漫过灵台上方的云层，在天空中徐徐穿行，寻觅着张衡率领灵台的工作人员全天候地记录和观测气象的身影。白云悠悠，寻不到他们的影子，但我却能从留传后世的那些传说当中，感受到他们的智慧和勤奋。尽管斯人已逝，但张衡留给世界的财富，却与天地同辉、与日月共恒，也正因为中国有张衡这样杰出的人士，才使中国成为世界上最早有日食、流星雨和地震详细记录的文明国度。

沧海桑田，多少世事已改变，但那颗以张衡名字来命名的1802号小行星仍在星空上闪烁，月球背面的“张衡环形山”也足以见证世人对一位古代天文学家的敬意和缅怀。纵使岁月的霜雪掩埋了张衡的身影，毁灭灵台的造型，却掩盖不住那段中国古代文明映亮全世界的光芒……

要走了，当我们转身准备离去的时候，忍不住，我又扭过头来，拍下了灵台兀立荒野中的寂寞身影。

此时，夕阳斜照，秋风萧瑟，枯叶纷飞，相机里留下的那20多张灵台影像，都是我对一位著名的古代天文学家的深深怀想。

太学遗址中的怀想

一直觉得,汉光武帝刘秀在洛阳城东南的开阳门外兴建的太学,就是古代中国的清华或北大。若不然,又怎能培养出像张衡这样全面发展的顶尖人才呢?

梦里,我曾无数次徜徉在这所著名的古代学府门外,想象着门内那不同凡响的名校风采:朱门,青瓦,雕花窗。教室里,有琴、有棋、有画,教室外,有菊、有兰、有竹。先生和学生居竹屋,坐竹椅,读竹简,吹竹笛,听儒家经典,学天文地理。“谈笑有鸿儒,往来无白丁”,一卷书生气,满厅诗文风……梦到的次数多了,心里就飞出一个念想——有机会,一定到太学遗址去看看。

机会来了……那天下午,游览了灵台遗址后,我们一行沿着庄稼地走向佃庄镇东大郊的太学村。走着走着,导游停下脚步,指着前面一片荒芜的玉米地说:“那里就是太学遗址。”

我吃惊地看着眼前那片空旷的玉米地,怎么也没法和我心目中无数次描绘过的那所著名学府联系起来——史载太学当年“凡所结构达二百四十房,千八百五十室”,鼎盛时期,学生人数达到三万余人,可是眼前分明就是一片再普通不过了的农田,没有门、没有窗,甚至连一片瓦都找不到，哪里能发现一丝一毫校址的留痕？唯一的解释就是，当年董卓毁灭洛阳而放的那把火，烧得实在太狠了，以致曾在史册上赫赫有名的太学，如今已找不到任何有明显标志性意义的地表遗址。

失望，像只小虫，狠狠地啮咬着我的心，真希望，这倒是在梦里……

不知这片玉米地中的泥土，是否仍能忆起太学当年的辉煌盛况？是否能见证民间流传的那些关于张衡在此读书时的逸闻趣事？

相传，张衡和王充、马融一样，都是东汉太学的高才生。所不同的是，后两位是正式生，而张衡因为没有走"经中央选拔或地方保送"这些太学入学的常规程序，只能以旁听生的身份入学就读。

据说，孔安国、匡衡、董仲舒、贾逵、许慎等名师，都曾在太学掌教弟子。能跟着这些名师学习，是何等荣耀的事啊。尽管当时的风气注重师门，但是因为没有正式生的身份，张衡也就没有资格专门拜过哪位老师。这样也好，倒方便了他不受师风和派别的局限，得以博采百家之长，更有利于知识体系的开阔和完善。

在太学这样学术氛围浓厚的环境中，张衡不仅跟在此执教的多位名师学到了很多有用的知识，那些从全国各地选拔出来的尖子生同学，也使张衡开阔了视野，增长了学识。从 17 岁入读，到 23 岁肄业，六年的太学旁听生涯，让张衡不仅系统地学到了儒家经典，在天文、历法、数学等方面也受益匪浅。离开太学的那一年，张衡已是凤凰涅槃，成了"通五经，贯六艺"的一位青年才俊。

我的目光，在这片空旷的土地上穿行，回想着张衡那些震撼过世界的发明创新——地动仪、浑天仪、指南车、记里鼓车、候风仪……哪一项不是走在世界前沿的科研成果？更令世人震撼的是，若按现在学术范畴进行细分，张衡的那些发明，是应该分属于地震学、天文学、地理学和气象学等领域的不同科技项目。而这些不同的科研硕果，都让东汉时期那位名叫张衡的河南人包揽下来，这还不算他创作《东都赋》《西都赋》等文学作品带来的影响力。难怪郭沫若先生评价张衡时说："如此全面发展之人物，在世界史中亦所罕见。"

突然想起小区对面的一个中学，校门口的巨幅电子屏幕上经常闪动着祝贺该校师生又取得了某个荣誉、参加某项比赛又获得新成绩之类的宣传标语，忍不住，我就想，如果哪天这片空旷的太学遗址能得以重建，还原东汉时期张衡在此求学时的模样，用电子屏幕将"著名科学家张衡曾在此读书"广而告之，会不会也是对家乡洛阳的一次绝好的宣传呢？

回洛仓遗址边的守望

提起隋炀帝，多数洛阳人都不陌生。在涧西，随意拉住一位洛阳籍的行人，问起附近有没有隋炀帝时期的历史古迹，他们十有八九都会建议你去西苑公园转转，正如我们一行人踏上洛阳瀍河区这片名叫小李村的土地，问起和隋炀帝有关的文化遗址，一位正坐在小板凳上和几个牌友打“双升”的老大哥放在纸牌，站起来往西指去：“往前走，那边有回洛仓，隋炀帝当年兴建的国家粮仓……”

自幼对水和粮食持有敬畏之情，我一直奉信“纵使黄金万两，不如城中有粮”的思想，相信一个国家、一个民族，只要有足够的储备粮养育黎民百姓，就有存在和发展的理由。既然回洛仓是国家级的粮仓，规模肯定不会小。所以，尽管还没见过回洛仓，我却坚信，那里一定很大。

果然如此，初见回洛仓，我第一个感觉就是“大”：进入遗址大门，迎面就是一块三四米高、六七米宽的巨石，巨石正面有用中、英两种文字书写的“中国大运河，回洛仓遗址”，正面右侧还绘有大运河漕运路线示意图，巨石背面是回洛仓遗址的简介。往里，是一连排的仓窖，东西成行、南北成列，据说，整个仓城内有700多座仓窖，每座仓窖外径都是17米、内径10米，整齐划一、井然有序，东西长1000米、南北宽355米，相当于50个国际标准的足球场。每座仓窖储蓄的粮食都在50万斤左右,整个仓城可以储蓄3.55亿斤粮食,以至于隋炀帝时期储存在仓城中的粮食,到唐贞观年李世民称帝的时候,还没有吃完……

中学读书时,就从历史书上学过隋炀帝杨广下令修建大运河的那段历史。如今,在整个大运河漕运当中起着中转站作用的隋代大型国家粮仓就在眼前,怎能不让我兴奋不已。

相传,那条由隋炀帝下令修建的大运河,是中国古代历史上最长的一条运河。它以洛阳为中心,将钱塘江、长江、淮河、黄河、海河等自然水道和人工开凿的运河连接起来,担负着隋唐时期南北漕运的重要历史使命,促进了古代中国地域文化的交流和经济贸易的发展。作为隋炀帝下令修建的为皇室和城中百姓供应粮食的大型国家粮仓,回洛仓由于地处大运河沿线,自然而然地担负起了运河漕运过程物资中转站的使命。仓城中有一个宣传栏,栏上贴有考古学家根据调查的数据和史载的资料,加上后人的想象绘成的回洛仓还原图。可是,经年历久,又有谁能还原隋代回洛仓的真实状况?如果回洛仓中那一座座沉默的仓窖窖口夯土的基槽能有记忆,它们才最有资格向世人讲述当年在这里辗转过的人马、粮食和军火。

端起相机,我在仓城中随意地拍摄着那些吹拂过隋代的风、沐浴过盛唐时月光的仓窖景致,尽管我分不清哪些景致是门口巨石背面提到的管理区和漕渠,却能从仓窖结构和布局的规范与齐整中,感受到古人的智慧和做事的认真。

行走在仓城内仓窖间那些碎石铺就的路面上,任思绪在风中轻舞飞扬,想象着这一片土地在隋唐时期的花开花落:不知陪伴在隋炀帝身边的那些如花美眷可曾在这里起舞放歌?那些身着盔甲的将士,可曾在这里饮酒赛骑?那些被压迫的劳动人民,可曾在这里高燃起那把隋末农民起义的火炬……纵使沉默的碎石将一切痕迹和秘密都深埋在地里，那一座座回洛仓仓窖，却是那一段隋唐历史最好的实物见证。

岁月的河水和脚步下的碎石，淹没了有关于隋唐时期那些为争夺江山、掌控政权留下的恩恩怨怨、血雨腥风，如今，隋唐大运河沿线的瀍河已成了雨季有水、平时断流的季节河，回洛仓也早在当年那场隋末农民起义的烽火中丧失了其作为大运河中转站和为皇室、百姓储备粮食的作用，但它的存在，却为后人了解和研究隋唐时期大型官仓的仓储制度和粮食储存保管等提供了可贵的实物资料。

站在回洛仓边回望历史，我对粮食有了更真切的敬畏之情。隋炀帝开凿大运河疏通漕运，所输送的最重要的物资就是粮食。是粮食这根生命线，成就了大运河的开凿和回洛仓的创建，并维护了隋炀帝的政权。而当隋末农民起义的烽火攻进回洛仓后，隋炀帝积攒了多年的粮食被迫拱手让给了李密，城中饥民和缺粮的义军为了保命，转身投奔李密的瓦岗军。可见，又是粮食这根生命线，更改了一个朝代的命运。

“存粮如存金，有粮不担心。”难怪，后来李世民当政，吸取了粮仓不能建于城外的教训，在城内另建了一座名叫“含嘉仓”的国家粮仓。

“翩翩一叶扁舟，载不动许多愁，双肩扛起的，是数不尽的忧。给我一杯酒，烽火几时休，喝完这杯一切再从头。江山仍在，人难依旧，滚滚黄沙掩去多少少年头，悲欢是非成败，转眼成空……”悠悠岁月，汤汤洛水，多少往事已融进兀立千年的回洛仓的泥土里，只留下那一段段历史，任由后人评说。

万安山顶寻仙踪

世间无数山，山山皆不同。每一座山，都有不与他山雷同的风景或传说。正如我们此行所去的万安山。

去万安山之前，我就知道，这是一座文化山，蕴藏着深厚的历史文化和远古时期流传下来的美丽传说。那天，当我们一行人自驾车来到万安山山顶公园入门处时，远远地，便看到一座将军拉弓射箭的铜像。当地的一位文友向我介绍："这是魏帝射鹿……"

她说的魏帝，是三国时期魏国的君主曹丕。相传，魏国的开国皇帝曹丕带着儿子曹睿在万安山山顶的丛林里打猎，行程中，曹丕看见一对子母鹿欢快地在丛林间奔跑，于是他拉开弓箭射向母鹿。母鹿应声倒地。曹丕把弓箭递给曹睿，让儿子射杀小鹿。曹睿却说："小鹿失去妈妈，已够可怜的，我实在不忍心杀它……"曹丕被儿子的仁善之心感动了，于是放弃了射杀小鹿的打算。

一座铜雕，让我们了解了一个发生在三国时期的仁善故事，山间的风和脚下的泥土，也似乎沾染上了的善和美的气息。

沿着山道上的木梯继续向前行走，我们看到了"灵台仙踪"的木牌。相传欧阳修有位好友在万安山一带居住，欧阳修和好友一起登上这座山的山顶，饮酒、赋诗、在山石上题字……只可惜，仙人已乘黄鹤去，“醉仙亭”中空余醉仙游园的遗痕。向上张望，“树林阴翳，鸣声上下”；左右流连，“野芳发而幽香，佳木秀而繁阴”，可是，峰回路转、晦明变幻间，已找不到那位“山水之乐，得之心而寓之酒”的醉翁身影。

拾阶而上，山间越发清幽高远。环绕在山腰的雾气和稀疏有致地长在山道上的松柏，让我恍然间有种步入仙境般的错觉。再一问，脚下这片景点便是“松岭问道”，诗意的名字，不禁想起唐代诗人贾岛的名篇：“松下问童子，言师采药去……”不错，贾岛与万安山也有着千丝万缕的联系，不仅生前常到此处游览，仙逝后，也长眠在这座山中。只是，山峦林立，欲问贾岛之墓位于何处？恐怕亦是“只在此山中，云深不知处”了。

漫步仙界牌坊处的开阔平台，我想象着传说中每年农历三月三，远古时期的人们到此处烧香拜佛、祈福苍生的情景；移步七贤雅林，我寻觅着嵇康和阮籍吟诗作赋、游学悟道的身影；登临迂叟在山，我品味着编纂《资治通鉴》的司马光先生跌宕起伏的人生；步入万安宫，我追寻着一代女皇武则天初建行宫、休闲享乐的快意……

走着走着，我们到了“棋圣”聂卫平题字的烂柯台上。窄小的石台边，两位捷足先登的文友正以小石头做棋子，在石刻的棋盘上对弈。她们身后，峰峦林立、云雾缭绕……恍然中，自己成了传说中那个观仙人对弈的王质。一盘棋下来，世间已过千年……

几乎每一个景点，都有一段动人的典故或传说，让我在寻访仙踪的途中，也经受了一次文化清泉的沐浴。

穿越时空的心灵之旅

早已知北宋五子当中的程颢、程颐兄弟是洛阳人，不承想，位居五子之首的邵雍先生也和洛阳有缘。

若非这次采风，拜谒邵夫子墓，我可能一生也想不到，在这个名叫伊川的小县城中，有一位先贤曾隐居于此地，用最朴素的道理，揭晓了先天图的秘密。

西山清幽，荆山静寂。偌大的两处园林，除了弯弯的山道，便是一望无垠的绿色丛林。偶尔，有色彩斑斓的野花和金灿灿的向日葵闪进视线，很快便又融进了周围的绿色，回归原始的宁静。

漫步林中长廊，闲坐园中亭榭，目光所至，皆是木桩搭建的景致，古朴得离这个时代有了距离感，不由地，我想起梭罗在瓦尔登湖边建起的小木屋，想起陶渊明修篱种菊的田园风光，恍然间，心中生出一种穿越时空的奇妙感觉……我把相机和手机收进行囊，想融入这眼前的古朴，让自己也做上一回远离闹世、隐居山野，与大自然交心的隐士。

非淡泊无以明志，非宁静无以致远。难怪生于河北范阳的邵雍先生会将后半生选定在伊川，想来必定也是喜爱这里的清幽旷远，方渡河汾，客梁晋，游淮汉，走吴，适鲁，然后在此定居，潜心研究学问，直至终年。

伊水不语，悠悠远去，我看不懂邵夫子遗留下的《伏羲先天六十四卦方圆图》，也无从寻觅他研究的那些由“1”和“0”两个数字串成二进制数码启蒙理论的手迹，更无法知晓这位先贤上书天子《皇极经世》《渔樵问对》的内容，只能从明朝建起的邵雍墓享堂的青砖石瓦里，以及清朝遗留的邵夫子墓前牌坊和墓口山门的石对联上寻觅世人对邵雍的敬意。

据说，邵夫子墓建成后的近千年岁月中，先后有众多敬仰他的后人出资重修其墓，纪念这位圣贤。明代嘉靖三十一年河南府知府吴相及下属人便曾出资重修邵夫子墓；到了清朝，又有敬仰他的后人为其重修墓地，重镀金身。史载，邵夫子墓前牌坊即是清乾隆七年在明嘉靖三十一年重修牌坊时的基座上修建起来的，牌坊上那块“安乐佳城”的匾额便是当时嵩县知县徐矶题的字。山门两边是一副石对联，上联“删后无诗啸月嘲风留击壤”，下联“画前有易蹑根探窟见先天”，提款“乾隆辛酉仲冬暨望”，那是清朝学者赵诚的题词。不仅后世，同为“北宋五子”的程颢在《邵康节先生墓志铭》中也表达了他对邵夫子崇德尚义积极入世、坚决不做官的敬重：“先生之官，初举遗逸，试将作监主簿，后又以为颍州团练推官，辞疾不就……”

拿起瓷碗，从墓园当中的圣水井中舀一碗清泉，不知口里的甘甜是否仍是当年的味道？但我知道，这碗平静的水，早已超脱了世间多少起伏不定的波澜。

秋天的阳光透过树林照在身上，不知是因了这里的清雅，还是沾染了圣水泉遗留的邵夫子的气息，再看尘世，心里也有了那么点儿“也无风雨也无晴”的从容淡泊。

短短两个小时的拜谒，如同穿越时空，看到了邵雍的身影，回头凝望邵夫子的雕像，早已不似刚来时那般陌生。

秋雨里的思绪

几场秋雨过后，不经意间，小院那丛月季花已是一地残红。尽管枝叶仍繁，我的心却因了地上飘零的花瓣和变黄了的叶子，变得多愁善感起来。

瑟瑟秋雨里，月季花的叶子已褪去了盛夏时油亮的墨绿，几片刺眼的黄叶夹杂在其间，如被雨水沾湿之后又拿到火上烘烤的工笔画，绿色中夹带上了少许的焦黄，令人心生怜惜。一边是仍然蓬勃的丰盈，一边是即将凋零的感伤，一如即将步入中年的人们苦乐参半的心。

捧一瓣落花置于掌心，我想倾听它摇曳在清风里的歌声，听到的却分明是秋雨潇潇、青春易老的叹息；我想嗅到它怒放于盛夏时的浓郁芬芳，却只有秋雨打过的气息从掌心直渗入心底……

撑一把小伞来到院中的石榴树下，前一段还显青涩的石榴果，不知何时已悄悄地红了半张脸。晶莹剔透的雨珠挂在青、红相间石榴果上，就像键盘上跳动着的音符，在凉爽的秋风里弹奏着丰收的进行曲。

我踮起脚尖，张望那一个个压弯了枝头的“小灯笼”，心里蓦然间便涌上了一层喜悦——在繁花凋零的时节，还有更加旺盛的生命在证明着自己的价值，冲淡了秋的萧条带来的忧伤。对它们来说，只要还有成长的空间，生命的秋季便不曾真的到来。

这又是怎样的一种气息呢？静立于树下，我深吸着气，没有闻到秋雨的萧瑟，闻到的是即将成熟的石榴特有的香味，那是一种丰收的气息，一种能给人以鼓舞和力量的气息，一种真正属于秋季的气息。恍然间，我看到了一位成熟睿智的中年人正顶着寒风在秋雨里快乐地歌唱。

我的心豁然开朗起来。何必为流逝的青春岁月感伤？何必为秋季的来临恓惶？即使艳如花朵的青春岁月即将飘逝，只要心里有一个如石榴结果的梦想，带着硕果累累的希望努力地成长，生命的秋季将充满收获的甜蜜气息。

那么，让我们在心里栽一棵石榴树吧，经得住繁花争放时的寂寞，经得起秋雨和寒风的洗礼，一点点地酝酿一个结满果实的梦想，等待生命中令我们喜悦和自豪的秋季。

细碎时光那缕香

一

我喜欢清晨推窗换气的时候，在阳台上轻吟一首诗，让微凉的晨风和美好的诗句融合在一起，作为这天崭新的开始。

唐诗、宋词、现代诗，抑或只是一首抑扬顿挫的儿歌，只要是晨醒时分率先从心底涌出的，我就一句一句按照记忆中的痕迹轻轻吟诵。

“我喜欢停留/喜欢长久/喜欢在园中种下千棵果树/静待冬雷夏雨/春华秋实/喜欢生命中只有一种单纯的盼望/只有一种安定和缓慢的成长……”

无需观众，有花架上绿色植物和小榻榻米上的太阳花静静倾听；也不用麦克风，免得惊扰了他人酣眠中的甜蜜梦景。我压低的声音，被窗口吹进的清风欢喜地载起，像个精灵，快乐地盘旋在小小的阳台空间，缀满柳叶的窗纱，也和着我的吟诵，忽上忽下、忽左忽右地翩翩起舞……一颗被诗词熏陶过的心，自然会感到生活处处充满诗情画意。

细碎的晨起时光，因了那些美好的诗句，让拂进屋里的风儿，都染上了淡淡的芬芳。

二

我喜欢在饭后午休的那半小时中捧起一本闲书，斜靠在沙发上逐行逐句地细细品读，让那些启迪心智的随笔、生动感人的散文消解半日的困倦，驱散微醺的睡意。

林清玄、张晓风、毕淑敏的老散文百读不厌，马德、周海亮、张丽钧的新随笔手难释卷，读他们的文字，总有一种沐浴着清风，在森林里散步的感觉。

“人人都有一面镜子，镜子与镜子之间虽可互相照映，却是不能取代的，若把自己的喜怒哀乐寄托在别人的喜怒哀乐上，就是永远在镜子上抹痕，找不到光明落脚的地方……”

红尘之中，谁的路都不是一帆风顺，谁的心都曾受过创伤。疲惫失意的时候，并非只有睡眠能抚平劳累和倦意，一本禅意的书籍、一篇淡泊清丽的随笔，或许比睡眠更有助于你养精蓄气，重新奋起，让我们疲于奔忙的心觉醒、让生活重归于宁静和光明。

午间那段细碎的小时光，因为书中的慧星智语而悄然生香。从书中掬一捧智慧之水洗面拂尘，真比小睡上半小时更能醒脑安神。

三

我喜欢在临睡之即拧亮台灯，信手翻阅喧嚣的白天静不下心来看的一卷卷小说，让那些曲折感人的故事和真善美的人物引导我对人生的正确认知。

舍生取义的英雄、忍辱负重的侠客、入孝出悌的孝子、身怀大爱的仁人志士，就在宁静的阅读时光，血肉饱满地走进我心底——“人恶人怕天不怕，人善人欺天不欺”“源洁则流清，行端则影直”“孝悌之至，感天动地”“德不孤，必有邻”……所有关于真和善的国学语录，都能在不同的小说结局里得到验证，不经意间，我便在故事情节中受到了教育、得到了启迪。

其实，我们每个人的一生，都是一部内容不同的长篇小说，人人都在各自的版本中演绎着自己平凡的角色。生活，就像一株生长缓慢的树，不是今天种下善种，明天就能开出善花、结下善果，但只要你有信仰和追求、能够选择正确方式去促进人生之树的成长，总有一天，你会看到绿荫如盖、硕果累累的风景……

一段临睡前的阅读时光，让整个卧室都弥漫上了紫罗兰的芬芳。即使未看完，便已悄然进入梦里，梦里仍有那令心灵舒怡愉悦的馨香。